爱课程视频公开课教材

# 四大名著与传统文化

SI DA MINGZHU YU CHUANTONG WENHUA

高日晖 洪雁 编著

高等教育出版社·北京

## 内容提要

本书是大学通识教育教材。

《三国演义》《水浒传》《西游记》和《红楼梦》是中国古代文学经典。本书从传统文化的角度，选取十三个主题，论述四大名著与儒释道文化、民间文化等的关系，使读者了解四大名著既是传统文化的精华，同时也是传统文化艺术化的载体。四大名著具备审美价值的同时，还具备文化价值，在塑造民族品格方面具有不可替代的作用。

本书可以作为大学相关课程的教材，也适合社会读者阅读。

## 图书在版编目(CIP)数据

四大名著与传统文化/高日晖，洪雁编著. —北京：高等教育出版社，2019.8(2020.11重印)

ISBN 978-7-04-052053-8

Ⅰ. ①四… Ⅱ. ①高… ②洪… Ⅲ. ①章回小说-小说集-中国-明清时代 Ⅳ. ①I242.4

中国版本图书馆 CIP 数据核字(2019)第 102196 号

| 策划编辑 | 刘自挥 | 责任编辑 | 宇文晓健 | 封面设计 | 张文豪 | 责任印制 | 高忠富 |

| | |
|---|---|
| 出版发行 高等教育出版社 | 网 址 http://www.hep.edu.cn |
| 社　　址 北京市西城区德外大街4号 | http://www.hep.com.cn |
| 邮政编码 100120 | http://www.hep.com.cn/shanghai |
| 印　　刷 上海师范大学印刷厂 | 网上订购 http://www.hepmall.com.cn |
| 开　　本 787 mm×1092 mm 1/16 | http://www.hepmall.com |
| 印　　张 14.25 | http://www.hepmall.cn |
| 字　　数 233 千字 | 版 次 2019年8月第1版 |
| 购书热线 010-58581118 | 印 次 2020年11月第2次印刷 |
| 咨询电话 400-810-0598 | 定 价 34.00元 |

本书如有缺页、倒页、脱页等质量问题，请到所购图书销售部门联系调换

版权所有　侵权必究

物 料 号 52053-00

# 前　言

　　四大名著和其他中外经典,是人类的文化遗产、精神财富。传承经典,是每一代人的责任,同时,这些经典在今天仍然是滋养我们心灵的精神食粮,经过一代代人的认可,具有永恒的价值。当代人如何阅读经典?或者说,阅读经典时应注意什么问题呢?第一,要有一点基础。经典名著大致都是有一定历史的古籍,在语言上跟今天有差距,内容、思想等跟今天也有差距,要读得懂、读出兴趣,就要有一点语言文字方面的基础,有一点历史方面的基础。第二,不要抱着功利的目的。我们提倡"纯粹"阅读,读书的原因就是喜欢,感兴趣。但是,大家也要知道,阅读的兴趣必然是在阅读中建立起来的,所以,在刚开始阅读经典时,需要有点耐心和毅力。第三,要带一点研究性阅读的色彩。不是要大家都去做学者,把经典拿来研究一番;而是在阅读中遇到疑问时,先尝试自己查一下有关资料——今天做到这一点很容易,发现了问题,先尝试自己利用资料解决。因为文学经典不是一个科学课题,不存在"懂"和"不懂"的问题,不同的读者,面对同一部经典,所得各异,凡有所得,必然是个人体会。如果能够学习参考学者的经典研究成果,把一部作品读到研究的层次,那当然是更好的。

　　从2003年开始,本书作者之一高日晖在大连大学为中文专业本科生开设"明清小说研究"课程,之后又相继为全校学生开设公共选修课"中国古代经典小说赏析",为对外汉语(现名汉语国际教育)专业本科生开设"明清小说鉴赏"课程。教书的过程实际上就是与学生交流的过程,在教学中我们逐渐发现,无论是中文专业还是其他专业的学生,对小说的版本、批评、作者考据、本事来源等所谓研究感兴趣的极少,大多数学生更喜欢听故事。我们肯定不能把小说研究或者鉴赏课讲成评书,但是又要吸引学生,引起他们的兴趣,最重要的是使他们能够学有所得、学有所思。研究、赏析是性质不同的课，它们分别满足不同学生的需求，是不可互相替代的。

于是，我们构想重新开设一门课程，该课程要满足四个条件：第一，讲四大名著，把大家公认的中国古代最优秀的四部小说集中在一起。第二，跳出小说研究和小说赏析的套路，要有研究，但得让学生能听得懂，喜欢学。也要赏析，但内容要有深度、难度。第三，不设专业门槛，大学各专业学生都可以选择。不要求有前期基础，读没读过原著都可以选修。第四，这门课要达到这样的效果，即没读过小说的人，课后想读小说；读过小说的人，课后想读第二遍。从这四个条件或标准出发，我们发现可以从传统文化的角度打开四大名著教育的突破口。四大名著本身是传统文化的精华，同时，也是传统文化的载体，这四部著作中包含了历代累积下来的历史、民俗、语言、艺术等知识，以及思想道德观念、审美观念、价值观念、宗教信仰，甚至还包括建筑、园林、服饰、饮食等方面的知识，内容极为丰富。很多传统文化的内容对于本科学生来说并不陌生，他们缺少的是对某一文化现象或观念的具体内容的了解，以及对文化内涵的深入理解。比如"天命"观是我们传统思想观念中非常重要的一个命题，在今天的大众生活中仍有影响。但是，"天命"的含义是什么？从什么时候形成的？人们怎样来对待所谓"天命"？这一系列问题都可以在《三国演义》中找到答案。再比如历史上的满族文化，今天大部分融入汉族文化中了，可是《红楼梦》里有鲜活生动的满族习俗现象。四大名著中的传统文化是形象化、具体化和艺术化的，易被学生理解，从这扇门走进去，能更容易引起学生的兴趣。

在大连大学教务处的支持下，我们制作了"四大名著与传统文化"的中国大学视频公开课，共13讲，每讲一个专题，时长约45分钟，即本书目录中的13讲。2015年陆续在"爱课程"网上上线，2016年获评教育部第八批"精品视频公开课"，同时在"网易"上线。该课程上线后，成为大连大学的通识教育选修课，每个学期开一个班(120人)。学生在网上听课，还可以在网上发言讨论，不需要每节课都到教室，教师在线下集中作两次辅导。这样的课程内容和授课方式比较新颖、明快，学生学习兴趣比较高，选课的热情更高，每学期都是选课的网络一打开，很快就报满人了。

本书是在视频公开课的基础上编撰的，但绝不是简单的课程讲稿。从内容上看，本书比视频课要丰富得多，对比较重要的问题，会在视频课的基础上，作进一步的说明论证，并增加一些课程中没有讲的例证。从形式上看，书与讲课完全不同，本书增加了作品原文、引文注释、参考文献等讲课时无法表述的内容。总之，"四大名著与传统文化"视频课是用来观看的，而这本书是用来仔细阅读的，我们最希望的当然是将二者结合起来，互通、互补，效果会更好。

本书中所引用的作品原文，都不是早期的版本，虽然早期的版本学术价值比较高，但是对于一般读者来说，阅读起来不方便。因为四大名著在今天的校印本非常多，本书作者尽量从近年来新版书中选择校对较准确、有注释并且文字印刷质量较高的版本，精选一种或两种，目的是使读者能够较为方便地从书店里买到。当然，如果有读者对小说的版本有个性化的要求，那就另当别论了。

本书凡引古籍资料，基本都用页下注的方式注明出处和版本、页码，个别大家熟识的内容，比如《论语》中类似"三人行则必有我师"之类的语段则略过不注。书中所引用的作品原文，无论长短，都是为了说明论题，所以直接加在正文中，方便读者阅读，尤其是对作品不熟的读者更有益。这种做法难说是创新，但的确与一般作品的节选有所不同，希望读者能够喜欢这种体例和行文方式。受作者水平所限，本书疏漏浅薄甚至错误之处在所难免，还请方家指正。

高日晖　洪　雁
2019 年 7 月

# 目 录

第一讲　《三国演义》的正统观与"拥刘反曹"
　　　　思想　　　　　　　　　　　　　　　　　　1
一、正统溯源　　　　　　　　　　　　　　　　　　2
二、史学界关于三国的正统之争　　　　　　　　　　5
三、蜀汉正统与"拥刘反曹"　　　　　　　　　　　6
四、"拥刘反曹"思想形成的原因　　　　　　　　　16
五、《三国演义》正统观及"拥刘反曹"思想的当代意义　19

第二讲　《三国演义》的天命观　　　　　　　　　20
一、天命的含义和天命观的由来　　　　　　　　　　20
二、《三国演义》天命观的表现特征　　　　　　　　23
三、天命观的评价　　　　　　　　　　　　　　　　32

第三讲　《三国演义》的价值观与诸葛亮形象　　　34
一、以道德取向为主导的儒家价值观　　　　　　　　35
二、乱世决定了特殊的入仕道路和价值选择　　　　　44
三、统一、正统与个体价值的体现　　　　　　　　　45
四、不以成败论英雄　　　　　　　　　　　　　　　47

第四讲　《水浒传》与酒文化　　　　　　　　　　48
一、英雄与酒　　　　　　　　　　　　　　　　　　49

二、《水浒传》中的酒俗　　　　　　　　　　　　65

**第五讲　忠义思想与《水浒传》的招安结局　　69**
一、令人郁闷的《水浒传》后半段　　　　　　　69
二、纠结于忠义与招安的《水浒传》接受史　　　71
三、《水浒传》成书过程中的招安　　　　　　　75
四、招安是忠义思想加入的必然结局　　　　　　77

**第六讲　江湖文化与《水浒传》的女性观　　　84**
一、历史上的侠与色　　　　　　　　　　　　　84
二、《水浒传》中侠与色的对立　　　　　　　　86
三、江湖文化与《水浒传》的女性观　　　　　　99

**第七讲　儒家文化与宋江形象　　　　　　　　101**
一、仁义宋江　　　　　　　　　　　　　　　　101
二、才智宋江　　　　　　　　　　　　　　　　104
三、忠孝宋江　　　　　　　　　　　　　　　　106
四、诚信宋江　　　　　　　　　　　　　　　　108

**第八讲　《西游记》的"三教合一"思想　　　115**
一、"三教合一"的含义　　　　　　　　　　　115
二、"三教合一"在小说中的表现　　　　　　　116
三、"三教合一"是当时流行的社会思潮　　　　127

**第九讲　心学与孙悟空形象　　　　　　　　　130**
一、心学及其主要思想　　　　　　　　　　　　130
二、心学思想在《西游记》中的表现　　　　　　132
三、离经叛道的孙悟空　　　　　　　　　　　　135

四、如何理解心学与孙悟空的关系　　142

## 第十讲　小农思想与猪八戒形象　　144
一、小农和小农思想　　144
二、猪八戒的性格特征　　145

## 第十一讲　禅宗与贾宝玉形象　　161
一、禅宗及禅宗的主要思想　　161
二、贾宝玉形象与禅宗　　162
三、禅宗对贾宝玉性格的影响　　173

## 第十二讲　《红楼梦》中的满族文化　　177
一、作者的满族文化背景　　177
二、《红楼梦》中的满族民俗　　178
三、《红楼梦》与萨满文化　　187

## 第十三讲　家国同构与《红楼梦》中的贾府　　191
一、家长制　　192
二、贾府的治理　　197
三、贾府的经济　　201
四、贾府的政治斗争　　205
五、后继无人　　206

## 参考文献　　208

# 第一讲
# 《三国演义》的正统观与"拥刘反曹"思想

《三国演义》是中国第一部长篇白话历史演义小说,①它里面包含的思想内容是非常丰富和复杂的,有儒家的思想、道家的思想,还有很多来自民间的思想观念,它反映了中国传统的道德观、价值观、审美观,所以这部小说非常值得我们认真地研读。小说里面有一种思想非常突出、明显,影响也非常大,就是小说的正统观。这个正统观和"拥刘反曹",我形容它为一枚硬币的两面,是一个问题,从这一面看,它体现的是正统观;从另一面看,是拥刘反曹。因为大家可能都了解《三国演义》,所以这么一说,大家头脑中马上就会浮现出来一个刘备的形象,一个曹操的形象,他们分别代表着两种势力——一正一反,这是小说歌颂和贬斥的双方。既然有这样的一种认识,就要提出一个问题:什么是正统?实际上在中国,正统的说法有着非常深厚的文化土壤,这个土壤来自哪里呢?就是我们的宗法社会。因为中国是一个以农业经济为本的国家,是传统的农业文明国家,我们特别注重家庭,在家庭里面讲父权制、男子继承制、嫡庶之分,家庭的这种宗法文化,逐渐形成了在政治上的一种正统的观念。于是在其他的各个行业里面,都有所谓的正统和不正统。中国人特别强调这一点,这是传统的文化。

---

① 本书以毛宗岗批评《三国演义》为底本,所引小说原文非特别说明均出自孟昭连等校点的《毛宗岗批评本三国演义》,岳麓书社 2006 年版。凡书中摘录、引用小说原文均只标明回次,不另加注。

如果从词汇上来看,"正统"这个词从什么时候开始出现的呢?是汉代,所以我们先为"正统"溯源。

## 一、正统溯源

"正统"一词出现在汉代,但是正统的观念发源甚早,它最早的表现应该是"尊王攘夷"。"尊王攘夷"最早出现在《春秋》三传中的《春秋公羊传》中,《春秋公羊传·僖公四年》有"桓公救中国而攘夷狄"之说①。这是指齐桓公用管仲为相,借尊崇周天子,抗拒周边民族,确立霸主地位。这是政治策略,虽然说"春秋无义战",但至少说明当时的诸侯在对外时态度可以一致,表面上都承认周天子的地位是最高的,这实际就是承认周天子是正统。这种观念在当时是一种共识,所以,孔子说:"管仲相桓公,霸诸侯,一匡天下,民到于今受其赐。微管仲,吾其披发左衽矣。"②孔子对管仲相齐的功绩是非常认可的,他晚于管仲一百余年,说至今老百姓仍然得到管仲的好处,没有管仲,我们这些人恐怕都要披散头发,穿着左衽的衣服了!因为管仲坚决地讨伐戎、狄这些周边的民族,所以我们才没有被吞并,没有披散头发,穿着衣襟掩向左边的衣服。因为"中原"是束发加冠、衣服右衽的,披发左衽是周边民族的装饰。可见,孔子是肯定"尊王攘夷"的。可以说,在"华夷之辨"思想形成之后,正统首先就在华与夷的地位分别上体现出不容置疑的尊华贬夷观念,虽然没用"正统"这个词,但实际上就是这么回事。

到了汉代,随着强化君权的思想逐渐流行,要稳固现任帝王及其子孙的地位,就必须强调其帝位及其延续的合法性,"正统"就是一个非常合理的理由。有关正统的说法我们可以找到这样几个文献:一个是班固的《典引》,班固是东汉著名的史学家,《汉书》的作者,他有一篇文章叫《典引》,《典引》中就有这样一句话:"盖以膺当天之正统,受克让之归运。"③这里面就提到了正统。还有第二个文献,

---

① 《春秋公羊传注疏》卷10,《十三经注疏》五,中华书局2009年版,第4883页。
② 朱熹注:《论语章句集注》,《四书五经》本,中国书店2015年版,第61页。
③ 范晔:《后汉书》卷70下,文渊阁《四库全书》本。

也是班固的,在《汉书·郊祀志下》有一段话:"宣帝即位,由武帝正统兴。"①第三条文献是范晔的《后汉书·崔瑗传》:"遂使废黜正统,扶立疏孽。"②这三条文献里面都提到了正统,正统这个词是从汉代开始有的,有了这个词,自然我们就要分析这个词的意思。班固在《典引》中说到的这个"正统",是说国家的正统,就是汉朝,其江山是合理合法的。而《汉书·郊祀志》和《后汉书·崔瑗传》则是说地位的正统,就是宣帝继位,由武帝正统兴,他是继承了武帝的正统,宣帝是合理合法的。对《后汉书·崔瑗传》中的这句话,我们稍作解释,崔瑗给汉安帝上书提意见,因为安帝做了一件让很多人吃惊的事情,他把原来立的太子废掉了,改封为济阴王;而要把原来的一个侯——北乡侯立为太子。崔瑗一看这不行,自己的亲儿子不用而用别人,这不符合正统,于是他就给安帝提意见:他说你这样做就是废黜了正统,扶立了疏孽。疏是旁边长出来的斜枝,孽也是这个意思,正枝不用,你用旁枝,这就不符合正统了。所以由此大家就可以理解,到了汉代的时候,正统实际上成了传统文化中的一个政治伦理问题,它涉及的是一种政治伦理。

  我们据此分析,正统既然是政治伦理问题,它必然要涉及后面历史学家怎样认识前面的政治局面:这个政权合理吗?正统吗?这个皇帝身份合法吗?他正统吗?而什么是正统?什么又不是正统呢?人们必然把它作为一个观念,作为一个理论来讨论。晚唐时候的皇甫湜有一篇文章叫《东晋元魏正闰论》,到了宋代人们似乎对正统这个问题格外重视,欧阳修有《正统论》,苏轼有《后正统论》,这是两篇专门的政论文章。此外,司马光、朱熹也有议论。这些讨论中,以欧阳修的《正统论》比较有名,我们来了解一下大文豪欧阳修怎么说。他说:

  居天下之正,合天下于一,斯正统矣,尧、舜、夏、商、周、秦、汉、唐是也。始虽不得其正,卒能合天下于一,夫一天下而居正,则是天下之君矣,斯谓之正统可矣,晋隋是也。天下大乱,其上无君,僭窃并兴,正统无属。当是之

---

① 班固:《汉书》卷25下,文渊阁《四库全书》本。
② 范晔:《后汉书》卷82,文渊阁《四库全书》本。

时,奋然而起,并争乎天下。有功者强,有德者王。威泽皆被于生民,号令皆加乎当世,幸而以大并小,以强兼弱,遂合天下于一,则大且强者谓之正统。①

欧阳修这段话把"正统"按"正"和"统"两个方面辩证地理解,光明正大地居有天下、坐上王位叫"正",也就是正义,合理合法,名正。"统"就是天下一统,国家统一。从这个理解出发,欧阳修把正统分成了三种情况:第一种最理想,位子得来合理合法,天下又是统一的,他列举出了尧、舜、夏、商、周、秦、汉、唐。第二种次之,一开始得位并不"正",但后来能够统一天下,这也算数,比如晋和隋。晋和隋都是篡位得到的皇位,晋是司马炎篡魏,隋是杨坚篡北周,但他们后来统一了天下。北宋不也是这样吗?后周大将赵匡胤利用"陈桥兵变"坐上了皇位,然后实现了统一。欧阳修本人就是北宋时期的人,他如果否定晋、隋,说他们不正统,就等于否定了宋。他是为了维护宋的"正统"地位,才把晋和隋列入正统。第三种情况又次之,天下大乱,没有君主,弱肉强食,谁统一天下,谁就是正统。

实际上,史学家的这些讨论,从理念的层次上讨论正统,对民间,对百姓影响不大,可以想象,老百姓到哪里去读这样的书呢?很多老百姓不识字,封建时代的文化教育不像我们现在普及得这么广泛,这么深入。还有一点很重要,那样理论的书老百姓不看,老百姓的正统观从哪里来?是从他们耳濡目染的那些俗文学中来,从通俗的书里读来,从戏里看来,从别人的口里听来。这就是说《三国演义》中的正统观影响到老百姓,以及《三国演义》中形成的这个正统观,都和民间的观念密切相关。在政治伦理中提出的正统观,后来就逐渐浸润到中国文化的各个层面,都有所谓正统和非正统之说。我们总是自然或不自然地把各个行当都按所谓的正统和非正统给它作一个评判,这已经成为我们文化中评判某些事物的一个标准,所以说正统在我们文化中的影响是非常大的。

---

① 欧阳修:《欧阳文忠公集》第16卷。张元济等辑《四部丛刊》(初编)本,上海商务印书馆1919年版。

## 二、史学界关于三国的正统之争

为什么我们要讨论史学界关于三国正统的争论呢？因为它对后来《三国演义》中形成的明显强烈的正统观影响深远。《三国演义》是历史演义小说，清代的学者章学诚说它"七分实事，三分虚构"，就是说它写的实事占了大多数，虚构的成分占了少部分。关于《三国演义》，我们今天看到的最早的版本是明代的嘉靖本，其上面提《三国演义》的作者是罗贯中："晋平阳侯陈寿史传，后学罗本贯中编次。"也就是告诉读者，这部小说是依据陈寿的《三国志》来写的，所以史书是《三国演义》形成的一个主要依据，因此史学家们关于《三国演义》中这三个政权谁是正统的争议，对小说的影响应该是很大的。

大家看下面所列的表格(表1)，可以一目了然：

表1  史书中三国的正统问题

| 朝　代 | 作　者 | 书　名 | 正统观 |
|---|---|---|---|
| 西　晋 | 陈　寿 | 《三国志》 | 曹　魏 |
| 东　晋 | 习凿齿 | 《汉晋春秋》 | 蜀　汉 |
| 北　宋 | 司马光 | 《资治通鉴》 | 曹　魏 |
| 南　宋 | 朱　熹 | 《通鉴纲目》 | 蜀　汉 |

西晋时候陈寿撰写的《三国志》是最早记录三国历史的史书，这里面是以曹魏为正统的。到了东晋，另一位史学家习凿齿的《汉晋春秋》就改过来了，以刘备的蜀汉为正统。到了北宋的时候，司马光的《资治通鉴》又改了回去，再尊曹魏为正统。等后来到了南宋，朱熹作《通鉴纲目》，又以蜀汉为正统。朱熹之后，基本上就把这事定下来了，就是按照朱熹的观点，以蜀汉为正统。那么前面为什么会形成那些争议呢？清代的史学家章学诚一语道破天机，他发现每一个史传的作者所处的朝代、政权都有地理上的变化，西晋司马氏的政权在北方的中原，而东晋的政权转移到了江南；北宋也是在中原，而南宋又偏安于江南。还有一点很重要，就是西晋的政权和北宋的政权都是怎么得来的？西晋是司马氏篡位，北宋是赵匡胤经陈桥兵变，实现黄袍加身，也是从五代的后周那里篡来的。他们的政权

得来都不光明,所以章学诚说:"苟黜曹魏之禅让,将置君父于何地。"①意思是说如果陈寿、司马光否定了曹魏的合法性禅让(曹魏的政权和北宋的政权一样都是靠所谓的禅让得来,实际上那就是幌子,给人家看的),那么你将自己的君父放在哪里?你的皇帝不也是这么得到天下吗?这句话说到点子上了,实际上就是不同时代的史学家都有自己的政治立场,他必然站在他所属政权的政治立场上来看待历史上曾经发生过的事件。前面讲的欧阳修的《正统论》也是这样的,他不可能否定宋朝的正统地位。史学家们对历史朝代进行比较的目的就是以史为鉴,比较之后,他们对历史上发生的事情要作出判断,这种判断必须和自己所在的政治立场保持一致,这就是史学界争论的原因。

那么这个争论怎样影响到后来的小说创作呢?朱熹是南宋时期著名的理学家,他的理学理论到了元代以后就逐渐成为封建王朝真正的统治学说。实际上我们说我们是儒家文化主导的国家,儒家文化真正作为一种统治学说,不仅仅是从董仲舒开始提出"罢黜百家,独尊儒术"开始的,还有后来朱熹的理论,就是所谓的理学。理学的统治,比前面更要严酷,因为明清时期的科举考试把范围集中在四书五经上,并且只以朱熹的注释为标准答案。这样一说大家就明白了,考试考什么自然就学什么,而学什么头脑里就有什么,没学的东西头脑里怎么会有?所以儒家文化或者理学文化真正地成为统治思想是在元代以后,因此,朱熹的理论对后来的人们影响非常大,所以到小说中,很自然地就接受了蜀汉正统的观点,这是史学界的争论对小说的影响。

## 三、蜀汉正统与"拥刘反曹"

大家看过电视剧里曹操和刘备的形象,无论是谁在改拍三国故事的时候,都会考虑到民间的观念,考虑到小说,编导一般不会抛开小说拍历史上的曹操,因为他必然要考虑中国大众对这个人物的审美——强烈的蜀汉正统和拥刘反曹的倾向已经深入百姓心中了。

---

① 章学诚著、叶瑛校注:《文史通义校注》,中华书局1985年版,第278页。

那么小说里面是如何表现拥刘反曹的思想呢？刘备一出场，小说这样介绍：

> 那人不甚好读书，性宽和，寡言语，喜怒不形于色，素有大志，专好结交天下豪杰，生得身长八尺，两耳垂肩，双手过膝，目能自顾其耳，面如冠玉，唇若涂脂，中山靖王之后，汉景帝阁下玄孙，姓刘名备，字玄德。昔刘胜之子刘贞，汉武时封涿鹿亭侯，后坐酎金失侯，因此遗这一枝在涿县。玄德祖刘雄，父刘弘。（第一回）

两个人的出身就明显地告诉读者，刘备是正统，小说里面写他是中山靖王之后，汉景帝玄孙。刘胜就是中山靖王，是汉景帝的儿子，刘胜的儿子是刘贞，刘贞的儿子是刘雄，刘雄的儿子是刘弘，刘弘的儿子是刘备，谱系清晰，读者一看就明白。比较起来，曹操的出身就有问题了，曹操出场时这样介绍：

> 身长七尺，细眼长须，官拜骑都尉，沛国谯郡人也，姓曹名操，字孟德。操父曹嵩，本姓夏侯氏，因为中常侍曹腾之养子，故冒姓曹。（第一回）

原来曹操是宦官的后代，宦官怎么会有后代呢？他父亲是宦官收养的养子，他出身不正、来路不明，跟刘备没法比，这是一点。

第二点更重要，曹操和刘备比起来，刘备是忠厚的长者，是仁义的化身，而曹操呢，过于奸诈狡猾，尤其是残忍，这两个人在道德层面上，刘备的优势太明显了。因此，不"拥刘反曹"怎么行呢？这两点就是小说所描写的"拥刘反曹"表现的两个核心的方面，一个是正统与僭越，正统是合法的，僭越是非法的。僭越的不仅仅是曹操、曹丕父子，还有东吴的孙权，魏和吴都是僭越的，都是非法的，而只有蜀汉是正统的。第二就是两个人物形象，刘备和曹操分别被塑造成了正面和反面，这对小说"拥刘反曹"的倾向所起到的作用甚至超越正统的因素。当然了，正因为刘备是正统，才把他塑造成一个正面的形象，因为他是正面的形象，必然要让他是正统，这是一枚硬币的两面，不能分开。

首先小说里面用回目明示谁是正统谁不是正统。《三国演义》最早的版本嘉靖本还没分回，一共二百四十则。第一百五十九则的目录叫《废献帝曹丕篡汉》，曹丕称帝的时候，作者说他废了汉献帝然后篡汉；而一百六十则的题目是《汉中王成都称帝》，刘备是汉中王，自然而然地称了帝，他就不是篡而是继承正统。回目标示得一清二楚，作者告诉我们，他的倾向是"拥刘反曹"。清代康熙年间，毛宗岗评点的《三国演义》把原来的回目进行了整理，文字也进行了润饰，加上了评点，形成了后来最为流行的所谓毛本《三国演义》，我们今天在书店里买来的大部分都是毛本。毛宗岗评点本《三国演义》就不是"则"而变成"回"了，第八十回的回目是《曹丕废帝篡炎刘，汉王正位续大统》，就更强调刘备是续位，是正统，回目说得一清二楚。到具体描写的时候，小说的倾向就更明显。且看《三国演义》中曹丕称帝和刘备称帝的情节：

教学视频

汉王正位续大统

却说华歆等一班文武入见献帝。歆奏曰："伏睹魏王自登位以来，德布四方,仁及万物,越古超今,虽唐、虞无以过此。群臣会议,言汉祚已终,望陛下效尧、舜之道,以山川社稷禅与魏王,上合天心,下合民意,则陛下安享清闲之福,祖宗幸甚!生灵幸甚!臣等议定,特来奏请。"帝闻奏大惊,半晌无言,觑百官而哭曰:"朕想高祖提三尺剑斩蛇起义,平秦灭楚,创造基业,世统相传,四百年矣。朕虽不才,初无过恶,安忍将祖宗大业等闲弃了?汝百官再从公计议。"

华歆引李伏、许芝近前奏曰:"陛下若不信,可问此二人。"李伏奏曰:"自魏王即位以来,麒麟降生,凤凰来仪,黄龙出现,嘉禾蔚生,甘露下降,此是上天示瑞,魏当代汉之象也。"许芝又奏曰:"臣等职掌司天,夜观乾象,见炎汉气数已终,陛下帝星隐匿不明;魏国乾象,极天察地,言之难尽。更兼上应图谶,其谶曰:'鬼在边,委相连;当代汉,无可言。言在东,午在西;两日并光上下移。'以此论之,陛下可早禅位。'鬼在边,委相连',是魏字也;'言在东,午在西',乃许字也;'两日并光上下移',乃昌字也。此是魏在许昌应受汉禅也,愿陛下察之。"帝曰:"祥瑞图谶,皆虚妄之事;奈何以虚妄之事,而遽欲朕舍祖宗之基业乎?"王朗奏曰:"自古以来,有兴必有废,有盛必有衰,岂有不亡之国、不败之家乎?汉室相传四百余年,延至陛下,气数已尽,宜早退避,不可迟疑;迟则生变矣。"帝大哭入后殿去了。百官哂笑而退。

次日,官僚又集于大殿,令宦官入请献帝。帝忧惧不敢出。曹后曰:"百官请陛下设朝,陛下何故推阻?"帝泣曰:"汝兄欲篡位,令百官相迫,朕故不出。"曹后大怒曰:"吾兄奈何为此乱逆之事耶!"言未已,只见曹洪、曹休带剑而入,请帝出殿。曹后大骂曰:"俱是汝等乱贼,希图富贵,共造逆谋!吾父功盖寰区,威震天下,然且不敢篡窃神器。今吾兄嗣位未几,辄思篡汉,皇天必不祚尔!"言罢,痛哭入宫。左右侍者皆歔欷流涕。

曹洪、曹休力请献帝出殿。帝被迫不过,只得更衣出前殿。华歆奏曰:"陛下可依臣等昨日之议,免遭大祸。"帝痛哭曰:"卿等皆食汉禄久矣,中间多有汉朝功臣子孙,何忍作此不臣之事?"歆曰:"陛下若不从众议,恐旦夕萧墙祸起。非臣等不忠于陛下也。"帝曰:"谁敢弑朕耶?"歆厉声曰:"天下之人,皆知陛下无人君之福,以致四方大乱!若非魏王在朝,弑陛下者,何止一人？陛下尚不知恩报本，直欲令天下人共伐陛下耶？"帝大惊，拂袖而起，王朗以目视华歆。歆纵步向前，扯住龙袍，变色而言曰："许与不许，早发一言！"帝战栗不能答，曹洪、曹休拔剑大呼曰："符宝郎何在？"祖弼应声出曰："符宝郎在此！"曹洪索要玉玺。祖弼叱曰："玉玺乃天子之宝，安得擅索！"洪喝令武士推出斩之。祖弼大骂不绝口而死。后人有诗赞曰："奸宄专权汉室亡，诈称禅位效虞唐。满朝百辟皆尊魏，仅见忠臣符宝郎。"

帝颤栗不已。只见阶下披甲持戈数百余人皆是魏兵。帝泣谓群臣曰："朕愿将天下禅与魏王，幸留残喘以终天年。"贾诩曰："魏王必不负陛下。陛下可急降诏，以安众心。"帝只得令陈群草禅国之诏，令华歆赍捧诏玺，引百官直至魏王宫献纳。曹丕大喜。

……早有人到成都，报说曹丕自立为大魏皇帝，于洛阳盖造宫殿；且传言汉帝已遇害。汉中王闻知，痛哭终日，下令百官挂孝，遥望设祭，上尊谥曰"孝愍皇帝"。玄德因此忧虑，致染成疾，不能理事，政务皆托与孔明。孔明与太傅许靖、光禄大夫谯周商议，言天下不可一日无君，欲尊汉中王为帝。谯周曰："近有祥风庆云之瑞；成都西北角有黄气数十丈，冲宵而起；帝星见于毕、胃、昴之分，煌煌如月。此正应汉中王当即帝位，以继汉统，更复何疑？"

于是孔明与许靖，引大小官僚上表，请汉中王即皇帝位。汉中王览表，大惊曰："卿等欲陷孤为不忠不义之人耶？"孔明奏曰："非也。曹丕篡汉自立，主上乃汉室苗裔，理合继统以延汉祀。"汉中王勃然变色曰："孤岂效逆贼所为！"拂袖而起，入于后宫。众官皆散。三日后，孔明又引众官入朝，请汉中王出。众皆拜伏于前。许靖奏曰："今汉天子已被曹丕所弑，主上不即帝位，兴师讨逆，不得为忠义也。今天下无不欲主上为君，为孝愍皇帝雪恨。若不从臣等所议，是失民望矣。"汉中王曰："孤虽是景帝之孙，并未有德泽以布于民；今一旦自立为帝，与篡窃何异！"孔明苦劝数次，汉中王坚执不从。孔明乃设一计，谓众官曰："如此如此。"于是孔明托病不出。

汉中王闻孔明病笃，亲到府中，直入卧榻边，问曰："军师所感何病？"孔明答曰："忧心如焚，命不久矣！"汉中王曰："军师所忧何事？"连问数次，孔明只推病重，瞑目不答。汉中王再三请问。孔明喟然叹曰："臣自出茅庐，得遇大王，相随至今，言听计从。今幸大王有两川之地，不负臣夙昔之言。目今曹丕篡位，汉祀将斩，文武官僚，咸欲奉大王为帝，灭魏兴刘，共图功名；不想大王坚执不肯，众官皆有怨心，不久必尽散矣。若文武皆散，吴、魏来攻，两川难保，臣安得不忧乎？"汉中王曰："吾非推阻，恐天下人议论耳。"孔明曰："圣人云：'名不正，则言不顺'，今大王名正言顺，有何可议？岂不闻'天与弗取，反受其咎'？"汉中王曰："待军师病可，行之未迟。"孔明听罢，从榻上跃然而起，将屏风一击，外面文武众官皆入，拜伏于地曰："主上既允，便请择日以行大礼。"汉中王视之，乃是太傅许靖、安汉将军糜竺、青衣侯向举、阳泉侯刘豹、别驾赵祚、治中杨洪、议曹杜琼、从事张爽、太常卿赖忠、光禄卿黄权、祭酒何曾、学士尹默、司业谯周、大司马殷纯、偏将军张裔、少府王谋、昭文博士伊籍、从事郎秦宓等众也。

汉中王惊曰："陷孤于不义，皆卿等也！"孔明曰："王上既允所请，便可筑台择吉，恭行大礼。"即时送汉中王还宫，一面令博士许慈、谏议郎孟光掌礼，筑台于成都武担之南。诸事齐备，多官整设銮驾，迎请汉中王登坛致祭。

（第八十回）

曹丕称帝，是他让华歆、曹休等人逼着汉献帝把国玺让出来，曹休等人带着宝剑吓唬献帝逼其写禅让书，让位于曹丕。书中还写了曹丕的妹妹曹皇后大骂曹洪、曹休和她哥哥曹丕："共造逆谋""辄思篡汉""皇天必不祚尔"。这些男人在气节德行方面不如这个女人。负责保管玉玺的符宝郎祖弼誓死保护玉玺，也是大骂不绝，被曹洪杀死。又加上一首赞诗，说曹丕是"诈称禅位效虞唐"。曹丕拿到让位诏书之后，还假装谦让了两次。即使这样还不行，又修建了一个禅让台，组织一个大型的仪式，文武大臣四百多人参加，军民人等三十万，曹丕要让全天下都知道这个位子不是抢来的，是汉献帝主动让给的，这非常的虚伪。但是曹丕篡献帝皇位的消息传到成都的时候就变样了，说曹丕把献帝杀了，小说里这个设计非常有意思，大家可以想象一下，为什么传说献帝死了这么一个谣言呢？因为如果献帝不死，刘备能不能称帝？那样的话，刘备也成了篡位夺权了，一定要让献帝死,可是历史上他没死,那怎么办呢?作者就很巧妙地编个瞎话,谣言到处都在传,等到刘备知道是谣言的时候晚了,刘备已经做皇帝了,所以小说这样处理就更加强调了刘备继承皇位的合法性。

  我们再看刘备和曹操这两个人,一个是正面的形象,一个是反面的形象。小说里面曾经用刘备自己的话来比较他和曹操的区别,《三国演义》第六十回《张永年反难杨修,庞士元议取西蜀》,庞统与刘备商议攻取西川,刘备对庞统说:"操以急,吾以宽;操以暴,吾以仁;操以谲,吾以忠:每与操相反,事乃可成。"刘备说他和曹操的性格是完全相反的,曹操这个人急躁,急功近利,而他宽厚待人;曹操残忍,而他仁者爱人;曹操总是使阴谋诡计,而他待人忠诚,他和曹操总是相反,而他的事往往能干成。当然,这句话的最早出处是《三国志·庞统法正传》,小说基本上是直接借用过来的。小说确实是把刘备和曹操作为完全对立的两个主公形象进行塑造的。曹操有一句名言将他钉在了历史的耻辱柱上,这就是"宁教我负天下人,休教天下人负我"。那么这句话曹操是在什么情况下说出来的?曹操刺杀董卓不成,和陈宫一起逃亡的时候,路过他父亲的好友吕伯奢家,吕伯奢一看世侄来了,就要好好地招待,吩咐家人杀猪,然后他自己还亲自出去买酒。可是曹操听到了后院有磨刀之声,他想都没想就把吕伯奢全家杀了,杀了之后才发现有一口猪绑在厨房里,后悔了,误解了吕伯奢,原来人家是磨刀杀猪不是要杀他。曹操和陈宫赶紧就走,半路遇见买酒回来的吕伯奢,吕伯奢说:急什么呀,我杀猪,你看我又买来了好酒。曹操说:不行我们事情太急来不及吃猪肉了,说你看那边来者何人?吕伯奢一回头的时候,曹操一刀就把吕伯奢杀了。陈宫一见,说:你前面杀人已经犯下大错,此时再杀吕伯奢却是为何呀?曹操却说:"宁教我负天下人,休教天下人负我。"即如果我不杀他,我杀人的事就会被他传出去,我杀了他之后就谁也不知道了。他忘了陈宫也在这里,陈宫知道呀!这句话最早的出处是裴松之为《三国志》做的《三国志注》,裴松之引用《魏书》《世语》和孙盛的《杂记》所载曹操路过吕伯奢家并杀人的这件事。其中,《魏书》记载是吕伯奢的儿子和宾客打劫曹操,被曹操杀了,不怪曹操。《世语》和《杂记》则与《魏书》不同。"《世语》曰:太祖过伯奢。伯奢出行,五子皆在,备宾主礼。太祖自以背卓命,疑其图己,手剑夜杀八人而去。孙盛《杂记》曰:太祖闻其食器声,以为图己,遂夜杀之。既而凄怆曰:'宁我负人,毋人负我!'遂行。"①《世语》中说吕伯奢不在家,他的五个儿子在家,曹操因为自己背叛董卓,怀疑吕家人可能会图谋自己,趁夜杀了八个人。《杂记》中说曹操听到了食器声,也就是锅碗瓢盆的声音,认为对方想要谋害自己,就把对方杀了。杀人后,曹操很悲伤,说"宁我负人,毋人负我"。后来到小说里就发展成曹操听到了磨刀声,又听到两个人的对话,一个对另一个说"缚而杀之,何如?"即使按《杂记》所记,曹操杀人后心情也不愉快,但为了自己的安全而滥杀无辜,怎么说也不对。裴松之是南朝宋时的人,可见这件事在当时就有了不利于曹操的传说,本身表明的是民众对曹操这个人物的认识:曹操是一个"宁教我负天下人,休教天下人负我"的人。于是乎,人们就把很多坏人坏事都放到他身上了,像梦中杀人、割发代头,尤其是借仓官王垕之头消除人心的恐慌这件事更是"曹操式"的手段。曹操率领大军十七万人征伐袁术,每天粮草耗费巨大,偏偏赶上周边几个地区荒旱,征不上粮,军中粮食眼看接济不上了。负责粮仓的仓官王垕禀告曹操,说兵多粮少,怎么办呢?曹操命令他,暂时用小斛发粮,支撑几天。王垕说,小斛发粮军士们吃不饱,要是有怨言不就糟了吗,肚子吃不饱人心涣散怎么打仗啊?曹操说你就按我的命令去办,我自有妙计对付。曹操的妙计是什么呢?就是等士兵们开始有怨言的时候,他把王垕叫来,对他说:"吾欲问汝借一物,以压众心,汝必毋吝。"曹操和他借的是人头还要他不吝啬,王垕急了,说我没有罪呀,那不是你的命令吗?曹操哪里听他的分辨,叫刀斧手推出门外一刀斩了。然后贴出告示说王垕大斛入粮,小斛散粮,克扣粮草,所以大家吃不饱,现在把他斩了。这样,士兵们的怨愤就没了。这分明是曹操设计好的一个奸诈无比又残忍无道的圈套,他为达目的不择手段。

　　曹操的残忍和刘备的仁厚,在小说里面写得更清晰。曹操的父亲被张闿杀了,曹操想要找人算账给父亲报仇,那应该找谁呀?当然是张闿,俗语说"油撒了跟踢瓶子的人要钱",就是找那个直接的元凶,可是张闿跑到山里了,曹操找不见,于是他就把整个徐州人作为他的仇人,发兵血洗徐州给自己的父亲报仇。所到之处杀戮人民,挖掘坟墓。大家知道,在中国,特别敬畏祖先,我们是讲究祖宗

---

① 陈寿:《三国志》,中州古籍出版社1996年版,第13页。

崇拜的一个国家,我们对逝者是非常尊敬的,掘死人的坟比拆活人的房子还要恶劣,它造成的破坏力尤其是心理上的那种破坏力更大。而曹操居然拆人家的祖坟。他为什么要这么干呢?他就是要用这样的方式来羞辱对方,让对方痛苦,怎么样做你能够感到内心痛苦,他就怎么做,他就是用这样的方式给徐州百姓一种精神上的震慑,还有心灵上的痛苦。和曹操比较,刘备的仁德占了绝对的上风。曹操攻打屯驻在新野的刘备,刘备携新野和樊城的百姓出逃:

> 徐庶辞回,见了曹操,言玄德并无降意。操大怒,即日进兵。
>
> 玄德问计于孔明。孔明曰:"可速弃樊城,取襄阳暂歇。"玄德曰:"奈百姓相随许久,安忍弃之?"孔明曰:"可令人遍告百姓:有愿随者同去,不愿者留下。"先使云长往江岸整顿船只,令孙乾、简雍在城中声扬曰:"今曹兵将至,孤城不可久守,百姓愿随者,便同过江。"两县之民,齐声大呼曰:"我等虽死,亦愿随使君!"即日号泣而行。扶老携幼,将男带女,滚滚渡河,两岸哭声不绝。玄德于船上望见,大恸曰:"为吾一人而使百姓遭此大难,吾何生哉!"欲投江而死,左右急救止。闻者莫不痛哭。船到南岸,回顾百姓,有未渡者望南而哭。玄德急令云长催船渡之,方才上马。
>
> 行至襄阳东门,只见城上遍插旌旗,濠边密布鹿角,玄德勒马大叫曰:"刘琮贤侄,吾但欲救百姓,并无他念。可快开门。"刘琮闻玄德至,惧而不出。蔡瑁、张允径来敌楼上,叱军士乱箭射下。城外百姓,皆望敌楼而哭。城中忽有一将,引数百人径上城楼,大喝:"蔡瑁、张允卖国之贼!刘使君乃仁德之人,今为救民而来投,何得相拒!"众视其人,身长八尺,面如重枣,乃义阳人也,姓魏名延,字文长。当下魏延轮刀砍死守门将士,开了城门,放下吊桥,大叫:"刘皇叔快领兵入城,共杀卖国之贼!"张飞便跃马欲入,玄德急止之曰:"休惊百姓!"魏延只顾招呼玄德军马入城。只见城内一将飞马引军而出,大喝:"魏延无名小卒,安敢造乱!认得我大将文聘么?"魏延大怒,挺枪跃马,便来交战。两下军兵在城边混杀,喊声大震。玄德曰:"本欲保民,反害民也!吾不愿入襄阳!"孔明曰:"江陵乃荆州要地,不如先取江陵为家。"玄德曰:"正合吾心。"于是引着百姓,尽离襄阳大路,望江陵而走。襄阳

城中百姓,多有乘乱逃出城来,跟玄德而去。魏延与文聘交战,从巳至未,两下兵卒皆已折尽。延乃拨马而逃,却寻不见玄德,自投长沙太守韩玄去了。

却说玄德同行军民十余万,大小车数千辆,挑担背负者不计其数。路过刘表之墓,玄德率众将拜于墓前,哭告曰:"辱弟备无德无才,负兄寄托之重,罪在备一身,与百姓无干。望兄英灵,垂救荆襄之民!"言甚悲切,军民无不下泪。忽哨马报曰:"曹操大军已屯樊城,使人收拾船筏,即日渡江赶来也。"众将皆曰:"江陵要地,足可拒守。今拥民众数万,日行十余里,似此几时得至江陵,倘曹兵到,如何迎敌?不如暂弃百姓,先行为上。"玄德泣曰:"举大事者必以人为本。今人归我,奈何弃之?"百姓闻玄德此言,莫不伤感。后人有诗赞之曰:"临难仁心存百姓,登舟挥泪动三军。至今凭吊襄江口,父老犹然忆使君。"(第四十一回)

刘备在逃跑的时候,被曹操追着打的时候,他是带着满城的百姓一起逃的,携民渡江。面对手下人的劝说,刘备解释说:老百姓信任我才跟着我,我要是舍弃了他们独自逃命,那我还活着干嘛?

刘备还说出了"以人为本"这样的话。"以人为本",在中国,最早见于《管子》,《管子·霸言》:"夫霸王之所始也,以人为本。本理则国固,本乱则国危。"① 要想称霸天下,首先要做到以人为本,做到了,国家就会稳固,否则国家就面临亡国的危险。又说:"夫争天下者,必先争人。"② 争夺天下首先是争人,如果老百姓都支持你,你就能得到天下。而实际上在更早的先秦儒家五经的《尚书·五子之歌》中,就有"民惟邦本,本固邦宁"这样的观点。③ 民就是人,古汉语中,人、民二字常通用,后来合成人民这个复合词,也是因为二字通用的原因。邦就是国,人是国家的根本,根本稳固了,国家才能安宁。老百姓都想造反或者逃亡到他国,国家就危险了。至孟子更是进一步明确地提出了民本的思想,他说:"民为贵,社稷

---

① 黎翔凤撰,梁运华整理:《管子校注》,中华书局2004年版,第472页。
② 黎翔凤撰,梁运华整理:《管子校注》,中华书局2004年版,第465页。
③ 蔡沈注:《书经集传》,《四书五经》本,中国书店2015年版,第39页。

次之,君为轻。"①类似的观念在后代不断被继承,唐太宗李世民把政权比作舟,百姓比作水,"水能载舟亦能覆舟",再到"得民心者得天下"这句尽人皆知的俗语,足以证明"以人为本"是中国固有的传统思想。在上面引用的这些话里面,虽然民更多的是指与君、官相对的庶民,就是普通老百姓,但是,大家不要忘了,老百姓可是大多数啊!刘备说"举大事者必以人为本"中的人也是指老百姓,不是所有人。今天我们说的"以人为本"中的人当然是指所有人、所有公民。这是"以人为本"在现代社会的发展,没有古代的"以人为本"就没有今天的"以人为本"。小说中借刘备之口说出这句话,表明了作者对刘备的态度,这是一个比历史上任何一个贤君明主都爱民如子的人,他做任何事都是把百姓放在第一位的。从小说中看,当时敌强我弱的态势是非常明显的,所以刘备是抱着与百姓同存亡的这种决心的,这样比较起来,刘备和曹操这两个人物,哪个是好人,哪个是坏人,就一目了然了。所以不需要小说再作直接的观点表达,作者支持谁、反对谁,书里已经写得非常清楚了。

## 四、"拥刘反曹"思想形成的原因

关于"拥刘反曹"思想形成的原因,除了前面我们讲过的史学界有关正统之争的影响外,还有两个很重要的原因:一个是对既定民间思想观念的接受,第二就是民族意识的一种间接的反映。我们分别来介绍一下。

所谓既定民间思想观念的接受是什么意思呢?大家知道《三国演义》是世代累积型的小说,就是它在成书之前不断地积累这个故事,也积累人物,一代一代慢慢地流传,雪球越滚越大,最后在元末明初的时候由罗贯中把它整理成一部小说。在流传的过程中,逐渐地在民间就形成了"拥刘反曹"的思想,而作者就接受了老百姓的这种思想观念,把它写到了小说里面。民间的思想是怎样形成的呢?我们给大家介绍这样三本书:一本是《世说新语》,一本是《独异志》,还有一本是《东坡志林》。这三本书里分别记载了三件事,这三件事就能够告诉我们"拥刘反

---

① 朱熹注:《孟子章句集注》,《四书五经》本,中国书店2015年版,第111页。

曹"的思想在老百姓中间是怎么形成的。《世说新语》里面记载曹操年轻的时候的一件"糗事":

> 魏武少时,尝与袁绍好为游侠。观人新婚,因潜入主人园中,夜叫呼云:"有偷儿贼!"青庐中人皆出观,魏武乃入,抽刃劫新妇与绍还出。失道,坠枳棘中,绍不能得动。复大叫云:"偷儿在此!"绍遑迫自掷出,遂以俱免。①

这个故事讲的是什么意思呢?就是曹操和袁绍喜欢做所谓的侠客,可是他们这个侠客不干好事。有人家办婚事,他和袁绍事先就埋伏在人家的花园里面,等到晚上新郎新娘入洞房的时候,他俩在院子里喊"有偷儿贼",就是有小偷,那么房间里的人自然就跑出来抓小偷,谁不能出来啊?当然是新娘子,所以曹操和袁绍就拿着刀进去,把新娘子给抢出来。结果往外跑的时候,袁绍胆子可能比曹操小,慌里慌张地,衣服被荆棘刮住了,曹操帮着袁绍往外逃跑,他是怎么做的呢?拉袁绍吗?不是。曹操心计太多了,他大声喊:小偷在这。那袁绍一着急,衣服不要就跑掉了。这样的坏事在民间如果传多了,曹操的名声能好吗?这是《世说新语》里面的一个例子。

《独异志》是唐代的著作,作者叫李冗,他在《独异志》里面记载的就是曹操借仓官之头这件事,这个故事小说写进去了。到了唐代,在老百姓的传说中就已经有了这样的事了。

《东坡志林》是苏东坡的笔记,这里面记载的故事更有意思:

> 王彭尝云:"涂巷中小儿薄劣,其家所厌苦,辄与钱令聚坐听说古话,至说三国事,闻刘玄德败,颦蹙有出涕者,闻曹操败,即喜唱快。以是知君子小人之泽,百世不斩。"②

---

① 《世说新语·假谲第二十七》,引自徐震堮:《世说新语校笺》,中华书局1984年版,第454页。

② 转引自朱一玄、刘毓忱:《三国演义资料汇编》,南开大学出版社2003年版,第109页。

《东坡志林》这本书有好几个版本，不同的版本，内容有很大差异，记载这个故事的版本是个五卷本，还有一个十二卷本，比这个卷数多，但没记这一条。不过，这不影响我们理解《三国演义》的成书过程。这段话记载了一个叫王彭的人说过这样一个故事：街坊上那些淘气的男孩子，家里人拿他们没有办法的时候，就给他们一些钱让他们去听说话。说话是类似今天评书的说唱艺术，在北宋时非常流行，白话小说就起源于说话，当然了，它也是评书的源头。这些小孩听到讲三国故事的时候，说话人讲到刘备打了败仗，他们就皱起眉头，有的甚至流下眼泪。可是一听到曹操打了败仗，就高兴得喊好。说话艺人在讲三国故事时，是有着自己的是非观和爱憎观的，说话艺人的观念既来自大众，又影响大众，所以听众包括孩子受到了感染。《东坡志林》中的这个故事能证明一个现象，那就是北宋的时候，在民间"拥刘反曹"的思想已经确定下来了，它已经深入人心，所以到了小说作者那里，他还好意思违背民意就要把曹操写成好人而不管百姓的价值观吗？不会有人那么傻，那样的话《三国演义》就没人看了。

所谓民族意识的间接反映指的是什么呢？就是小说中有兴复汉室的说法，这个说法恰恰和所谓的汉族正统有了一致性，因为到了元代以后，汉族和少数民族之间的矛盾特别深，而清朝又是一个少数民族政权入主中原的朝代，当时民族矛盾加深，所谓人心思汉，自然把汉朝的汉和汉族的汉联系到了一起，拥蜀汉正统，实际上就是强调汉族和少数民族政权比起来，汉族才是正统。这一点从毛宗岗评点《三国演义》也能找到证据，毛宗岗是清初苏州人，他和他的父亲毛纶共同完成了《三国演义》的评点，所谓毛本、毛批，与金圣叹批《水浒》并称。毛批《三国演义》强化了小说的蜀汉正统观，毛本开头有一篇《读三国志法》（作者注：毛氏所谓《三国志》指的是《三国演义》小说，而非陈寿《三国志》史书），开头第一段话就强调小说的正统思想："读《三国志》者，当知有正统、闰运、僭国之别。正统者何？蜀汉是也。僭国者何？吴、魏是也。闰运者何？晋是也。"僭国就是篡位，闰运是非正常，像闰年一样，合理合法又正常的就是蜀汉。因为毛氏父子是清初康熙年间的人，他们如此强调蜀汉正统，绝非个人情感或其他原因，而是反满的民族意识使然，当时汉族知识分子是不愿意看到其他民族成为正统的。毛氏父子借着汉朝的汉，隐喻的是汉族的汉。

## 五、《三国演义》正统观及"拥刘反曹"思想的当代意义

《三国演义》的正统观和"拥刘反曹"思想是在封建时代形成的,到了我们今天,它有没有什么价值和意义？今天该怎么看它呢？我们今天应该客观地对待它,并且还要从这种正统观和"拥刘反曹"的思想中汲取对我们有用的东西,也就是古为今用。那么古为今用怎么用呢？

首先,正统观在封建时代有一定的合理性,它在塑造和凝聚民族精神方面起到了其他思想观念起不到的作用,今天我们应该扬弃正统观中狭隘的民族主义观念,应该把汉族主义的这种观念上升为中华民族的意识。这种意识就是中华文化是各民族共同创造的,各民族一律平等。

其次,正统观里面还包含着道德因素,刘备的仁德和曹操的奸诈就包含着这样的道德因素,那么我们今天就应该客观地来认识它,不要再强调血缘上的正统。我们应该看谁是有德者,我们更看重人的修养、道德、素质。

第三,正统观又包含着正义性,不仅仅是正统。正统首先是正义的一方,因此我们说,今天再看待正统观和"拥刘反曹"思想的时候,我们要特别强调正义性和奉献精神,大家应该抱定这样的一个基本观念：人间只有正道,没有正统。

 思考题

1. 如何理解中国传统文化中的正统思想？
2. "拥刘反曹"思想在当代有何意义？

# 第二讲
# 《三国演义》的天命观

作为历史小说的《三国演义》，描写了许许多多的历史事件，有在史书中被重点记载的重大事件，比如官渡之战、赤壁之战和彝陵之战，也有一些史书记载过的小事，被作者加工修改一番，比如俗语中"徐庶进曹营一言不发"这样的情节，还有很多纯粹虚构的情节。但无论什么样的事件，必然涉及这一事件的发生、发展、变化和结局，同时，小说中所写的主要人物都是历史上实有之人，他们的命运变化、最终结局也要一一交代。事件的走向和人物的命运，为什么会这样而不是那样，尤其是很多事、很多人的结局不像人们希望的那样，为什么会这样呢？人们就会思考其中的道理，这样就形成了一种观念的东西，我们就叫它历史观，就是怎样看待历史事件和历史人物，学术界的称法是"社会存在和社会意识之间的关系"。《三国演义》的历史观是什么呢？我们概括地说，《三国演义》的历史观是以天命观为核心的一种历史观念。

## 一、天命的含义和天命观的由来

所谓天命观在小说里面表现的就是任何事件的发生、发展、变化、结局，包括人物的命运，都不是人能左右和决定的，决定它们的是天，是天的旨意、天的意图，这就是所谓的天命。那么什么是天呢？我们查一查《汉语大词典》，在天这个词条下面一共给出了十九条解释，可以看出天的内涵是很丰富的，概括一下，天有三层含义:第一层含义是自然之天,就是我们头顶上的苍穹,它是指自然、自然界以及自然运动的规则规律;第二层次含义是宗教之天,就是主宰人类社会,包括自然界的有超人力量的并且也有喜怒哀乐情绪的人格化的大神,也就是我们说的老天爷、玉皇大帝、上帝这些人格化的大神;第三层含义是义理之天,这是在自然之天的基础上引申发展出来的一种理解。所谓义理之天就是自然的规则规律,是不以人的意志为转移的一种客观存在。

中国人理解天的时候可以概括为两层含义:一是自然的不以人的意志为转移的客观存在,就是自然之天和义理之天;第二就是主宰人类命运的人格化的大神,中国人在痛苦万分的时候总是喊天啊、我的老天爷啊,在老天的后面要加上一个人间的称谓——"爷",那也就是说在我们的心目中还是把天人格化了。正是由天的这两层含义,在中国丰富的语汇中引申出了无数的词汇,比如说天意、天运、天命。那么天命按照我们前面给天的解释,我们就可以给它再作一个比较准确的界定了:按自然之天的解释,天命就是自然的法则,是人不能违抗的一种自然规律。按宗教之天的解释,天命就是人格神的命令、旨意,在中国的神话中就是三清大帝、玉皇大帝、老天爷,就是它的旨意和命令。

在文献中最早出现天命一词的是《尚书》。《尚书》是中国最早的一部历史文献,在《尚书》的《汤誓》中有这样一句话:"有夏多罪,天命殛之。"① 这句话的意思是说夏有罪,所以天命(就是天的命令、旨意)要惩罚它、消灭它。另外,《尚书》的《大诰》中说:"天休于文王,与我小邦周。"② 这句话说天对文王有好处,帮助文王,它认可了文王,所以才给我这个小国周以利益。大家知道在中国文化中孔子的地位应该是很高的,那么孔子怎么说天命呢?在《论语·为政》中孔子有一句名言:"五十而知天命。"③ 这里"知天命"知道的是人格神的旨意还是自然的规律法则,孔子没说。还有在《论语·季氏》中孔子又说:"君子有三畏:畏天命,畏大人,畏圣人之言。"④ 就是说君子要敬畏三样东西:一个是天命,一个是德高望重的尊

---

① 蔡沈注:《书经集传》,《四书五经》本,中国书店2015年版,第43页。
② 蔡沈注:《书经集传》,《四书五经》本,中国书店2015年版,第84页。
③ 朱熹注:《论语章句集注》,《四书五经》本,中国书店2015年版,第4页。
④ 朱熹注:《论语章句集注》,《四书五经》本,中国书店2015年版,第71页。

者长者,还有一个是圣人的言论。孔子提了天命,可是他没有解释天命是什么,是自然之天还是宗教之天呢?这样我们就要看一下孔子对鬼神的问题是什么态度。如果孔子是一个笃信鬼神的人,那他说的天命就应该是宗教之天;如果他完全不相信鬼神而是一个唯物论者,那他说的天命就应该是自然之天。孔子在谈鬼神的时候,他也说过好多,其中有这样一句:"未能事人,焉能事鬼?"①这是孔子的学生子路问他鬼神之事:我该怎么祭祀鬼神呢?对鬼神我该怎么做呢?孔子说:你为人做事都没做好,怎么能伺候鬼神呢?孔子没正面回答。另外,孔子还说过一句话,就是"敬鬼神而远之",②一方面敬畏他,另一方面还要离他远一点,还是没有直说我信还是不信鬼神。孔子又说"祭神如神在",③就是我祭祀神的时候好像神就在我旁边,可是他说就好像神在我旁边,也没说神就在我旁边,他强调的是主观的一种意识,而不是神到底在不在。孔子的这些话让我们还是摸不着头脑,他到底是信还是不信呢?这恰恰说明了孔子客观地对待鬼神这个问题,因为在那个时代毕竟人们的知识是有限的,想要解决这个问题是很难的,孔子只是客观地来处理。如何才是客观?因为我不知道他在不在、有没有,所以只能做如是处理:好好地做人间的事,可是祭祀的时候你就要真诚,你对他要抱着一种敬畏的心,但是又不要过于地接近他。因为毕竟我们不知道他在哪,所以孔子的这种处理方式实际上是很客观的。因此我们要概括孔子对天命观的理解只能这样说:孔子对天命是持一种谨慎的尊敬态度,他并不明确地告诉我们天命是什么,孔子说"五十知天命",知的就是人该怎样做才不违背规律。

到了汉代,董仲舒开始提出"天人感应"说、"君权神授"说。他将自然之天和宗教之天合在一起,就是宣扬宗教之天,由此强调汉朝政权得来的合法性,还以此教育人民一定要忠于皇帝。因为皇帝是天之子,他的权力不是他的祖先通过征伐得来的,也不是从别人那里抢来的,而是神授给他的,实际上这是以宗教的思想麻痹人民。到了宋代,理学家朱熹提出"天即理",他不再强调天是人格神还是自然规律,他更强调天就是理、理就是天。因为他是理学家,理在没有人、没有

---

① 朱熹注:《论语章句集注》,《四书五经》本,中国书店2015年版,第45页。
② 朱熹注:《论语章句集注》,《四书五经》本,中国书店2015年版,第25页。
③ 朱熹注:《论语章句集注》,《四书五经》本,中国书店2015年版,第11页。

世界、什么都没有的时候,也是一种客观的存在,所以朱熹就进一步提出"存天理,灭人欲"说。理和欲是对立的,那也就是说理是天,如果我们把天理解成自然规律,那么理就是自然的法则和规律,人是不能违背的,如果是大神的旨意,那理也是大神的思想,他的观点、命令也不能违背。总而言之,理是不能违背的,也就是说天命不可违。从这一点看,朱熹继承了董仲舒的观念,只不过换了理学的视角来解释罢了。

## 二、《三国演义》天命观的表现特征

前面我们介绍的是儒家的天命观,那么在《三国演义》里面这个天命观是怎么表现的?实际上,《三国演义》也没有用直接的概念表述,它毕竟是小说,它通过形象来表达,我们将《三国演义》天命观的表现特征概括成这样四个方面:第一个特征是基于天人感应说的预兆描写;第二个特征是蕴藏着天机的谶语;第三个特征是天象与人事的对应;第四个特征是命中注定与成事在天。下面我们逐一介绍。

### (一) 基于天人感应说的预兆描写

小说中往往用自然界的非正常现象、极端来预示人间社会将要发生某种剧烈的变化或动荡。《三国演义》中这样的描写很常见,几乎凡是有什么大事要发生,都有先兆。我们看小说中这样一段描写:

> 建宁二年四月望日,帝御温德殿。方升座,殿角狂风骤起;只见一条大青蛇,从梁上飞降下来,蟠于椅上……须臾,蛇不见了。忽然大雷大雨,加以冰雹,落到半夜方止,坏却房屋无数。建宁四年二月,洛阳地震;又海水泛滥,沿海居民,尽被大浪卷入海中。光和元年,雌鸡化雄。六月朔,黑气十余丈,飞入温德殿中。秋七月,有虹见于玉堂,五原山岸,尽皆崩裂。种种不祥,非止一端。(第一回)

小说列举了最近几年发生的所谓的不祥之兆,这就告诉我们:皇帝无德,天下要乱。所以接下来就是黄巾起义,十常侍干政。十个太监把持朝政,朝政乱了,国家也乱了,天下大乱,前面这些不祥之兆都是预示着后面要发生不祥之事,这就是所谓的预兆。那么这个预兆是基于哪一种理论呢?就是"天人感应"说。天人感应观念出现得非常早,可以说是古代中国有关天的观念中天与人关系的基本观念,也是核心观念。《尚书·洪范》讲的就是自然界的阴晴冷暖、刮风下雨等变化与人类社会的政治统治之间的联系,其中有这样一段话:"曰休征:曰肃,时雨若;曰乂,时旸若;曰哲,时燠若;曰谋,时寒若;曰圣,时风若。曰咎征:曰狂,恒雨若;曰僭,恒旸若;曰豫,恒燠若;曰急,恒寒若;曰蒙,恒风若。"①《尚书》诘屈聱牙,用词生僻,不好懂。这段话的基本意思是,好的征兆、不好的征兆都和君王的品行、政绩对应,君王恭敬,就像及时雨,国家治理得好,就像雨雪天后及时放晴等;如果君主傲慢,就像雨下个不停,君王追求享乐,就像酷暑不退等。《尚书》比较早,到了战国后期的《礼记》中,就出现了更加明确的一句话:"国家将兴,必有祯祥;国家将亡,必有妖孽。"②这就说得很明白了,祯祥就是吉兆,它预示着国家兴盛;妖孽就是公鸡下蛋这种物类反常现象或者妖魔鬼怪,是凶兆,它预告的是国家要灭亡了。

  西汉董仲舒是天人感应说的集大成者。他提出的"天人感应""君权神授"等观念,有一个理论基础,就是"天人合一"的观点。在《春秋繁露》中,董仲舒说:"天亦有喜怒之气,哀乐之心,与人相副,以类合之,天人一也。"③这句话的意思就是说天也有高兴、生气这样的情绪,也会悲伤,也会喜悦,天跟人在结构上和本质上是相同的,因此可以相通,可以互相感应。天和人和理论在中国影响非常大,有人认为"天人关系是中国古代哲学所关注的核心问题"④,的确,董仲舒之后,很多思想家也都讨论过这个命题。北宋思想家张载说:"儒者则因明致诚,因诚致明,故天人合一。"⑤"诚"和"明"是《中庸》中的两个概念,历来解释众多。张载用天人合一解释"诚"和"明"的关系。"诚"是天道,"明"是对天道的认识和理解,二

---

① 蔡沈:《书经集传》,《四书五经》,中国书店2015年版,第78页。
② 朱熹注:《中庸章句集注》,《四书五经》,中国书店2015年版,第12页。
③ 苏舆撰、钟哲点校:《春秋繁露义证》,中华书局1992年版,第340页。
④ 曾振宇注说:《春秋繁露》,河南大学出版社2009年版,第38页。
⑤ 刘玑:《正蒙会稿》,商务印书馆1936年版,第165页。

者是辩证统一、互为因果的关系。北宋另一位思想家程颢则说："天人本无二，不必言合。"①程颢的说法好像跟其他人相反，但实际上是一样的，他认为天人本来就是一个，没必要谈什么合。

《三国演义》里面不仅针对国家兴亡的大事有预兆，即使是个人的吉凶祸福也是有预兆的。我们就以曹丕称帝为例，第八十回，曹丕篡位献帝，在受禅台上，刚刚准备要从汉献帝手里接过玉玺的时候，忽然台前卷起一阵怪风，飞沙走石急如骤雨，人面对面都看不到对方，台上火烛尽皆吹灭。而曹丕当时就昏倒过去，养了很长一段时间才能上朝临政。这就是不祥之兆，实际上就是上天在警告曹丕——你这个皇帝做不好，那么曹家的江山也持续不久。和曹丕相比，刘备称帝的时候也有预兆，不过是吉兆。也是在同一回，刘备要称帝的时候，御史大夫谯周对诸葛亮说："近有祥风庆云之瑞；成都西北角有黄气数十丈，冲宁而起；帝星见于毕、胃、昴之分，煌煌如月。此正应汉中王当即帝位，以继汉统。"风、云都有祥有不祥，黑气是不祥之兆，黄气是祥兆。小说中还说看到一颗帝王的星在天上的某一个区域，正好是在成都的上空，特别亮都赶上月亮了。为什么这么亮呢？就告诉我们这里要诞生一个真命天子。这是天象与人事的对应，当然也属于预兆，后面要详细地讲。这是道教的思想，因为道教将天上的星宿人格化，人间的帝王将相都对应着天上的某一颗星星，这是一种天人感应而形成的预兆。

**（二）蕴藏着天机的谶语**

谶语也叫谶、谶言、图谶，谶的意思是应验。它是用语言、图像、动作等表现出来的预知吉凶的一种隐语，汉代时在儒生、方士中很是流行，还有专门的著作，叫谶书，晋以后逐渐消失了。谶语的形式有多种，最常见的是儿歌童谣和文字图形。汉代除流行谶语外，还流行纬书，就是用神学解释五经，和经相对，所以叫纬。因为纬书是讲术数占验这些东西，所以跟谶被合称谶纬，当时有《易》《书》《诗》《礼》《乐》《春秋》和《孝经》七部经典的纬书，号称"七纬"；后来，隋炀帝下令都烧掉了。谶纬虽然在知识分子圈子里式微了，但是在民间的影响很大，并且一直延续下来，《三国演义》中的谶语、图谶既有汉代谶纬的直接继承，更多反映的

---

① 朱熹：《河南程氏遗书》，商务印书馆1935年版，第88页。

是民间的文化，当然也是从汉代谶纬不断传播变异下来的。

　　小说里面写了很多谶语。比如第九回，董卓久想篡汉，他在长安城外盖了一个别墅叫郿坞，经常住在那儿。司徒王允设美女连环计要把董卓除掉，吕布这个时候已经变成王允的同党了，答应帮助王允除掉董卓，于是他们就派李肃去郿坞请董卓，说我们都想好了，汉朝的皇帝实在是不行，还是你来做吧。董卓当皇帝心切，李肃骗他，他就信了，和李肃一起回城准备第二天就受禅当皇帝。董卓先回到城里自己的府上住下，当天晚上听到城外有十几个孩子在唱歌，城外的歌声能传到城内吗？可是董卓就听到了，别人听不到，它就是让董卓听的，这就是谶语。孩子们唱的是："千里草，何青青！十日卜，不得生！"董卓听得一清二楚，就问李肃这是什么意思，李肃骗董卓说："亦只是言刘氏灭，董氏兴之意。"这个就是小孩子瞎唱的。实际上大家一猜，千里草放在一起就是一个"董"字，十日卜是"卓"字，不得生就是死。第二天，他们一起上朝，准备从汉朝皇帝那里接玉玺。半路遇到一个老道，这个老道的行为举止特别奇怪，他扛着一个长杆，长杆上挑着一丈长的一块白布，白布的这一头写个口字。那一头写了一个口字，董卓看着奇怪，说这个人不僧不道，扛着那个东西又不像旗又不像幡，这边一个口，那边一个口是什么意思？两个口放在一起是吕啊，这就是老天告诉董卓，吕布要反，你要注意姓吕之人，这是字谶。果然，董卓死于吕布的方天画戟之下，童谣和图谶最后都应验了。

教学视频

　　再举一个童谣谶语的例子。庞统叫凤雏而诸葛亮是卧龙，庞统死之前也有谶语，这个谶语是小孩们唱出来的："一凤并一龙，相将到蜀中。才到半路里，凤死落坡东。风送雨，雨送风，隆汉兴时蜀道通，蜀道通时只有龙。"（第六十三回）这个谶语在庞统死之前小说没交代，从叙事的艺术角度，这叫倒叙。用倒叙的方式补充证明，庞统死前的确有种种预兆，而且应验了。因为庞统和诸葛亮都有非凡之才，是能知天命的，所以不能先说出来，是庞统死了以后小说作者才交代这个谶语。

　　谶语在东汉的时候很流行。小说所写的谶语也是当时情形的一个反映。东汉的光武帝刘秀就特别相信谶纬，所以他身边很多大臣想要顺皇帝意，也都围着他找来一堆谶语，当然都是好话，因为皇帝喜欢。

小说中还有一种谶,是一种特殊的谶,就是孩童无意间说出的话。刘备小的时候,村子旁边有一棵大桑树,桑树长的形状特别像车盖,就是车上的大伞,不是所有人的车上都可以放伞的,那是帝王和权力的象征,有一个算卦的路过那儿说这个村子要出皇上。刘备小的时候跟小朋友玩游戏,他就在那个大树下面说以后我要当了皇上,就拿这树当车盖,小孩子是童言无忌,越是童言无忌的谶越准。相比之下,孙坚就是因为不信这些,不听信别人的劝说,他临出发的时候大风把旗吹折了,这种情况不祥,可是他不信,结果就死了。

**(三) 天象与人事的对应**

在《易经·系辞上》有这样一句话:"天垂象,见吉凶,圣人象之。"①说从天表现出的样子,我们能够看出人间的吉和凶,只有圣人能够根据天相来了解它。庞统死之前也有天相,有个叫彭羕的人对刘备说:"罡星在西方,太白临于此地,当有不吉之事,切宜慎之。"(第六十三回)这正是刘备和庞统要出发前往雒城入川的时候,可是彭羕只能看到这里,往下他就再看不出来了。而此时在荆州的诸葛亮也看出不祥了,他比彭羕看得更进一步,诸葛亮为此专门给刘备写信,说:"罡星在西方……太白临于雒城之分,主将帅身上多凶少吉。"(第六十三回)诸葛亮能看出主将帅身上凶多吉少,要么是将要么是帅,他还不知道是刘备还是庞统。庞统他们出发去雒城的时候,那天早晨要上马,庞统的马就不听话,庞统怎么也骑不上去,刘备就把自己的"的卢"马给庞统骑。然后庞统就骑上了刘备的马,大家知道"的卢妨主",谁骑它谁死,只有刘备骑上不死,因为刘备是真命天子。结果雒城的守将远远地看见一个骑白马的过来了,就跟埋伏的弓箭手说,那个骑白马的就是刘备,集中弓箭射他,所以庞统就死于乱箭之下。此外,庞统在出发之前对刘备连说了两遍肝脑涂地、以死相报这样的话,这也不祥。因为在中国古代尤其是道教产生之后,把天上的星宿全都人格化了,这样天象和人事的对应关系就变得非常紧密了,所以人间的重要人物在天上都有对应的星,即所谓的将星。人间的智者就可以通过天上将星的变化来知道这个人怎么样,所以诸葛亮一看天上一颗流星划过,他说庞统必死无疑,大家都不信,结果,几天以后消息传来,

---

① 朱熹注:《周易本义》,《四书五经》,中国书店2015年版,第63页。

果然庞统死了。还有关羽死的时候也是如此,诸葛亮看到一颗星从天上划过,他说关羽要死了。不仅如此,连他自己的将星都能找到,"五丈原汉丞相归天"的时候,他和众将最后一次巡视军营,他指着天上一颗暗淡无光的星星——那颗星星就在北斗七星的旁边,他说大家看到没有,那就是我的将星,大家一看果然暗淡无光。

小说中的预兆、谶语、天象等这些天人感应的神秘主义的东西,在庞统身上有比较集中的体现,前面也举过例子。刘备与庞统进军西川:

> 玄德设宴管待彭羕,忽报荆州诸葛亮军师特遣马良奉书至此,玄德召入问之。马良礼毕曰:"荆州平安,不劳主公忧念。"遂呈上军师书信。玄德拆书观之,略云:"亮夜算太乙数,今年岁次癸巳,罡星在西方,又观乾象,太白临于雒城之分,主将帅身上多凶少吉,切宜谨慎。"玄德看了书,便教马良先回。玄德曰:"吾将回荆州去谕此事。"庞统暗思:"孔明怕我取了西川,成了功,故意将此书相阻耳。"乃对玄德曰:"统亦算太乙数,已知罡星在西,应主公合得西川,别不主凶事。统亦占天文,见太白临于雒城,先斩蜀将冷苞,已应凶兆矣。主公不可疑心,可急进兵。"
>
> 玄德见庞统再三催促,乃引军前进。黄忠同魏延接入寨去。庞统问法正曰:"前至雒城,有多少路?"法正画地作图。玄德取张松所遗图本对之,并无差错。法正言:"山北有条大路,正取雒城东门;山南有条小路,却取雒城西门。两条路皆可进兵。"庞统谓玄德曰:"统令魏延为先锋,取南小路而进;主公令黄忠作先锋,从山北大路而进:并到雒城取齐。"玄德曰:"吾自幼熟于弓马,多行小路。军师可从大路去取东门,吾取西门。"庞统曰:"大路必有军邀拦,主公引兵当之。统取小路。"玄德曰:"军师不可。吾夜梦一神人,手执铁棒击吾右臂,觉来犹自臂疼。此行莫非不佳?"庞统曰:"壮士临阵,不死带伤,理之自然也。何故以梦寐之事疑心乎?"玄德曰:"吾所疑者,孔明之书也。军师还守涪关,如何?"庞统大笑曰:"主公被孔明所惑矣!彼不欲令统独成大功,故作此言以疑主公之心。心疑则致梦,何凶之有?统肝脑涂地,方称本心。主公再勿多言,来早准行。"当日传下号令,军士五更造饭,平明上马。黄忠、魏延领军先行。玄德与庞统约定,忽坐下马眼生前失,把庞统

掀将下来。玄德跳下马,自来笼住那马。玄德曰:"军师何故乘此劣马?"庞统曰:"此马乘久,不曾如此。"玄德曰:"临阵眼生,误人性命。吾所骑白马,性极驯熟,军师可骑,万无一失。劣马吾自乘之。"遂与庞统更换所骑之马。庞统谢曰:"深感主公厚恩,虽万死亦不能报也。"遂各上马取路而进。玄德见庞统去了,心中甚觉不快,怏怏而行。

却说雒城中吴懿、刘璝听知折了冷苞,遂与众商议。张任曰:"城东南山僻有一条小路,最为要紧,某自引一军守之。诸公紧守雒城,勿得有失。"忽报汉兵分两路前来攻城。张任急引三千军,先来抄小路埋伏。见魏延兵过,张任教尽放过去,休得惊动。后见庞统军来,张任军士遥指军中大将:"骑白马者必是刘备。"张任大喜,传令教如此如此。

却说庞统迤逦前进,抬头见两山迫窄,树木丛杂;又值夏末秋初,枝叶茂盛。庞统心下甚疑,勒住马问:"此处是何地名?"内有新降军士,指道:"此处地名落凤坡。"庞统惊曰:"吾道号凤雏,此处名落凤坡,不利于吾。"令后军疾退。只听山坡前一声炮响,箭如飞蝗,只望骑白马者射来。可怜庞统竟死于乱箭之下。时年止三十六岁。(第六十三回)

这一段一共有三个预兆,两处谶语。第一个是天象的预兆,诸葛亮看出来"将帅身上多凶少吉",马上给刘备写信,叮嘱他小心。第二个预兆是梦兆。刘备做了一个梦,一个神人执铁棒击打刘备的右臂,这是神灵在提醒刘备,你的右臂庞统要出事。第三个预兆是庞统的坐骑眼生马失前蹄,把庞统从马上掀了下来,刘备与庞统换马,把妨主的"的卢"换给了庞统,身边动植物失常、反常也是预兆的一种。两处谶语之一是庞统对刘备说的那句"深感主公厚恩,虽万死亦不能报也",刚说完没多久就以死相报了。谶语之二是落凤坡这个地名,这是庞统最不该来的地方,落凤坡可不是凤凰降落的地方,是被射落之处。庞统听到落凤坡三个字,知道不好,但是晚了,已经到落凤坡了,那就必落无疑。当然,庞统气量狭小,固执己见,是遭此不幸的内因,但是小说强调的是天命必然。

### (四)命中注定与成事在天

命中注定就是说人间的事情和个人的命运是老天已经安排好的,这事能不能成由天来决定。关羽被孙权杀了，刘备不惜倾整个蜀国的人力、物力发兵东吴，就要给他这个义弟关羽报仇。大家都劝刘备不能拿国家的利益去给一个人复仇，实际上小说在于表现刘备的义。这个时候有一个叫陈震的大臣给他提意见，说青城山有个隐士叫李意，这个人据说活了三百多岁，能够预知吉凶祸福，我们把他请来让他预测一下这一仗能不能打赢。可是李意被请来之后不说话，大家问他，他说这是命中注定的，是天意，你问我也没用，我也不能告诉你，我就是告诉你了，你们该赢还是赢该输还是输，天定下的事改不了。于是李意就画了四十多张图，这图上画的都是一些兵马器械，这里画一刀那里画一车，画完之后他又把画一张一张都扯烂了。然后又画了一张，这一张画的是一个成年人仰卧在地上，旁边有一个人在那掘土，往他身上埋。后来等到刘备打了败仗之后人们才恍然大悟，四十多张图碎了是什么？就是刘备将他的部队屯兵四十余处，最后全被陆逊一把火给烧掉了，全都灰飞烟灭了。还有在这个成年人的旁边写了一个大大的白字，这就是白帝托孤。这个足够隐晦了，一般的人是猜不出来的，因为是天意，如果不隐晦一点就泄露了。这就是所谓的命中注定，即便神仙告诉你了，给了你一个谜语让你猜，你也猜不出来。

  小说中写了很多能知天命的人，比如诸葛亮就能知天命，他知道什么时候有雾，什么时候起雾，什么时候结束，所以他才能草船借箭，并且他还能从天那里把东风借来。《西游记》里面孙悟空能把天盖住，《三国演义》里面诸葛亮也能把东风给借来。刘备"三顾茅庐"的时候，司马徽对刘备说过这样的话："孔明虽得其主，不得其时。"意思是说诸葛亮遇到了一个明君，可是时机不对，老天爷在这个时候不帮刘备，因为这是命中注定的。诸葛亮有好几个好朋友，他们都知道天命，刘备不成，此是天意。诸葛亮的好友崔州平劝说刘备的时候就用了这样的话："顺天者逸，逆天者劳。数之所在，理不得而夺之；命之所定，人不得而强之。"（第三十七回）老天定好的事，人力不要强求，这和"谋事在人、成事在天"是一脉相承下来的思想。既然是命中注定，那么事情成败与否就不是人能决定的，就是天意了。

  诸葛亮在上方谷困司马懿也是一个比较典型的例子：

却说魏兵皆奔祁山寨来,蜀兵四下一齐呐喊奔走,虚作救应之势。司马懿见蜀兵都去救祁山寨,便引二子并中军护卫人马,杀奔上方谷来。魏延在谷口,只盼司马懿到来,忽见一枝魏兵杀到,延纵马向前视之,正是司马懿。延大喝曰:"司马懿休走!"舞刀相迎。懿挺枪接战。不上三合,延拨回马便走,懿随后赶来。延只望七星旗处而走。懿见魏延只一人,军马又少,放心追之,令司马师在左,司马昭在右,懿自居中,一齐攻杀将来。魏延引五百兵皆退入谷中去。懿追到谷口,先令人入谷中哨探。回报谷内并无伏兵,山上皆是草房。懿曰:"此必是积粮之所也。"遂大驱士马尽入谷中。懿忽见草房上尽是干柴,前面魏延已不见了。懿心疑,谓二子曰:"倘有兵截断谷口,如之奈何?"言未已,只听得喊声大震,山下一齐丢下火把来,烧断谷口。魏兵奔逃无路。山上火箭射下,地雷一齐突出,草房内干柴都着,刮刮杂杂,火势冲天。司马懿惊得手足无措,乃下马抱二子大哭曰:"我父子三人皆死于此处矣!"正哭之间,忽然狂风大作,黑气漫空,一声霹雳响处,骤雨倾盆。满谷之火,尽皆浇灭:地雷不震,火器无功。司马懿大喜曰:"不就此时杀出,更待何时!"即引兵奋力冲杀。张虎、乐綝亦各引兵杀来接应。马岱军少,不敢追赶。司马懿父子与张虎、乐綝合兵一处,同归渭南大寨,不想寨栅已被蜀兵夺了。郭淮、孙礼正在浮桥上与蜀兵接战。司马懿等引兵杀到,蜀兵退去。懿烧断浮桥,据住北岸。

且说魏兵在祁山攻打蜀寨,听知司马懿大败,失了渭南营寨,军心慌乱,急退时,四面蜀兵冲杀将来。魏兵大败,十伤八九,死者无数,余众奔过渭北逃生。孔明在山上见魏延诱司马懿入谷,一霎时火光大起,心中甚喜,以为司马懿此番必死。不期天降大雨,火不能着,哨马报说司马懿父子俱逃了。孔明叹曰:"'谋事在人,成事在天。'不可强也!"(第一百零三回)

司马懿父子被诸葛亮困在上方谷,本来是响晴的天,结果就在大火烧起来的时候,天上突然间阴云密布大雨倾盆,把一谷大火就浇灭了,这是怎么回事?天意不让司马懿父子死于此时、死于此处,诸葛亮再厉害,也拗不过天,更胜不了天。所以诸葛亮只有仰天长叹"谋事在人,成事在天",我能做的都做到了,可是老天爷不让他死,那我也没有办法。如果从哲学意义上讲,小说的天命观应该属于唯心主义,因为我们知道没有所谓的天命,只有自然规律,决定人类命运的是人类自己,不是天意。

## 三、天命观的评价

那么今天我们看《三国演义》的时候对它的天命观该怎么去评价呢?我们也不能简单地就否定它。

首先,天命观是传统文化和传统的思维方式。就是说中国人是按照这样的一种思维方式去看待世界的,我们的智慧、文化有一个发展的过程,要想让人类一下子就摆脱蒙昧进入文明那是不可能的,正是因为我们有过那样一个认识的过程和经历,我们今天才会产生出科学发展观来。第二,它也反映出了小说中理想和现实之间的巨大矛盾。为什么这么说呢?小说的理想是有德者居有天下,天下统一。谁来统一天下呢?当然是蜀汉刘备、诸葛亮这些人,因为他们是有德者。另外,如果从客观条件来看,蜀汉居有天府之国四川,它的地势也好,退可以守,进可以攻。而且从人的因素来看,蜀汉是主上清明、仁德,而文臣智慧,武将用力,文有诸葛亮,武有五虎将,这些条件都具备,可是最后还是没完成统一大业,却让司马氏完成了统一。老百姓心里是不答应的,找不出一个合适的理由,可是偏偏就是这个样子,要让他们怎么解释、用什么来安慰自己?只能用天意、天命,所以它反映了人们理想与现实之间的一种矛盾。第三,出现这样的认识还和人们在当时把偶然现

降孙皓三分归一统

象当作必然现象有关。当发生了很多看似偶然的事件,由于必然的规律当时人们找不到,他们认为这些偶然的现象就是必然,因此把它看作天意。如果说我们今天从天命观里能吸收一些有益的东西的话,我们可以这样去理解:所谓的天意天命,就要求我们从自然规律和社会发展的规律去处理人和自然、社会的关系,按客观规律办事,这样就不是违抗天命,就是顺天而行。

 思考题

1. 中国传统的天命观念有什么特点?
2. 如何评价《三国演义》中的天命观念?

## 第三讲
# 《三国演义》的价值观与诸葛亮形象

小说价值观是一个比较抽象的概念,它不像道德、审美,我们通过小说中的人物、故事、景物描写都可以很直接感受到。而价值观呢,作者没有很明确地告诉我们这部小说有什么样的价值取向,但是大家知道,小说往往都是依托于某个中心人物来传达作者的情感、思想、审美这些抽象的东西,也包括价值观。《三国演义》中有一个中心人物诸葛亮,从小说第三十七回诸葛亮出山到一百零四回诸葛亮去世一共是六十八回,这六十八回几乎就是围绕着诸葛亮来写的,他实际上成了《三国演义》这部小说的中心人物,所以我们可以通过对诸葛亮这个形象的分析来探究《三国演义》的价值观问题。

博望坡军师初用兵

## 一、以道德取向为主导的儒家价值观

首先我们对《三国演义》的价值观作一个概括:《三国演义》的价值观是以儒家的道德取向为核心的道德价值观。接下来我们就通过分析诸葛亮的形象来看一看这个观点是否站得住脚。在《三国演义》的中心人物诸葛亮身上能表现出三个方面与价值观有关的特征。

### (一) 以天下为己任的入世态度

诸葛亮出山,就是所谓的"三顾茅庐",这个故事家喻户晓。孔明出山之前,作者煞费苦心地作了大量的铺垫,第一次铺垫是水镜先生司马徽对刘备说:"伏龙、凤雏,两人得一,可安天下。"(第三十五回)刘备记在心上,便开始一次一次认错人。先是误认徐庶是伏龙、凤雏之一,三顾茅庐时,又把崔州平、石广元、孟公威以及诸葛亮之弟诸葛均,甚至诸葛亮岳父黄承彦误认为诸葛亮。这些人都不是一般的人,所以他们才有资格为诸葛亮的"闪亮登场"暖场,他们越高明越超凡脱俗,才越能显出诸葛亮的伟大和超人之处,这是烘云托月的手法。更为重要的是,小说中借他人之口夸赞诸葛亮,更显出诸葛亮的才华过人。徐庶因为母亲被曹操捉去作人质,不得不离开刘备去投曹操,走之前向刘备推荐了诸葛亮:

> 正望间,忽见徐庶拍马而回。玄德曰:"元直复回,莫非无去意乎?"遂欣然拍马向前迎问曰:"先生此回,必有主意。"庶勒马谓玄德曰:"某因心绪如麻,忘却一语:此间有一奇士,只在襄阳城外二十里隆中。使君何不求之?"玄德曰:"敢烦元直为备请来相见。"庶曰:"此人不可屈致,使君可亲往求之。若得此人,无异周得吕望、汉得张良也。"玄德曰:"此人比先生才德何如?"庶曰:"以某比之,譬犹驽马并麒麟、寒鸦配鸾凤耳。此人每尝自比管仲、乐毅;以吾观之,管、乐殆不及此人。此人有经天纬地之才,盖天下一人也!"玄德喜曰:"愿闻此人姓名。"庶曰:"此人乃琅邪阳都人,覆姓诸葛,名亮,字孔明,乃汉司隶校尉诸葛丰之后。其父名珪,字子贡,为泰山郡丞,早亡;亮从其叔玄。玄与荆州景升有旧,因往依之,遂家于襄阳。后玄卒,亮与弟诸葛均躬

耕于南阳。尝好为《梁父吟》。所居之地有一冈,名卧龙冈,因自号为卧龙先生。此人乃绝代奇才,使君急宜枉驾见之。若此人肯相辅佐,何愁天下不定乎!"玄德曰:"昔水镜先生曾为备言:'伏龙、凤雏,两人得一,可安天下。'今所云莫非即伏龙、凤雏乎?"庶曰:"凤雏乃襄阳庞统也。伏龙正是诸葛孔明。"玄德踊跃曰:"今日方知'伏龙、凤雏'之语。何期大贤只在目前!非先生言,备有眼如盲也!"(第三十六回)

徐庶离开刘备前突然想起了诸葛亮,他觉得自己在刘备这里有始无终,对不起仁德的刘备,就推荐了一个比自己更高明的旷世大才。大家知道,徐庶化名单福,毛遂自荐到刘备这里指挥的第一仗,就打败了吕旷、吕翔,接着破了曹仁的"八门金锁阵",并算定曹仁晚上会来劫寨,预设了埋伏,把曹仁打回了许都。正因为此,曹操才接受程昱的计策把徐庶的母亲给捉来为质,假冒她的字体给徐庶写信,骗徐庶来了曹营。徐庶的确有才,并且程昱说徐庶高过自己十倍。那诸葛亮呢?徐庶说自己跟诸葛亮比,就是一匹走不动的劣马,诸葛亮是麒麟;他是乌鸦,诸葛亮是凤凰。管仲、乐毅都赶不上他,他"有经天纬地之才",是"天下一人",这意思就是无人能及。这样的大才正是刘备梦寐以求的,所以,他才三顾茅庐。

三顾茅庐是一笔写两人,一写刘备求贤若渴,礼贤下士;二写诸葛亮是世外高人、旷世大才。同时,我们可以看出刘备与诸葛亮在价值观上是一致的,都是以天下为己任,这是诸葛亮出山辅佐刘备的根本原因,所谓三顾之恩必以此为基础方能成立,否则,如果曹操三顾诸葛亮,他难道也能出山吗?

在三顾茅庐请诸葛亮的过程中,刘备遇到了好几位诸葛亮的密友。首先就是司马徽,司马徽本来是到刘备的营中来看好友徐庶的,发现徐庶走了,在和刘备谈话的过程中司马徽得知徐庶临走之时把诸葛亮推荐给了刘备,司马徽就很不高兴,就说你这个徐元直去自去了,为何把诸葛亮请出来让他来呕心血。他用"呕心血"这个词是因为司马徽也算清了天道,刘备是明君,但是这个时候不对,老天爷不想让刘备统一天下,所以谁出山都没有用,因此司马徽拒绝了刘备的挽留。后来刘备又遇到了诸葛亮其他的三个好朋友——孟公威、石广元、崔州平,他们也都拒绝了刘备的邀请,谁都不愿意出山。这是为什么呢?刘备一顾茅庐不遇诸葛亮,回程中遇到了诸葛亮好友崔州平,二人有一番对话。清代以后通行的毛宗岗批本《三国演义》和明代嘉靖本《三国志通俗演义》在这一段文字上有不同,毛宗岗有改动,我们看毛本:

> 二人对坐于林间石上。关、张侍立于侧。州平曰:"将军何故欲见孔明?"玄德曰:"方今天下大乱,四方云扰,欲见孔明,求安邦定国之策耳。"州平笑曰:"公以定乱为主,虽是仁心,但自古以来,治乱无常。自高祖斩蛇起义,诛无道秦,是由乱而入治也;至哀、平之世二百年,太平日久,王莽篡逆,又由治而入乱;光武中兴,重整基业,复由乱而入治;至今二百年,民安已久,故干戈又复四起:此正由治入乱之时,未可猝定也。将军欲使孔明斡旋天地,补缀乾坤,恐不易为,徒费心力耳。岂不闻'顺天者逸,逆天者劳'、'数之所在,理不得而夺之;命之所定,人不得而强之'乎?"玄德曰:"先生所言,诚为高见。但备身为汉胄,合当匡扶汉室,何敢委之数与命?"(第三十七回)

我们如果从所谓的天意、天命角度来看,那么这些不愿出山辅佐刘备的人是算清或看清了天命。崔州平的天道循环之说主要是基于道家的辩证法和无为观,天下就是一乱一治,不停地循环,也就是毛宗岗评点本《三国演义》开头所说"话说天下大势,分久必合,合久必分",这只是看似有理。如果换一个角度,从他们的价值观来看,也就是说这些隐士的价值观是属于道家的,他们是消极无为的,不想积极地参与社会人生中的重大事件,不想在社会历史发展的进程中发挥自己的才智。无论结局如何,人总是要把自己的才华能力在这个世界上展示出来,证明自己的价值,可是他们把自己的旷世大才消磨在流连山水这样的一种隐居生活中,居然不觉得这是一种可惜,这不是价值观的问题吗?刘备说我是皇室宗亲,怎么能眼看着国家危亡、百姓受苦而不管不顾呢?别人可以,他不能把国家这种局面推给数与命,而自己躲清静,不去承担责任。刘备是从汉朝宗室这一身份的角度谈自己的价值观,只是理由更充分些。实际上诸葛亮也是这个想法,刘备第三次到卧龙冈见到了诸葛亮,他与刘备纵谈天下大势,为刘备指明了取荆州、占西蜀,进而三分天下的战略方针,就是著名的隆中对。之后,诸葛亮命小童

取出一卷西川地图:

> （诸葛亮）言罢，命童子取出画一轴，挂于中堂，指谓玄德曰："此西川五十四州之图也。将军欲成霸业，北让曹操占天时，南让孙权占地利，将军可占人和。先取荆州为家，后即取西川建基业，以成鼎足之势，然后可图中原也。"玄德闻言，避席拱手谢曰："先生之言，顿开茅塞，使备如拨云雾而睹青天。但荆州刘表、益州刘璋，皆汉室宗亲，备安忍夺之？"孔明曰："亮夜观天象，刘表不久人世；刘璋非立业之主；久后必归将军。"玄德闻言，顿首拜谢。只这一席话，乃孔明未出茅庐，已知三分天下，真万古之人不及也！后人有诗赞曰："豫州当日叹孤穷，何幸南阳有卧龙！欲识他年分鼎处，先生笑指画图中。"玄德拜请孔明曰："备虽名微德薄，愿先生不弃鄙贱，出山相助。备当拱听明诲。"孔明曰："亮久乐耕锄，懒于应世，不能奉命。"玄德泣曰："先生不出，如苍生何！"言毕，泪沾袍袖，衣襟尽湿。孔明见其意甚诚，乃曰："将军既不相弃，愿效犬马之劳。"玄德大喜，遂命关、张入，拜献金帛礼物。孔明固辞不受。玄德曰："此非聘大贤之礼，但表刘备寸心耳。"孔明方受。于是玄德等在庄中共宿一宵。（第三十八回）

教学视频

诸葛亮和崔州平等人相比，好像在出山之前也是和他们持有相同的价值观的，他也是隐居于南阳，躬耕陇亩。到刘备第三次见到他的时候，诸葛亮与他纵论天下大事，就是所谓未出隆中而三分天下，刘备邀请诸葛亮出山，诸葛亮说他已经久乐耕锄，懒于应世。刘备就哭了，他说："先生不出，如苍生何！"这句话是打动诸葛亮的最关键的一句话，如果说诸葛亮出山有所谓三顾之恩的因素，是为了报刘备知遇之恩的话，我们不能否认，但是那不是最根本的，最根本的就是"如苍生何"。他出山是为了天下苍生，也就是以天下为己任，不管成与不成，他必须得做，这是他的责任，不能考虑最后的那个结局。所以说诸葛亮出山的根本原因是他的价值观，是以天下为己任的这种儒家入世的价值观决定了他会出山。诸葛亮未出隆中便三分天下，说明了他虽然隐居，但却胸怀天下，他不仅关注现实、关心时事，而且有深入的研究，尤其是他还专门持有一幅西川五十四州之图，小说虽然没有交代,但应该是诸葛亮自己画的。这说明了他早就有拯救黎民、为天下苍生而统一天下的雄心壮志。否则那个地图给谁用?所以,他出山也是有选择的,他选择的是刘备而不是曹操,所谓良臣择主而事,刘备是有德者,是与诸葛亮有着相同价值观的,跟随刘备能够实现拯救天下苍生的理想;若辅佐曹操,那只是为满足曹操一家的欲望,而自己无非得到些许功名利禄罢了。

**(二)诸葛亮鞠躬尽瘁死而后已的忠君思想**

当诸葛亮真的出山辅佐刘备的时候,他和刘备之间就建立了一种契约的关系,这种契约关系是什么呢?你是君,我是臣,臣对于君就要死心塌地地忠心,不能有丝毫的懈怠,更不能有变节的行为,所以在历史上诸葛亮早就成了忠君的典范。陆游的《书愤》诗中最后两句说:"出师一表真名世,千载谁堪伯仲间。"这就是赞美诸葛亮的,千百年来没有人能和诸葛亮相提并论。由此可见,到南宋的时候,诸葛亮在文人中有了非常高的地位。毛宗岗评价诸葛亮说他是"古今来贤相中第一奇人",他这样说主要还是以诸葛亮鞠躬尽瘁、死而后已的这种忠君思想为核心。诸葛亮出隆中的时候,刘备的事业正处在最低谷,所以诸葛亮出山辅佐他不是选择了一个强者,而是在刘备最弱的时候开始辅佐他。诸葛亮在辅佐刘备的过程中,尤其是刘备死了以后,他的这种忠君思想又上升了一个台阶,诸葛亮写给后主刘禅的《出师表》就成了千古忠臣的自白书。"白帝托孤"之后,诸葛亮担心哪怕有一丝一毫的懈怠会对不起先帝,因此他在蜀国无论事情大小,事无巨细必亲自过问,他一次又一次地用自己的行动去证明他是怎样的一个忠臣。六出祁山,六次失败,我们都知道"蜀道之难难于上青天",再加上北伐之难,如此多重艰难,他还要义无反顾,这就是诸葛亮。他纯粹是为了实现自己道义上的价值,忠臣就应该做到底,所以他才会把自己累死,也确实像《后出师表》所说的"鞠躬尽瘁、死而后已"。①

关羽败走麦城,被孙权部将马忠俘获,孙权劝降不成,便杀了关羽、关平。刘备为二弟报仇,不听诸葛亮等人苦劝,要发兵伐吴。其间,张飞被手下范疆、张达暗害而死,二人带着张飞的头颅投奔东吴,这更加坚定了刘备伐吴的决心。于是

---

① 《后出师表》首见于《三国志·蜀书·诸葛亮传》裴松之注引习凿齿《汉晋春秋》,后人对其真伪问题有争议。

刘备命诸葛亮守成都,自己亲率大军伐吴,结果被东吴陆逊火烧连营七百里,兵败彝陵,退守白帝城,一病不起:

> 却说先主在永安宫(笔者注:白帝城临时行宫)染病不起,渐渐沉重,至章武三年夏四月,先主自知病入四肢,又哭关、张二弟,其病愈深,两目昏花。厌见侍从之人,乃叱退左右,独卧于龙榻之上。忽然阴风骤起,将灯吹摇,灭而复明,只见灯影之下,二人侍立。先主怒曰:"朕心绪不宁,教汝等且退,何故又来!"叱之不退。先主起而视之,上首乃云长,下首乃翼德也。先主大惊曰:"二弟原来尚在?"云长曰:"臣等非人,乃是鬼也。上帝以臣二人平生不失信义,皆敕命为神。哥哥与兄弟聚会不远矣。"先主扯定大哭。忽然惊觉,二弟不见。即唤从人问之,时正三更。先主叹曰:"朕不久于人世矣!"遂遣使往成都,请丞相诸葛亮、尚书令李严等,星夜来永安宫,听受遗命。孔明等与先主次子鲁王刘永、梁王刘理,来永安宫见帝,留太子刘禅守成都。
> 
> 且说孔明到永安宫,见先主病危,慌忙拜伏于龙榻之下。先主传旨,请孔明坐于龙榻之侧,抚其背曰:"朕自得丞相,幸成帝业;何期智识浅陋,不纳丞相之言,自取其败。悔恨成疾,死在旦夕。嗣子孱弱,不得不以大事相托。"言讫,泪流满面。孔明亦涕泣曰:"愿陛下善保龙体,以副天下之望!"先主以目遍视,只见马良之弟马谡在傍,先主令且退。谡退出,先主谓孔明曰:"丞相观马谡之才何如?"孔明曰:"此人亦当世之英才也。"先主曰:"不然。朕观此人,言过其实,不可大用。丞相宜深察之。"分付毕,传旨召诸臣入殿,取纸笔写了遗诏,递与孔明而叹曰:"朕不读书,粗知大略。圣人云:'鸟之将死,其鸣也哀;人之将死,其言也善。'朕本待与卿等同灭曹贼,共扶汉室;不幸中道而别。烦丞相将诏付与太子禅,令勿以为常言。凡事更望丞相教之!"孔明等泣拜于地曰:"愿陛下将息龙体!臣等尽施犬马之劳,以报陛下知遇之恩也。"先主命内侍扶起孔明,一手掩泪,一手执其手曰:"朕今死矣,有心腹之言相告!"孔明曰:"有何圣谕!"先主泣曰:"君才十倍曹丕,必能安邦定国,终定大事。若嗣子可辅,则辅之,如其不才,君可自为成都之主。"孔明听毕,汗流遍体,手足失措,泣拜于地曰:"臣安敢不竭股肱之力,效忠贞之

节,继之以死乎!"言讫,叩头流血。(第八十五回)

刘备对诸葛亮所说的"若嗣子可辅,则辅之;如其不才,君可自为成都之主"等话出于真心,因为他和诸葛亮一样,追求的都不是自己的私利。诸葛亮离开卧龙冈时叮嘱弟弟诸葛均说:"吾受刘皇叔三顾之恩,不容不出。汝可躬耕于此,勿得荒芜田亩。待吾功成之日,即当归隐。"(第三十八回)诸葛亮出山也不是为了功名利禄,所以刘备、诸葛亮君臣相处得才会特别和谐,刘备对诸葛亮的恩遇已经超出了一般的君臣关系,这是诸葛亮鞠躬尽瘁、死而后已的根本所在。

### (三)"知其不可而为之"的舍生取义精神

"知其不可而为之"这句话出自《论语》,《论语·宪问》,记载了这样一个故事:"子路宿于石门。晨门曰:'奚自?'子路曰:'自孔氏。'曰:'是知其不可而为之者与?'"①什么意思呢?这个故事说孔子的学生子路有一天睡在了石门的外面,石门是鲁国的都城最外边的那个门。因为中国古代是宵禁的,到了晚上的某个时候城门关了,谁也不能出,谁也不能进,人回来晚了就只能宿于城外,这个宵禁政策到明清时候还有。子路进不去了他就在门外睡了一宿,第二天早晨负责开关大门的人就问子路从哪儿来,子路回答说从姓孔的那个人那儿来。看守城门的人都认识孔子,说就是那个明明知道做不到还要去做的那个人吗?这就是"知其不可而为之"的出处。后来人们也把它作为儒家的一个思想观念,尤其是作为积极入世的人生态度的一种表述方式,就是知道做不到但是还要做。可能有人会说这个是钻牛角尖,为什么不换一种方式呢?这一条路走不通我们换一条路。不是的,这里面儒家所讲的"知其不可而为之"是表明人的责任,人的责任在这里,即便是无法实现目的,该做的也要去做。小说里面写诸葛亮什么时候知其不可呢?未出山时就知其不可了,我们刚才讲隆中对,诸葛亮为什么不主动去找刘备呢?虽然和他出仕的方式有一定联系,但是还有一点就是他算定了天意。为什么这么说呢?他对几个好朋友石广元、崔州平早就说过,他说:我们几个人如果出去做官的话,你们都能做到刺史、太守。这个官不小了。别人就问诸葛亮,

---

① 朱熹注:《论语章句集注》,《四书五经》本,中国书店2015年版,第63页。

那你呢？然后他就笑而不答，显然他认为如果他们都出去做官的话，他当的官会比别人大，刺史、太守之上那可能就是宰相了，所以诸葛亮笑而不答。而小说里面也说诸葛亮每自比于管仲、乐毅，管仲是历史上的名相，乐毅是历史上的名将，所以诸葛亮自比管仲、乐毅，那就等于说他将历史上最有名的文臣和武将集合在自己一个人的身上。那么这样的一个诸葛亮，又有旷世之才，明知道刘备是明主，为什么不早早的像徐庶那样出来呢？这里面就有诸葛亮内心的一种矛盾。试想司马徽能够看清天意，石广元、崔州平、孟公威都能看清天意，诸葛亮看不清么？他也看得清，所以出不出山这确实是一个问题，因为"为"，不会达到最终的目的。在《三国演义》里面，所有势力都有一个共同的目标，就是统一天下，诸葛亮早就知道这个天下无法由刘备来完成统一，而他如果出山也只能够去辅佐刘备，那么这个事对他来说确实是需要认真思考的。当诸葛亮考虑到自己的责任，再加上刘备的三顾之恩，这两方面因素，让他决定出山。他知不知道不能成功呢？还是知道的，可是他决意要与天命做一番抗争，当该为的时候就要去为。当刘备刚准备去请诸葛亮的时候，司马徽听说后仰天大笑，说"卧龙虽得其主，不得其时，惜哉！"（第三十七回）司马徽可惜的不是刘备，因为帝王到处有，而诸葛亮这样的贤相可是非常难得的。所以，诸葛亮出山纯粹是为了实现人格道义价值，即"知其不可而为之"的一种儒家的道德价值追求。诸葛亮第一次北伐，是在他刚刚平定了西南、七擒孟获回来之后，他根本没休息马上就上书要北伐。这个时候有一位大臣太史谯周对后主说："臣夜观天象，北方旺气正盛，星曜倍明，未可图也。"（第九十一回）这证明什么？北方气势正盛，在这个时候征伐对方是不可能成功的。诸葛亮说天道无常，你还信那个吗？实际上诸葛亮比谁都信，因为他自己能看清，那么这个时候为什么他不相信天道，不相信天象了？就是因为他要做他该做的事情，明明知道做不到也要去做。还有一个例子，诸葛亮在七擒孟获的时候做了一件损寿的事，就是火烧藤甲兵。如果不用火攻，这仗没法打，他的责任就完成不了，可是如果用火攻就会损他自己的阳寿，在这个时候诸葛亮根本就没犹豫，他的目的是为了国家、天下、先帝的委托，个人的生死早就置之度外了。直至弥留之际，诸葛亮还强支病体把眼前的退兵、之后的战略以及人事安排等一一处置妥当。真正兑现了自己"鞠躬尽瘁、死而后已"的诺言，不愧毛宗岗

"古今来贤相中第一奇人"的评价。

却说姜维见魏延踏灭了灯,心中忿怒,拔剑欲杀之。孔明止之曰:"此吾命当绝,非文长之过也。"维乃收剑。孔明吐血数口,卧倒床上,谓魏延曰:"此是司马懿料吾有病,故令人来探视虚实。汝可急出迎敌。"魏延领命,出帐上马,引兵杀出寨来。夏侯霸见了魏延,慌忙引军退走。延追赶二十余里方回。孔明令魏延自回本寨把守。

姜维入帐,直至孔明榻前问安。孔明曰:"吾本欲竭忠尽力,恢复中原,重兴汉室;奈天意如此,吾旦夕将死。吾平生所学,已著书二十四篇,计十万四千一百一十二字,内有八务、七戒、六恐、五惧之法。吾遍观诸将,无人可授,独汝可传我书。切勿轻忽!"维哭拜而受。孔明又曰:"吾有'连弩'之法,不曾用得。其法:矢长八寸,一弩可发十矢,皆画成图本。汝可依法造用。"维亦拜受。孔明又曰:"蜀中诸道,皆不必多忧;惟阴平之地,切须仔细。此地虽险峻,久必有失。"又唤马岱入帐,附耳低言,授以密计,嘱曰:"我死之后,汝可依计行之。"岱领计而出。少顷,杨仪入。孔明唤至榻前,授与一锦囊,密嘱曰:"我死,魏延必反;待其反时,汝与临阵,方开此囊。那时自有斩魏延之人也。"孔明一一调度已毕,便昏然而倒,至晚方苏,便连夜表奏后主。后主闻奏大惊,急命尚书李福星夜至军中问安,兼询后事。李福领命,趱程赴五丈原,入见孔明,传后主之命,问安毕。孔明流涕曰:"吾不幸中道丧亡,虚废国家大事,得罪于天下。我死后,公等宜竭忠辅主。国家旧制,不可改易。吾所用之人,亦不可轻废。吾兵法皆授与姜维,他自能继吾之志,为国家出力。吾命已在旦夕,当即有遗表上奏天子也。"李福领了言语,匆匆辞去。

孔明强支病体,令左右扶上小车,出寨遍观各营;自觉秋风吹面,彻骨生寒,乃长叹曰:"再不能临阵讨贼矣!悠悠苍天,曷此其极!"叹息良久。回到帐中,病转沉重,乃唤杨仪分付曰:"马岱、王平、廖化、张翼、张嶷等,皆忠死之士,久经战阵,多负勤劳,堪可委用。我死之后,凡事俱依旧法而行。缓缓退兵,不可急骤。汝深通谋略,不必多嘱。姜伯约智勇足备,可以断后。"(第一百〇四回)

## 二、乱世决定了特殊的入仕道路和价值选择

汉代人才选拔的方式是察举制,还有一种不定期的选拔方式叫征辟。无论是哪种办法都是举荐的方式,而举荐的标准都是以德行为主,然后再看出身门第,才华实际上是其次的,所以当时的士人为了被举荐就故意做出一些极端的道德行为,以此修饰自己的品行,希图被举荐。可是到了三国时期情况不同了,因为各方都想扩大自己的势力,都需要延揽人才,这个时候才能最重要。曹操曾经颁布过三次招贤令,前两次在《三国志·武帝纪》中有记载,第三次招贤令见于裴松之为《三国志》做的注释中,他引用的是王沈《魏书》中的记载:

> 昔伊挚、傅说出于贱人,管仲,桓公贼也,皆用之以兴。萧何、曹参,县吏也,韩信、陈平负侮辱之名,有见笑之耻,卒能成就王业,声著千载。吴起贪将,杀妻自信,散金求官,母死不归。然在魏,秦人不敢东向,在楚则三晋不敢南谋。今天下得无有至德之人,放在民间,及果勇不顾,临敌力战,若文俗之吏,高才异质,或堪为将守,负污辱之名,见笑之行,或不仁不孝而有治国用兵之术。其各举所知,勿有所遗。"①

你有什么样的才华,就让你在什么样的位子,而不看你的德行。曹操不重德行么?实际上不是,他就是因为大家只看德行,而那德行已经变成了虚伪的一种装饰了,到底道德如何,谁也不知道,所以干脆就不看了,同时这也是由于那个时代对人才的需要特别迫切导致的。所以小说写士人的入仕方式也很特殊。

首先就是入仕途径的特殊性,体现在两种方式:一种是主动请缨,毛遂自荐。许攸和徐庶就是这样。许攸先是在袁绍那里,可是袁绍不听他的计谋,许攸一看袁绍这人不行,于是他就连夜投奔曹操。许攸给曹操出谋划策,用火攻袁绍,就是派一队精兵把袁绍在乌巢的军粮烧了,袁绍就不攻自破了,结果曹操就用了许

---

① 陈寿著、裴松之注:《三国志》,中州古籍出版社1996年版,第21页。

攸的办法打败了袁绍。徐庶一开始没报自己的真名,也是毛遂自荐到了刘备那里,最后因为特殊的原因,自己母亲被曹操绑架了,所以他就去了曹操那里,但是徐庶终身不为曹操设一计,就是俗语所说的"徐庶进曹营一言不发"。第二种方式叫"玉在椟中求善价"。这是《红楼梦》中的一句话,就是美玉装在盒子里轻易不出手而等待高价,什么时候价格合理了,价格和这个玉的价值能够相一致,就等到它最适合的价格出现了才出手,诸葛亮和庞统都是这个样子。诸葛亮在这里等待的就是刘备,"三顾"实际上是对刘备的三次考验,这是入仕途径的特殊性。

第二,在价值取向上追求的是德才兼备,德的内涵主要是忠和义,才的内涵主要是军事。为什么这么说呢?德行在小说中非常重要,尤其是忠和义。因为各方割据,如果士人们总是在各方之间跳来跳去的话,谁也别想完成统一的大业了,所以忠义是那个乱世对士人最高的道德要求。而才主要以军事为主,因为在乱世主要是打仗,所以其他的才华在这个时候虽然也需要但不是主要的,主要需要军事指挥才能,而诸葛亮恰恰这两个方面都具备。他有鞠躬尽瘁、死而后已的忠义,至于军事指挥才能,其料事如神、用兵如神,我们只能用神来形容诸葛亮,其他的都不合适。和诸葛亮相反的例子就是吕布、曹操这样的人物,像吕布,所谓三姓家奴,今天跟这个,明天跟那个,最后再换,直到被人杀死。虽然小说中也说"人中吕布、马中赤兔",吕布英俊而且勇武,可是就是这样一个人却没有德行,遭到世人的耻笑,你说可惜不可惜呢?曹操当然就不用讲了,残暴、虚伪、奸诈,即便他才华再出众,在才能方面超过刘备,在小说中他也是最大的反派,因为他无德。

## 三、统一、正统与个体价值的体现

在讲价值观问题的时候一定会涉及价值实现的方式,还有价值是否能够充分体现出来,追求一个什么样的目标,达到一个什么样的目的才能最大限度地发挥个体的价值。我们从统一和正统与个体价值体现这个角度来探讨一下这个问题。

首先我们看统一和道德的关系。在小说中有这样一个非常明确的观念，就是什么人得到天下是最合理合法的呢？即有德者，就是有德者居有天下，因此士人所追求的理想目标虽然都是统一天下，但是有德者得到天下是最合理合法的。儒家并不排斥利，只不过在利和义之间要有取舍，如果二者发生了冲突，那么就应该毅然地舍弃利而取义，这就是孟子的舍生取义。所以当儒家倡导修身、齐家、治国、平天下这个理想和准则的时候，士人就要进行选择了。修身、齐家、治国、平天下在小说里面就是统一天下，那么在统一天下的过程中除了需要个人做应该做的事情，实现个人的价值，施展个人的才华之外，个人能得到什么？个人的利益在哪里？很多人今天在考虑这个问题，有人把自己得到的利益和自己的价值捆绑到了一起，比如说光宗耀祖、高福利、高工资等，他把这个和价值等同。但是小说不这样，小说认为谁在追求道德的这个过程中能够证明自己确实是有德者，那么也就最有价值，把天下交给有德者，诸葛亮选择刘备就是选择了有德，因此，统一和道德的关系就是有德者居有天下。

第二，正统和统一又是什么关系呢？正统的一方统一天下这是最合理的，如果这个人既是有德者又合乎正统，那么他居有天下就合情合理合民心。当然刘备没做到，前面我们讲了此乃天意。所以正统和统一在小说里面要统一起来才合理合法。毛宗岗认为《三国演义》有正统，有闰运，还有僭国；闰运是晋，僭国是魏和吴，正统是蜀汉。闰运是什么意思？闰是从闰年闰月闰日引申出来的，闰不是正常的状态，正常的状态没有闰，闰是非正常的，所以晋得到天下是不正常的，正常的是蜀汉。但是，合情合理合民心却不合天命，蜀汉的悲剧和诸葛亮的悲剧归根到底就是这一矛盾冲突造成的。

第三，关于个体价值的体现。讲完了前两点，这第三点实际上它的答案已经出来了，个体价值在什么时候能够最大程度地体现出来？就是支持正统的一方，或者说维护蜀汉的正统并且完善自己的道德，一方面是自己成为一个有德者，另一方面维护蜀汉的正统，在理想目标的追求上以统一为目标，然后在政治倾向上以蜀汉为自己的追求目标，将这二者合在一起，个体价值就能够最大程度地实现，成功不成功那是另外一回事。诸葛亮就是这么做的，所以只有在刘备这里，他的统一的理想和目标才能真正地实现，虽然事实上没实现，但在精神上它已经实现了,而这种精神就是我们说的儒家的道德价值。

### 四、不以成败论英雄

诸葛亮选择了刘备不等于选择了成功,甚至是选择了失败,但是诸葛亮仍然是英雄。为什么他仍然是英雄呢?因为《三国演义》不以成败论英雄,它的英雄的标准是道德。前面我们举了吕布的例子,能说吕布是英雄么?"三英战吕布",刘关张合力只与其打了一个平手,但人们不认为吕布是英雄,因为吕布无德。不仅吕布如此,司马氏最后一统天下,可谓成功了吧,但司马氏也不是英雄,因为他们也无德,所以小说是不以成败论英雄的。杨慎的《临江仙》被毛宗岗放在了他评点的《三国演义》的开头:"滚滚长江东逝水,浪花淘尽英雄。是非成败转头空:青山依旧在,几度夕阳红。"实际上是非成败转头空是指有形的空了,可是作为无形的精神,它永远留了下来。像诸葛亮这样失败了的英雄,我们却认为他是真正的英雄,也就是我们认可了诸葛亮的这种精神,而这种精神是什么?就是我们前面说过的以儒家的道德价值为主体的价值追求。《三国演义》的悲剧精神主要通过诸葛亮的个人悲剧表现出来,他以"知其不可而为之"的精神去抗衡天命,在"出师未捷身先死"的悲壮中结束自己的生命,成为中国古代忠臣的一个符号。

《三国演义》主要描写了魏、蜀、吴三个政治集团,构成这三个政治集团的人物形成三个群体,这三个群体中作者对很多人物都有褒有贬或半褒半贬,但是对所有人物都使用同一个标准,这个标准就是按儒家的价值观念,以道德的尺度去衡量人,而不是以成败论英雄,这一点在诸葛亮身上体现得最明显、最突出。

思考题

1. 儒家的价值观在诸葛亮身上是如何体现的?
2. 儒家的价值观在今天有哪些有益的可借鉴之处?

# 第四讲
# 《水浒传》与酒文化[①]

酒在中国历史悠久,在甲骨文中就有酒这个字,也就是说三千年前在中国就已经有了酒。四五千年前的大汶口文化中,当时生产的器具中有一种类似于酉字的尖底的容器,酉就是酒的古字,如果它是酒器的话,那么中国酿酒的历史还可以再往前提上一两千年。中国自古就有杜康造酒和仪狄造酒的说法,酒文化在中国应该说既是一个博大精深的文化体系,同时又世俗浅显,因为普通的百姓自古以来就和酒密不可分,酒是千百年来中国人日常生活中的一个常见的东西。文学和酒的关系就更密切了,翻开中国文学史,几乎每一页都离不开酒。最早的历史文献《尚书》中就有《酒诰》,是周公告诫戒酒的。《诗经》里面和酒有关的作品也很多,比如《小雅·宾之初筵》,写贵族们饮酒时候的情形。刚开始喝的时候彬彬有礼:"宾之初筵,温温其恭。其未醉止,威仪反反。"宾客刚入席的时候,一个个温文尔雅恭敬谦让,因为没有喝醉,仪表还保持着庄重威严的样子。喝着喝着有人喝高了,情形就不一样了:"曰既醉止,威仪幡幡。舍其坐迁,屡舞仙仙。"意思就是等到喝醉了,威仪荡然无存,有人就开始离开自己的座位,手舞足蹈。到了后代的诗歌中写酒的诗更是浩如烟海。小说这种文体出现以后,里面也经常写到酒,尤其是《水浒传》中几乎是处处有酒,时时有酒。

《水浒传》里面写到那些英雄可以不吃饭不能不喝酒,为什么他们那么喜欢

---

[①] 本书所引《水浒传》原文非特别说明均出自《容与堂本水浒传》,上海古籍出版社1988年版,本书只标明回次。

酒？从历史和文化的角度来说，酒本身就是江湖文化中一个非常重要的东西，和江湖文化的关系特别密切，而小说中的那些英雄在上梁山之前大部分都属于江湖人士，没有酒就没有江湖。从审美的角度来说，更重要的是在《水浒传》里面借酒来表现英雄，酒是塑造人物的重要道具，这是《水浒传》的特别之处。明代另外一部很著名的小说《金瓶梅》里面有一首《四贪词》，分别写酒色财气，告诫人们，这四样东西是人最贪的也是人最该戒掉的。《水浒传》里面这些英雄戒色戒财，但是不戒酒也不戒气。气是使气、任气的意思，就是喜好争斗，不仅不戒酒不戒气，而且那些以酒闻名的英雄反而更增添了一分豪气，酒后斗气更是常态，这是《水浒传》这部小说中酒文化的一个特殊性。

## 一、英雄与酒

英雄和酒的关系在《水浒传》里面有三个很突出的特点。

### （一）好酒不好色

小说里面写的那些英雄们对酒的喜好程度，我们有的时候简直难以想象。比如鲁智深是大英雄，他可以为了救助完全陌生的人而牺牲自己的事业前途，甚至杀人逃亡江湖，让自己沦为杀人犯，这就是大家都熟悉的三拳打死镇关西的故事。这样的一个英雄一旦遇到了酒却什么都不顾了，所以在五台山出家的时候他两次耍酒疯。鲁智深是不是喝酒就这样啊？也不是的，这两次都是有原因的，一是长时间不见酒，按鲁智深自己说几个月没有酒没有肉。二是他避祸于五台山，无奈出家，心情不快。第一次耍酒疯是这样的，鲁智深在亭子里看到了一个挑酒上山的人，那个酒不是卖给山上的出家人的，是给山上那些俗人的；而长老早就有言不允许偷偷地卖给这些出家人，如果一旦被发现就再也不让卖酒的上山了，所以这个卖酒人无论如何也不会把酒卖给鲁智深，一旦被发现了他的财路就断了，鲁智深无论怎么跟他哀求，人家也不卖给他，甚至说出你打死我我也不卖给你的话。鲁智深说那既然这样，没办法了，那我就打死你吧。当然鲁智深不会打死他，小说写鲁智深过去一脚把他踢倒蹲在那里起不来了。于是鲁智深就把两桶酒喝了一桶，剩下那一桶，被卖酒的这里倒半桶那里留半桶，挑着走了。

在上五台山以前鲁智深绝不会做这样的事情，他实在是太馋了。第二次吃酒更让读者称奇道快，且看小说如何写来：

再说这鲁智深自从吃酒醉闹了这一场，一连三四个月，不敢出寺门去。忽一日，天色暴暖，是二月间天气。离了僧房，信步踱出山门外立地，看着五台山，喝采一回。猛听山下叮叮当当的响声，顺风吹上山来。智深再回僧堂里取了些银两，揣在怀里，一步步走下山去。出得那"五台福地"的牌楼来，看时，原来却是一个市井，约有五七百人家。智深看那市镇上时，也有卖肉的，也有卖菜的，也有酒店面店。智深寻思道："干呆么！俺早知有这个去处，不夺他那桶酒吃，也自下来买些吃。这几日熬得清水流，且过去看，有甚东西买些吃。"听得那响处，却是打铁的在那里打铁。间壁一家门上，写着"父子客店"。智深走到铁匠铺门前看时，见三个人打铁。智深便道："兀那待诏，有好钢铁么？"那打铁的看见鲁智深腮边新剃，暴长短须，戗戗地好渗濑人，先有五分怕他。那待诏住了手道："师父请坐。要打什么生活？"智深道："洒家要打条禅杖，一口戒刀，不知有上等好铁么？"待诏道："小人这里正有些好铁，不知师父要打多少重的禅杖、戒刀？但凭分付。"智深道："洒家只要打一条一百斤重的。"待诏笑道："重了。师父，小人打怕不打了，只恐师父如何使得动？便是关王刀，也只有八十一斤重。"智深焦躁道："俺便不及关王？他也只是个人。"那待诏道："小人据常说，只可打条四五十斤的，也十分重了。"智深道："便依你说，比关王刀，也打八十一斤的。"待诏道："师父，肥了不好看，又不中使。依着小人，好生打一条六十二斤的水磨禅杖与师父，使不动时，休怪小人。戒刀已说了，不用分付。小人自用十分好铁打造在此。"智深道："两件家生，要几两银子？"待诏道："不讨价，实要五两银子。"智深道："俺便依你五两银子。你若打得好时，再有赏你。"那待诏接了银两道："小人便打在此。"智深道："俺有些碎银子在这里，和你买碗酒吃。"待诏道："师父稳便，小人赶趁些生活，不及相陪。"

智深离了铁匠人家，行不到三二十步，见一个酒望子，挑出在房檐上。智深掀起帘子，入到里面坐下，敲着桌子叫道："将酒来！"卖酒的主人家说道:"师父少罪。小人住的房屋也是寺里的,本钱也是寺里的。长老已有法旨:但是小人们卖酒与寺里僧人吃了,便要追了小人们本钱,又赶出屋。因此,只得休怪。"智深道:"胡乱卖些与洒家吃,俺须不说是你家便了。"店主人道:"胡乱不得,师父别处去吃,休怪休怪!"智深只得起身,便道:"洒家别处吃得,却来和你说话。"出得店门,行了几步,又望见一家酒旗儿直挑出在门前。智深一直走进去,坐下叫道:"主人家!快把酒来卖与俺吃。"店主人道:"师父,你好不晓事,长老已有法旨,你须也知,却来坏我们衣饭。"智深不肯动身,三回五次,那里肯卖。智深情知不肯,起身又走。连走了三五家,都不肯卖。智深寻思一计,若不生个道理,如何能够酒吃。远远地杏花深处,市梢尽头,一家挑出个草帚儿来。智深走到那里看时,却是个傍村小酒店。但见:

> 傍村酒肆已多年,斜插桑麻古道边。
> 白板凳铺宾客坐,须篱笆用棘荆编。
> 破瓮榨成黄米酒,柴门挑出布青帘。
> 更有一般堪笑处,牛屎泥墙尽酒仙。

智深走入店里来,靠窗坐下,便叫道:"主人家,过往僧人买碗酒吃。"庄家看了一看道:"和尚,你那里来?"智深道:"俺是行脚僧人,游方到此经过,要买碗酒吃。"庄家道:"和尚,若是五台山寺里的师父,我却不敢卖与你吃。"智深道:"洒家不是,你快将酒卖来。"庄家看见鲁智深这般模样,声音各别,便道:"你要打多少酒?"智深道:"休问多少,大碗只顾筛来。"约莫也吃了十来碗酒,智深问道:"有甚肉,把一盘来吃。"庄家道:"早来有些牛肉,都卖没了。"智深猛闻得一阵肉香,走出空地上看时,只见墙边沙锅里煮着一只狗在那里。智深道:"你家现有狗肉,如何不卖与俺吃?"庄家道:"我怕你是出家人,不吃狗肉,因此不来问你。"智深道:"洒家的银子有在这里。"就将银子递与庄家道:"你且卖半只与俺。"那庄家连忙取半只熟狗肉,捣些蒜泥,将来放在智深面前。智深大喜,用手扯那狗肉,蘸着蒜泥吃。一连又吃了十来碗酒，吃得口滑，只顾要吃，那里肯住。庄家倒都呆了，叫道："和尚，只怨地罢。"智深睁起眼道："洒家又不白吃你的，管俺怎地！"庄家道："再要多少？"智深道："再打一桶来。"庄家只得又舀一桶来。智深无移时，又吃了这桶酒。剩下一脚狗腿，把来揣在怀里，临出门又道："多的银子，明日又来吃。"吓得庄家目瞪口呆，罔知所措，看见他早望五台山上去了。

　　智深走到半山亭子上，坐了一回，酒却涌上来，跳起身，口里道："俺好些时不曾拽拳使脚，觉道身体都困倦了，洒家且使几路看。"下得亭子，把两只袖子搭在手里，上下左右，使了一回。使得力发，只一膀子，扇在亭子柱上，只听得刮剌剌一声响亮，把亭子柱打折了，坍了亭子半边。门子听得半山里响，高处看时，只见鲁智深一步一撷，抢上山来。两个门子叫道："苦也！这畜生今番又醉得不小，可便把山门关上，把拴拴了。"只在门缝里张时，见智深抢到山门下，见关了门，把拳头擂鼓也似敲门。两个门子那里敢开。智深敲了一回，扭过身来，看了左边的金刚，喝一声道："你这个鸟大汉！不替俺敲门，却拿着拳头吓洒家。俺须不怕你。"跳上台基，把栅剌子只一拔，却似绝葱般拔开了。拿起一根折木头，去那金刚腿上便打，簌簌的泥和颜色都脱下来。门子张见道："苦也！"只得报知长老。智深等了一回，调转身来，看着右边金刚，喝一声道："你这厮张开大口，也来笑洒家。"便跳过右边台基上，把那金刚脚上打了两下。只听得一声震天价响，那尊金刚从台基上倒撞下来。智深提着折木头大笑。

　　两个门子去报长老，长老道："休要惹他，你们自去。"只见这首座、监寺、都寺并一应职事僧人，都到方丈禀说："这野猫今日醉得不好。把半山亭子、山门下金刚都打坏了，如何是好？"长老道："自古天子尚且避醉汉，何况老僧乎？若是打坏了金刚，请他的施主赵员外自来塑新的；倒了亭子，也要他修盖。这个且由他。"众僧道："金刚乃是山门之主，如何把来换过？"长老道："休说坏了金刚，便是打坏了殿上三世佛，也没奈何，只可回避他。你们见前日的行凶么？"众僧出得方丈，都道："好个囫囵粥的长老！门子，你且休开门，只在里面听。"智深在外面大叫道："直娘的秃驴们，不放洒家入寺时，山门外讨把火来，烧了这个鸟寺。"众僧听得叫，只得叫门子拽了大拴，由那畜生入来；若不开时，真个做出来。门子只得捻脚捻手，把拴拽了，飞也似闪入房里躲了，众僧也各自回避。

只说那鲁智深双手把山门尽力一推，扑地攧将入来，吃了一交。爬将起来，把头摸一摸，直奔僧堂来。到得选佛场中，禅和子正打坐间，看见智深揭起帘子，钻将入来，都吃一惊，尽低了头。智深到得禅床边，喉咙里咯咯地响，看着地下便吐。众僧都闻不得那臭，个个道："善哉！"齐掩了口鼻。智深吐了一回，爬上禅床，解下绦，把直裰带子都哔哔剥剥扯断了，脱下那脚狗腿来。智深道："好好，正肚饥哩！"扯来便吃。众僧看见，便把袖子遮了脸，上下肩两个禅和子远远地躲开。智深见他躲开，便扯一块狗肉，看着上首的道："你也到口。"上首的那和尚，把两只袖子死掩了脸。智深道："你不吃。"把肉望下首的禅和子嘴边塞将去，那和尚躲不迭，却待下禅床，智深把他劈耳朵揪住，将肉便塞。对床四五个禅和子跳过来劝时，智深撇了狗肉，提起拳头，去那光脑袋上哔哔剥剥只顾凿。满堂僧众大喊起来，都去柜子中取了衣钵要走。此乱唤做卷堂大散。首座那里禁约得住？

智深一味地打将出来，大半禅客都躲出廊下来。监寺、都寺不与长老说知，叫起一班职事僧人，点起老郎、火工道人、直厅、轿夫，约有一二百人，都执杖叉棍棒，尽使手巾盘头，一齐打入僧堂来。智深见了，大吼一声，别无器械，抢入僧堂里，佛面前推翻供桌，绝两条桌脚，从堂里打将出来，但见：

> 心头火起，口角雷鸣。奋八九尺猛兽身躯，吐三千丈凌云志气。按不住杀人怪胆，圆睁起捲海双睛。直截横冲，似中箭投崖虎豹；前奔后涌，如着枪跳涧豺狼。直饶揭帝也难当，便是金刚须拱手。

当时鲁智深抢两条桌脚，打将出来，众多僧行，见他来得凶了，都拖了棒，退到廊下。智深两条桌脚，着地卷将来，众僧早两下合拢来。智深大怒，指东打西，指南打北，只饶了两头的。当时智深直打到法堂下，只见长老喝道："智深不得无礼！众僧也休动手。"两边众人，被打伤了数十个，见长老

来，各自退去。智深见众人退散，掇了桌脚，叫道："长老，与洒家做主。"此时酒已七八分醒了。（第四回）

鲁智深是何等的英雄豪杰，什么时候央求过人？可是为了喝一口酒，他可以坐在店里不走，三番五次地求人。鲁智深粗鲁豪爽，但也粗中有细，不过都是用在大事上。比如，救助金翠莲时，店小二不放金家父女离开，说是替镇关西看着他们，被鲁达一巴掌加一拳，打得口中流血、门牙脱落，不敢拦着了。但是，鲁达担心自己一离开，店小二就会出去拦阻金家父女，就拿了条凳子，在店里坐了两个时辰，保证金家父女安全离开。打死镇关西之后，他嘴里说着你装死，回头我再收拾你，让周围的人以为镇关西没死，给自己跑路争取了时间。救人须救彻，这是鲁智深的性格，为此他会动动心思，可是为了喝口酒而施展计谋，这恐怕只有鲁智深才能做出来。到五台山第一次喝酒鲁智深是"抢"，第二次则是"骗"。这些酒

鲁智深大闹五台山

店经营者的本钱都是山上寺庙里面给的,庙里的长老有话,不允许卖给和尚们,所以人家不敢这样做,这样做自己就把买卖给毁掉了。鲁智深后来只好找了一个最偏的最小的酒店,一进门就说行脚僧人到你这里讨碗酒喝,他先告诉酒家我不是五台山的,而是路过这里的僧人。这一次他骗来了酒喝,这酒喝得实在是不容易,所以他就放开量了,喝了二十来碗外加一桶,直喝得店家目瞪口呆。这一放开量可不得了了,喝得太多了,大撒酒疯,醉闹五台山,最后闹得偏袒他的长老也没有办法,只好将他介绍到东京大相国寺去了。

　　武松同样嗜酒,尤其是遇到好酒的时候。像"三碗不过冈"那么烈的酒,武松一口气喝了十八碗。在打蒋门神的时候,他喝了一路,他跟施恩说"无三不过望",就是每路过一个酒店都要喝三碗,如果不喝完这三碗酒我就不离开这家酒店。于是施恩就让他家的仆人挑着自家的好酒走在武松的前面,每到一个酒店,先把他家的酒拿出来准备好,等武松走来了喝,然后再到下一家,就这样一家一家喝下去一直喝到快活林。不喝酒武松照样打蒋门神,他为什么一定要喝呢?就是借这个机会好好过过酒瘾。

　　小说里面写嗜酒的英雄太多了,《四贪词》里面认为酒和色是不可分的,明代的很多小说里都有那么一句话:酒是色媒人。就是靠酒来撮合男女之间不伦的关系,比如说西门庆和潘金莲不就是靠王婆的酒吗?但是《水浒传》不是这样的,《水浒传》里的英雄可是好酒不好色,好色的也有,非常少,结局也不好。先说好酒不好色的。鲁智深最早救下来的那个唱曲的金家女儿,小说里面写这个女孩虽无十分的容貌也有些动人的颜色。可是在鲁智深眼里,英雄是英雄,美人是美人。英雄救了美人,美人嫁给了别人。鲁智深第二次救美是在桃花庄救了刘太公的女儿。小霸王周通想要强娶刘太公的女儿,鲁智深就想了一个计策,他喝了很多酒之后躺在了新娘子的床上,然后把所有灯都熄掉了,小霸王周通进来被鲁智深骑在身下一通打,把周通的婚礼给搅了。在鲁智深的眼里没有所谓的美人,他是见美而无视的。武松也同鲁智深一样,岂止不好色?眼里就没有色。武松打虎后偶遇哥哥武大,他的出现给潘金莲以万分的希望,潘金莲勾引武松遭到拒绝,在小说里面武松的眼里是没有美女的,他拒绝潘金莲的勾引也不仅仅因为道义,那样不就乱伦了么?更重要的还是武松好酒不好色。对待潘金莲那样直白

教学视频

的赤裸的勾引一点不动心。

还有一个人物就是李逵。李逵和武松、鲁智深比起来,恐怕在好酒上略逊一筹,但是在不好色这一点上是有过之而无不及的。李逵对别人娶妻恋爱根本不在意,并且他对那些对女人感兴趣的人特别蔑视,他听说宋江强抢了民女之后,居然砍倒了杏黄旗而且拿着板斧要和宋江拼命。李逵认为宋江违背了作为一个首领、一个侠、一个男人应该遵守的基本的道德,你就不再是我崇拜的大哥了,这个时候我就可以砍死你,这是李逵正义的一面。但是李逵不好色甚至于排斥、厌恶女色,在小说中也是一个极端。例如李逵大闹东京就是因为女色。宋江、戴宗、柴进、燕青等人去东京看灯,宋江想走一个招安的捷径,于是就到李师师家去拜访李师师,因为她"与今上打得火热"。李师师是风尘女子,李逵本对宋江这种吃花酒的行为就不高兴,加上让李逵在门外守着,就看里面灯火辉煌又是酒又是肉的,他这什么都没有,所以一气之下就把门楼给烧了,大闹东京。在回来的路上他又把一个偷情的女孩和她的情人杀了。这两件事,我们看出李逵眼里没有色没有美女,当然还有李逵的粗鲁。这是英雄的好酒不好色。

## (二) 一分酒量一分本事

最早说这句话的是鲁智深,鲁智深在桃花庄醉打周通的时候,他对刘太公说:"洒家喝一分酒只有一分本事,十分酒便有十分的气力。"武松打虎、武松打蒋门神都是这样,酒量和本事成正比。我们先说武松打虎,如果武松不是喝了十八碗酒,可能还比较理性,没有必要拿自己的生命去和老虎较量一番,可是喝了酒之后这胆子就格外大,于是他就敢上山。武松醉打蒋门神的情节是小说中的经典段落,历代改编者都很喜欢这个故事,清代昆曲中有《快活林》,乱弹中有《闹店》《夺林》,①后来京剧中有《快活林》,秦腔、徽剧、绍兴大班、婺剧等地方戏中也有《快活林》。这一情节是《水浒传》用酒演绎英雄的精彩篇章之一。

话说当时施恩向前说道:"兄长请坐,待小弟备细告诉衷曲之事。"武松

---

① 京剧形成之前,昆曲被称为雅部,昆曲以外的其他地方戏曲被称为花部,也叫乱弹。

道:"小管营不要文文诌诌,拣紧要的话直说来!"施恩道:"小弟自幼从江湖上师父学得些小枪棒在身,孟州一境起小弟一个诨名,叫做金眼彪。小弟此间东门外有一座市井,地名唤做快活林。但是山东、河北客商们,都来那里做买卖,有百十处大客店,三二十处赌坊兑坊。往常时,小弟一者倚仗随身本事,二者捉着营里有八九十个拼命囚徒,去那里开着一个酒肉店,都分与众店家和赌钱兑坊里。但有过路妓女之人,到那里来时,先要来参见小弟,然后许他去趁食。那许多去处,每朝每日都有闲钱,月终也有三二百两银子寻觅,如此赚钱。近来被这本营内张团练新从东路州来,带一个人到此,那厮姓蒋名忠,有九尺来长身材,因此江湖上起他一个诨名,叫做蒋门神。那厮不说长大,原来有一身好本事,使得好枪棒,拽拳飞脚,相扑为最。自夸大言道:'三年上泰岳争交,不得有对;普天之下,没我一般的了!'因此来夺小弟的道路。小弟不肯让他,吃那厮一顿拳脚打了,两个月起不得床。前日兄长来时,兀自包着头,兜着手,直到如今,伤痕未消。本待要起人去和他厮打,他却有张团练那一班儿正军。若是闹将起来,和营中先自折理。有这一点无穷之恨不能报得。久闻兄长是个大丈夫,不在蒋门神之下,怎地得兄长与小弟出得这口无穷之怨气,死而瞑目。只恐兄长远路辛苦,气未完,力未足,因此且教将息半年三月,等贵体气完力足,方请商议。不期村仆脱口失言说了,小弟当以实告。"

武松听罢,呵呵大笑,便问道:"那蒋门神还是几颗头,几条臂膊?"施恩道:"也只是一颗头,两条臂膊,如何有多!"武松笑道:"我只道他三头六臂,有那吒的本事,我便怕他。原来只是一颗头,两条臂膊。既然没那吒的模样,却如何怕他!"施恩道:"只是小弟力薄艺疏,便敌他不过。"武松道:"我却不是说嘴,凭着我胸中本事,平生只要打天下硬汉,不明道德的人!既是恁地说了,如今却在这里做甚么!有酒时,拿了去路上吃。我如今便和你去,看我把这厮和大虫一般结果他。拳头重时打死了,我自偿命!"施恩道:"兄长少坐,待家尊出来相见了,当行即行,未敢造次。等明日先使人去那里探听一遭,若是本人在家时,后日便去;若是那厮不在家时,却再理会。空自去打草惊蛇,倒吃他做了手脚,却是不好。"武松焦躁道:"小管营,你可知着他打了,原来不是男子汉做事。去便去,等甚么今日明日!要去便走,怕他准备!"

正在那里劝不住,只见屏风背后转出老管营来,叫道:"义士,老汉听你多时也。今日幸得相见义士一面,愚男如拨云见日一般。且请到后堂少叙片时。"武松跟了到里面,老管营道:"义士且请坐。"武松道:"小人是个囚徒,如何敢对相公坐地。"老管营道:"义士休如此说。愚男万幸,得遇足下,何故谦让?"武松听罢,唱个无礼喏,相对便坐了。施恩却立在面前。武松道:"小管营如何却立地?"施恩道:"家尊在上相陪,兄长请自尊便。"武松道:"恁地时,小人却不自在。"老管营道:"既是义士如此,这里又无外人。"便叫施恩也坐了。仆从搬出酒肴果品盘馔之类。老管营亲自与武松把盏,说道:"义士如此英雄,谁不钦敬!愚男原在快活林中做些买卖,非为贪财好利,实是壮观孟州,增添豪杰气象。不期今被蒋门神倚势豪强,公然夺了这个去处。非义士英雄不能报仇雪恨。义士不弃愚男,满饮此杯,受愚男四拜,拜为长兄,以表恭敬之心。"武松答道:"小人年幼无学,如何敢受小管营之礼?枉自折了武松的草料。"当下饮过酒,施恩纳头便拜了四拜。武松连忙答礼,结为弟兄。当日武松欢喜饮酒,吃得大醉了,便教人扶去房中安歇。不在话下。

次日,施恩父子商议道:"武松昨夜痛醉,必然中酒。今日如何敢叫他去?且推道使人探听来,其人不在家里,延挨一日,却再理会。"当日施恩来见武松,说道:"今日且未可去,小弟已使人探知,这厮不在家里。明日饭后却请兄长去。"武松道:"明日去时不打紧,今日又气我一日。"早饭罢,吃了茶,施恩与武松去营前闲走了一遭,回来到客房里,说些枪法,较量些拳棒。看看晌午,邀武松到家里,只具数杯酒相待,下饭按酒,不记其数。武松正要吃酒,见他只把按酒添来相劝,心中不快意。吃了晌午饭,起身别了,回到客房里坐地。只见那两个仆人又来伏侍武松洗浴。武松问道:"你家小管营今日如何只将肉食出来请我,却不多将些酒出来与我吃,是甚意故?"仆人答道:"不敢瞒都头说,今早老管营和小管营议论,今日本是要央都头去,怕都头夜来酒多,恐今日中酒,怕误了正事,因此不敢将酒出来。明日正要央都头去干正事。"武松道:"恁地时,道我醉了,误了你大事?"仆人道:"正是这般计较。"仆人少间也自去了。

当夜武松巴不得天明,早起来,洗漱罢,头上裹了一顶万字头巾,身上穿了一领土色布衫,腰里系条红绢搭膊,下面腿绷护膝,八答麻鞋。讨了一个小膏药,贴了脸上金印。施恩早来请去家里吃早饭,武松吃了茶饭罢,施恩便道:"后槽有马,备来骑去。"武松道:"我又不脚小,骑那马怎地?只要依我一件事。"施恩道:"哥哥但说不妨,小弟如何敢道不依?"武松道:"我和你出得城去,只要还我无三不过望。"施恩道:"兄长,如何是无三不过望?小弟不省其意。"武松笑道:"我说与你,你要打蒋门神时,出得城去,但遇着一个酒店,便请我吃三碗酒。若无三碗时,便不过望子去。这个唤做无三不过望。"施恩听了,想,道:"这快活林离东门去有十四五里田地,算来卖酒的人家,也有十二三家。若要每店吃三碗时,恰好有三十五六碗酒,才到得那里,恐哥哥醉也,如何使得!"武松大笑道:"你怕我醉了没本事?我却是没酒没本事,带一分酒便有一分本事,五分酒五分本事,我若吃了十分酒,这气力不知从何而来。若不是酒醉后了胆大,景阳冈上如何打得这只大虫!那时节,我须烂醉了好下手。又有力,又有势!"施恩道:"却不知哥哥是恁地。家下有的是好酒,只恐哥哥醉了失事,因此夜来不敢将酒出来,请哥哥深饮。待事毕时,尽醉方休。既然哥哥原来酒后越有本事时,恁地先教两个仆人,自将了家里的好酒果品肴馔,去前路等候,却和哥哥慢慢地饮将去。"武松道:"恁么却才中我意。去打蒋门神,教我也有些胆量。没酒时,如何使得手段出来!还你今朝打倒那厮,教众人大笑一场。"施恩当时打点了,叫两个仆人先挑食箩酒担,拿了些铜钱去了。施老管营又暗暗地选拣了一二十条大汉壮健的人,慢慢的随后来接应,都分付下了。

且说施恩和武松两个离了安平寨,出得孟州东门外来。行过得三五百步,只见官道旁边早望见一座酒肆望子挑出在檐前。看那个酒店时,但见:

  门迎驿路,户接乡村。芙蓉金菊傍池塘,翠柳黄槐遮酒肆。壁上描刘伶贪饮,窗前画李白传杯。渊明归去,王弘送酒到东篱,佛印山居,苏轼逃禅来北阁。闻香驻马三家醉,知味停舟十里香。不惜抱琴沽一醉,信知终日卧斜阳。

那两个挑食担的仆人已先在那里等候。施恩邀武松到里面坐下,仆人已自安下肴馔,将酒来筛。武松道:"不要小盏儿吃,大碗筛来,只斟三碗。"仆人排下大碗,将酒便斟。武松也不谦让,连吃了三碗便起身。仆人慌忙收拾了器皿,奔前去了。武松笑道:"却才去肚里发一发,我们去休。"两个便离了这座酒肆,出得店来。此时正是七月间天气,炎暑未消,金风乍起。两个解开衣襟,又行不得一里多路,来到一处,不村不郭,却早又望见一个酒旗儿,高挑出在树林里。来到林木丛中看时,却是一座卖村醪小酒店。但见:

古道村坊,傍溪酒店。杨柳阴森门外,荷华旖旎池中。飘飘酒斾舞金风,短短芦帘遮酷日。磁盆架上,白冷冷满贮村醪;瓦瓮灶前,香喷喷初蒸社酝。村童量酒,想非昔日相如;少妇当垆,不是他年卓氏。休言三斗宿醒,便是二升也醉。

当时施恩、武松来到村坊酒肆门前,施恩立住了脚,问道:"兄长,此间是个村醪酒店,哥哥饮么?"武松道:"遮莫酸咸苦涩,问甚滑辣清香,是酒还须饮三碗。若是无三,不过帘便了。"两个入来坐下,仆人排了果品按酒。武松连吃了三碗,便起身走。仆人急急收了家火什物,赶前去了。两个出得店门来,又行不到一二里,路上又见个酒店,武松入来,又吃了三碗便走。话休絮繁。武松、施恩两个一处走着,但遇酒店便入去吃三碗。约莫也吃过十来处好酒肆。施恩看武松时,不十分醉。武松问施恩道:"此去快活林还有多少路?"施恩道:"没多了,只在前面,远远地望见那个林子便是。"武松道:"既是到了,你且在别处等我,我自去寻他。"施恩道:"这话最好。小弟自有安身去处。望兄长在意,切不可轻敌。"武松道:"这个却不妨,你只要叫仆人送我,前面再有酒店时,我还要吃。"施恩叫仆人仍旧送武松,施恩自去了。武松又行不到三四里路,再吃过十来碗酒,此时已有午牌时分,天色正热,却有些微风。武松酒却涌上来,把布衫摊开,虽然带着五七分酒,却装做十分醉的,前颠后偃,东倒西歪,来到林子前。那仆人用手指道:"只前头丁字路口,便是蒋门神酒店。"武松道:"既是到了,你自去躲得远着。等我打倒了,你们却来。"武松抢过林子背后,见一个金刚来大汉,披着一领白布衫,撒开一把交椅,拿着蝇拂子,坐在绿槐树下乘凉。武松看那人时,生得如何,但见:

  形容丑恶,相貌粗疏。一身紫肉横生,几道青筋暴起。黄髯斜起,唇边扑地蝉蛾;怪眼圆睁,眉目对悬星像。坐下狰狞如猛虎,行时仿佛似门神。

  这武松假醉佯颠,斜着眼看了一看,心中自忖道:"这个大汉一定是蒋门神了。"直抢过去。又行不到三五十步,早见丁字路口一个大酒店,檐前立着望竿,上面挂着一个酒望子,写着四个大字道:"河阳风月。"转过来看时,门前一带绿油栏杆,插着两把销金旗,每把上五个金字,写道:"醉里乾坤大,壶中日月长。"一壁厢肉案砧头,操刀的家生,一壁厢蒸作馒头,烧柴的厨灶。去里面一字儿摆着三只大酒缸,半截埋在地里,缸里面各有大半缸酒。正中间装列着柜身子,里面坐着一个年纪小的妇人,正是蒋门神初来孟州新娶的妾,原是西瓦子里唱说诸般宫调的顶老。那妇人生得如何:

  眉横翠岫,眼露秋波。樱桃口浅晕微红,春笋手轻舒嫩玉。冠儿小,明铺鱼鱿,掩映乌云;衫袖窄,巧染榴花,薄笼瑞雪。金钗插凤,宝钏围龙。尽教崔护去寻浆,疑是文君重卖酒。

  武松看了,瞅着醉眼,径奔入酒店里来,便去柜身相对一付座头上坐了,把双手按着桌子上,不转眼看那妇人。那妇人瞧见,回转头看了别处。

  武松看那店里时,也有五七个当撑的酒保。武松却敲着桌子叫道:"卖酒的主人家在那里?"一个当头的酒保过来,看着武松道:"客人要打多少酒?"武松道:"打两角酒,先把些来尝看。"那酒保去柜上叫那妇人舀两角酒下来,倾放桶里,荡一碗过来道:"客人尝酒。"武松拿起来闻一闻,摇着头道:

"不好,不好,换将来!"酒保见他醉了,将来柜上道:"娘子,胡乱换些与他。"那妇人接来,倾了那酒,又舀些上等酒下来。酒保将去,又荡一碗过来。武松提起来呷了一口,叫道:"这酒也不好,快换来,便饶你!"

酒保忍气吞声,拿了酒去柜边道:"娘子,胡乱再换些好的与他,休和他一般见识。这客人醉了,只待要寻闹相似。便换些上好的与他罢。"那妇人又舀了一等上色的好酒来与酒保。酒保把桶儿放在面前,又烫一碗过来。武松吃了道:"这酒略有些意思。"问道:"过卖,你那主人家姓甚么?"酒保答道:"姓蒋。"武松道:"却如何不姓李?"那妇人听了道:"这厮那里吃醉了,来这里讨野火么!"酒保道:"眼见得是个外乡蛮子,不省得了。休听他放屁。"武松问道:"你说甚么?"酒保道:"我们自说话,客人你休管,自吃酒。"武松道:"过卖,叫你柜上那妇人下来相伴我吃酒。"酒保喝道:"休胡说!这是主人家娘子。"武松道:"便是主人家娘子,待怎地?相伴我吃酒也不打紧!"那妇人大怒,便骂道:"杀才!该死的贼!"推开柜身子,却待奔出来。武松早把土色布衫脱下,上半截揣在腰里,便把那桶酒只一泼,泼在地上,抢入柜身子里,却好接着那妇人。武松手硬,那里挣扎得。被武松一手接住腰胯,一只手把冠儿捏做粉碎,揪住云髻,隔柜身子提将出来,望浑酒缸里只一丢。听得扑同的一声响,可怜这妇人正被直丢在大酒缸里。武松托地从柜身前踏将出来,有几个当撑的酒保,手脚活些个的,都抢来奔武松。武松手到,轻轻地只一提,撷入怀里来。两手揪住,也望大酒缸里只一丢,桩在里面。又一个酒保奔来,提着头只一掠,也丢在酒缸里。再有两个来的酒保,一拳一脚,却被武松打倒了。先头三个人,在三只酒缸里,那里挣扎得起。后面两个人,在地下爬不动。这几个火家捣子,打得屁滚尿流。乖的走了一个。武松道:"那厮必然去报蒋门神来。我就接将去,大路上打倒他好看,教众人笑一笑。"

武松大踏步赶将出来。那个捣子径奔去报了蒋门神。蒋门神见说,吃了一惊,踢翻了交椅,丢去蝇拂子,便钻将来。武松却好迎着,正在大阔路上撞见。蒋门神虽然长大,近因酒色所迷,淘虚了身子,先自吃了那一惊,奔将来,那步不曾停住,怎地及得武松虎一般似健的人,又有心来算他。蒋门神见了武松,心里先欺他醉,只顾赶将入来。说时迟,那时快,武松先把两个拳头去蒋门神脸上虚影一影,忽地转身便走。蒋门神大怒,抢将来。被武松一飞脚踢起,踢中蒋门神小腹上。双手按了,便蹲下去。武松一踅,踅将过来,那只右脚早踢起,直飞在蒋门神额角上,踢着正中,望后便倒。武松追入一步,踏住胸脯,提起这醋钵儿大小拳头,望蒋门神脸上便打。原来说过的,打蒋门神扑手,先把拳头虚影一影,便转身,却先飞起左脚,踢中了,便转过身来,再飞起右脚。这一扑有名,唤做"玉环步,鸳鸯脚。"这是武松平生的真才实学,非同小可!打的蒋门神在地下叫饶。武松说道:"若要我饶你性命,只要依我三件事。"蒋门神在地下叫道:"好汉饶我!休说三件,便是三百件,我也依得!"(第二十九回)

武松对施恩也说出类似鲁智深讲过的话:"你怕我醉了没本事?我却是没酒没本事,带一分酒便有一分本事,五分酒五分本事,我若吃了十分酒,这气力不知从何而来,若不是酒醉后了胆大,景阳冈上如何打得这只大虫!那时节,我须烂醉了好下手。又有力,又有势!"他说我要打蒋门神,你得让我喝得烂醉。有一个词叫烂醉如泥,说人喝得烂醉身体软得就像泥一样,那你怎么打人呢?可是施恩很相信武松,于是这武松一路喝下去。按照小说所写从出发地到快活林酒店,十几里路,有十几家酒店,每到一个酒店喝三碗,算下来大概四十碗左右,他还只喝了七八分醉,还没十分醉,但是已经到了,剩下那几分醉只好装出来了,就把蒋门神给打败了。实际上,武松不喝酒也照样能把蒋门神打倒,但他一定要用酒来发挥自己的武功,这是所谓一分酒量一分本事。

**(三)从酒性看人性**

每个英雄酒后表现出来的性格特征不尽相同,我们从他们酒后的表现就能看出这个人的性格特征来,当然不是每个人都这样。小说里面写到的重要人物都有他独特的一面,也都能从酒后反映出来。概括一下几个著名人物的性格特征:鲁智深豪放,武松自负,李逵粗鲁,宋江压抑。越是酒后越能看出他们这方面的特点来。鲁智深豪放在哪里呢?无酒的时候,他就是一个非常洒脱不拘小节的人。小说写他在五台山上的时候,困了倒在禅床上便睡,鼾声如雷,别人有没有地方睡、能不能睡着,他也不在乎。半夜起来上厕所也不想往远了走,就在佛殿后面拉屎撒尿,就是这样一个洒脱的人。他酒后就更加洒脱豪放,在五台山两次使酒任气耍酒疯都是这样的情形。再说武松的自负。自从打完老虎之后,武松凡事就要提景阳冈上打死大虫的便是我,杀了张都监全家之后,他在墙上留下的就是这句话:杀人者,打虎武松也。并且每每夸口,酒后的武松就更加自负。李逵的粗鲁是闻名的,小说里面说黑旋风的大名能医得小儿夜惊啼哭,谁家孩子晚上不睡觉哭了,他妈妈吓唬他:别哭了,再哭黑旋风来了。这孩子马上闭嘴。李逵大闹东京后返回梁山,在经过四柳村的时候,听说这家小姐房里闹鬼,这小姐很长一段时间都不出门,就在那房间里,谁接近那房间,里面就有砖头瓦块飞出来,她也不吃不喝还不死。李逵肉也吃了酒也喝了,拎着两把板斧二话没说就闯了进去捉鬼,结果发现是小姐和她的情人在房间里。原来这家的女孩认识了一个情人叫王小二,为了能够自由地来往,他们就装神弄鬼,每天半夜的时候她的情人逾墙越窗而来,带着吃的喝的并且还带点砖头瓦块。李逵进来什么都没问,拿起大斧子就先把那小伙子给劈了。那女孩吓得躲到床下,他揪着人家的头发就给拉了出来,问刚才劈死的那小子是谁,这个女孩回答说是奸夫,李逵一听明白了,又一斧子下去把她砍死了,说你这么一个女人留你有什么用。出来之后告诉那个老者说那鬼赶走了,进去看吧。李逵凭什么把人家砍死?粗鲁、嗜杀,酒后就更粗鲁。宋江的性格有压抑的一方面,酒后就更能充分地表露出来。宋江酒后与酒前简直判若两人,让我们觉得此人确实平时太压抑了。浔阳楼写反诗那一次,他是一个人喝了一瓶酒之后,兴之所至拿起笔来写了一首《西江月》,写完之后又喝了一点酒,更加兴奋了,再写

黑旋风乔捉鬼

一首诗。可是他写的《西江月》和这首诗里面都有不合时宜的地方,就是所谓的反诗。《西江月》最后两句是:他年若得报冤仇,血染浔阳江口。那首诗的最后两句是:他时若遂凌云志,敢笑黄巢不丈夫。我们看这意思再明白不过了,就是要造反啊。黄文炳抓住这个把柄把他给告了,这样宋江才最后上了梁山。还有一次是在李师师家里。宋江一开始是非常有礼貌的,甚至很少说话,这种场合他第一次来不熟悉,不知道和这样的女人交往的时候该说些什么,全靠着柴进和燕青。但是喝着喝着就不一样了,小说写宋江喝了几杯酒之后就开始"揎拳裸袖,点点指指,把出梁山泊手段来"。这次还仅仅是酒后的失态,还不至于犯更大的错误,写反诗那一次当然就不一样了。所以有论者说宋江的人格是分裂的,他明明是忠臣,可是他为什么要写这样的诗呢?我们认为他不至于人格分裂,但他平时过于压抑倒是真的。

浔阳楼宋江吟反诗

## 二、《水浒传》中的酒俗

《水浒传》中对酒的描写除了和英雄形象塑造之间的那种密切关系之外,还有一些对当时喝酒习俗的描写。当然了,小说不是专门的一个记录民俗的文本,它是文学作品,它对当时酒俗的描写是带有一定的虚构性的,是为了作品和情节、人物的需要,不见得是完全写实。但是它也让我们知道宋元时期酒俗大致是一个什么样子。下面我们就从三个方面来了解小说里面所表现出来的酒俗。

### (一)《水浒传》中的人物喝什么酒

如果从中国酒的发展历史来看,在宋元时期主要的就是黄酒,也就是米酒,这种酒是用发酵的方式酿造出来的。到目前为止人类酿酒有三种方式,实际上只应该有两种——发酵酒和蒸馏酒,只不过现在又多了一种叫勾兑酒。发酵的酒是最早的酒,这种酒的度数不高,今天我们喝的葡萄酒、黄酒都是发酵酒,它们的酒精度数都不高,想喝到二锅头那样度数的发酵酒是不可能的。第二种就是蒸馏酒,今天我们喝的白酒都是蒸馏酒,这种酒的酒精度数是比较高的。《水浒传》里面的酒大部分都是黄酒,是发酵酒。根据小说的描写我们整理了一下,小说中写到的酒大致可分成三类。第一种酒就是度数很低的白酒,这种酒虽然也叫白酒,但它仍然是发酵的酒,只不过酒的颜色比较白。七星小聚义,智取生辰纲的时候,白日鼠白胜挑的那个酒就是白酒,这个白酒的度数应该是很低的,为什么说它很低呢?因为他们喝这个酒是为了解渴,所以度数应该是非常低的。第二种酒是非常常见的酒,一般酒店卖的最普通的酒。这种酒,英雄们在任何一个酒店里喝的几乎都是这样的,也没说它的度数具体有多高,但是这个酒应该是介于那种度数非常低的白酒和度数较高的酒之间的一种酒。还有第三种酒,就是少见的好酒。这类酒在小说里出现过这样三次:一是武松打虎之前喝的那个"三碗不过冈";还有一种叫"蓝桥风月",这是宋江在浔阳楼上喝的那个好酒;第三种就是皇家喝的御酒。先说三碗不过冈。三碗不过冈还有一个外号叫透瓶香,酒的味道主要靠酒精,所以它既然叫透瓶香,也就是说它酒精度数高。还有一点就是一般人喝三碗就醉倒了,三碗有多少?也就是七八两到一斤左右,如果是普通的酒,就是当时喝的常见的那种黄酒,像鲁智深、武松他们都几十碗几十碗地喝,一桶一桶地喝,这个三碗不过冈如果是那样的酒,喝三碗那是没事的。可是以武松的酒量也只喝了十八碗,一般人也就三碗。我们根据这个比较,感觉这酒不是一般的黄酒,可能是蒸馏酒。元代确实有蒸馏酒,因为李时珍在《本草纲目》里很详细地记载了元代做蒸馏酒的方法。也有人认为蒸馏的技术很早,甚至唐代就有。另外金朝出土了一个铜制的蒸馏器,如果这个蒸馏器是当时做酒的器具的话,那就证明金朝也就是南宋时期确实就有蒸馏技术,所以小说里面可以写到蒸馏酒,只不过应该是比较少见。蓝桥风月这个酒应该不是白酒,也就不是蒸馏酒,因为宋江的酒量不高,一个人能喝一瓶。当然了,这个酒的酒精度数也相对高一些,应该是黄酒中比较好的,所以一瓶之后,宋江喝得手舞足蹈写下反诗。第三种是御酒,度数不高但是很纯,味道非常好。朝廷第一次招安的时候,皇帝赐给梁山一些御酒,阮小七一个人就喝下了好几瓶,可见御酒既好喝度数又不高。给皇帝喝的就应该是这样的酒。

**(二)喝酒时必要的礼仪**

《水浒传》中虽然没有刻意描写,但还是能看出传统礼仪的特点,那就是尊重长者、主客有别。在一般的酒席上,主人坐在主位,对席坐主要的客人,两侧叫下手,是次要的客人和陪客坐的地方。喝酒时的其他礼仪基本上就是按照我们中国最传统的尊敬长者原则来进行,辈分低、地位低的、年纪小的要给长者倒酒布菜等。

**(三)酒店、酒具、下酒菜**

小说里面写了很多酒店,大酒店有樊楼、潘家酒楼、浔阳楼、狮子楼。樊楼是宋朝东京汴梁一个非常有名的酒楼,很多作品都写到它,宋元话本中有一个故事叫《闹樊楼多情周胜仙》,后被冯梦龙收入三言中的《醒世恒言》中,写的就是这个樊楼。大酒店里面都是有阁子的,阁子就是包间,至于小酒店那就不计其数了。酒店不同酒具也不同,大酒店里面都是用杯、用角,是高档的酒具,普通的小酒店里那就是用碗了。另外,酒菜分三种。一种是荤菜,在《水浒传》里写到的荤菜主要有牛肉、鹅肉、鸡肉、羊肉和猪肉,吃得最多的是牛肉,最少的是猪肉。第二种菜就是素菜,小说里面从来没写具体的是黄瓜、茄子还是萝卜、土豆,只是笼统地说各种果蔬。第三类叫按酒,这类菜到底是什么?因为小说从来没写按酒的具体内容是什么,只是说按酒就是用来下酒的,也许是一些腌黄瓜、煮花生之类的食品。

展开中国文学史,可以说酒无处不在,《水浒传》中的酒和一般小说里面写到的酒有这么大的区别,主要原因并不在于它真实地描写了宋元时期的酒俗,恰恰是因为它看到了酒和英雄们之间那种特殊的关系,因此,它才特别喜欢描写酒。

 思考题

1.《水浒传》中写了哪些酒俗?
2.《水浒传》是怎样用酒来塑造英雄形象的?

# 第五讲
# 忠义思想与《水浒传》的招安结局

## 一、令人郁闷的《水浒传》后半段

很多读者喜欢看《水浒传》前七十回,不喜欢看招安后的故事。为什么不喜欢看招安以后的情节呢?有艺术上的原因,聚义以后的故事不如前面的故事好看,尤其是征辽、征方腊,英雄的传奇色彩暗淡了,攻城略地,战阵征伐,不如《三国演义》。此外,还有一个重要的原因,那就是看《水浒传》招安以后的情节,当代读者普遍有一种共同的心理感受,就是觉得特别郁闷,凭什么把好好的梁山搞成这样呢?我们把小说中令人郁闷的地方给大家列举出来。

郁闷之一:两赢童贯、三败高俅,梁山事业鼎盛时期主动招安。梁山泊是在什么情况下招安的?两赢童贯、三败高俅,是在梁山事业最顶峰的时候。当代人最不喜欢看到的就是这样

宋公明全伙受招安

的一种情形,明明我们现在是最强盛的时候,结果非要主动地和人家合并,并且是被人家吞并,现代人的心理是不甘心的。

郁闷之二:招安以后,奸臣忌恨,贪官鄙视,还被称为梁山贼寇。招安以后,明明梁山好汉是一群忠义之士,是要作国家的忠臣栋梁,是要为国尽忠出力的,可是那些朝廷的大臣还是把他们当作贼来对待,一口一个贼。小说里面写过这样一个情节,《陈桥驿滴泪斩小卒》一回,宋江征辽前,皇帝命中书省劳军,每人一瓶酒、一斤肉。中书省派来的两个厢官克减酒肉,有一个军校表达不满,那个厢官便骂道:"你这大胆剐不尽杀不绝的贼,梁山泊反性尚不改。"(第八十三回)这个军校感到万分气愤,拔出刀来就把这个钦差给砍了,宋江没有办法,把自己的兄弟杀掉了。这本身就说明在其他人眼里,这些英雄即便受了招安,那也还是贼。

郁闷之三:征辽未损一将,征方腊却损折大半,108个兄弟分崩离析。阵亡59人,病故10人,鲁智深坐化,武松出家,公孙胜回蓟州,燕青、李俊、童威、童猛半路辞去。安道全、皇甫端、金大坚、萧让、乐和等5人没随队征方腊,征辽的时候,108个人完整地去且完整地回,而征方腊的时候就不一样了,去的时候是103个,回来的只有27个。108人在征方腊之后分崩离析,原来在梁山上他们叙的友情、发下的誓愿,是所谓同心同德,不能同年同月同日生但愿同年同月同日死,是以兄弟相称,并生活在一起。我们喜欢看前七十回,也是愿意看他们结义的过程,以及结义之后一次一次打下来的胜仗。

郁闷之四:狡兔死走狗烹,建立大功,卢俊义、宋江被害身死,李逵被骗死,吴用、花荣殉死。在征完方腊之后,卢俊义先是被毒死,然后宋江被毒死。宋江在自己被毒死之前还拉了李逵和他一起死。为什么说李逵是被骗死的?李逵被宋江骗喝下毒酒,他事先并不知道,喝完之后宋江问他,说你喝的酒里有毒,等你回去之后没多久毒性发了你就会死,你怨不怨恨我呀?李逵说罢罢,活着是你帐下的将军,死后也作你的小鬼。后来吴用和花荣来祭奠宋江的时候,又在宋江的坟前上吊死了,这个殉情是殉兄弟情。

我们发现小说招安以后的情节,看起来心情特别地不愉快,这种不愉快实际上是来自当代人对招安情节的不理解,甚至不接受。下面我们就来讨论一下这个问题。

## 二、纠结于忠义与招安的《水浒传》接受史

梁山本来是那么大的一支力量,最后自己把自己推上绝路,这里面有一个核心的问题就是招安。这就是历代读者纠结的一个问题:为什么要招安?不招安行不行?有人说不招安不行,不招安就永远是强盗,招安了就是忠义之士,就是忠臣,就是义士,否则的话就只是梁山的强盗。可是也有人说,招安就是投降;还有人说这是历史的局限性,在封建时代没有别的出路;等等。历代的读者面对招安和忠义这个问题总是非常矛盾,在封建时代肯定忠义就肯定招安,否定忠义就否定招安,因为封建时代,读者的政治立场、政治观点不同。到了现代,因为我们都站在当代人的立场,基本上是否定招安的,这样的读者占了大多数,也有少数的读者比较客观,说那是在封建时代,不能强求宋江等人。所以,当我们把《水浒传》阅读的历史(就是接受史)稍作整理的时候就发现,在围绕着忠义和招安这个问题上的争议确实非常大。那么我们接下来就看看这个问题,在《水浒传》接受史上读者的认识是如何矛盾的。

封建时代的读者基本是这样一种观点:肯定忠义则肯定招安,否定忠义则否定招安。明代的读者几乎众口一词:都肯定忠义也肯定招安。明代所有的《水浒传》版本,除金圣叹的那个版本外,都叫《忠义水浒传》,无论一百回的还是一百二十回的,无论简本还是繁本,前面都有忠义二字。今天能够了解到的明代的大部分读者对《水浒传》的态度都是盛赞它的忠义,这里面的代表就是李贽。李贽是明代中后期有名的思想家、文学家,他的思想和学说在当时被称为"异端",他也因此入狱。李贽专门为《水浒传》写了一篇序言叫《忠义水浒传叙》,在这篇序言中他就盛赞宋江等人的忠义,并且对他们招安以后征辽、征方腊的行为大加肯定。李贽说:"今观一百单八人者,同功同过,同死同生,其忠义之心,犹之乎宋公明也。独宋公明者身居水浒之中,心在朝廷之上;一意招安,专图报国;卒至于犯大难,成大功,服毒自缢,同死而不辞。"[①]李贽这段话赞美108人都和宋江一样,

---

[①] 李贽《忠义水浒传叙》,引自《容与堂本水浒传》附录,上海古籍出版社1988年版,第1488页。

有忠义之心,而宋江比他人更加坚定和强烈。所谓"服毒自缢,同死而不辞"指的是宋江与李逵都是服毒而死,吴用和花荣都是自缢而亡。李逵虽然不知宋江给他喝的酒里有毒,但是得知真相后也没后悔;吴用和花荣更是自愿死的,这也是殉情,只不过他们殉的是兄弟之情。

到了晚明,情况不一样了,崇祯年间的金圣叹觉得《水浒传》的招安、忠义都不应该有,他说招安的情节是罗贯中狗尾续貂加进去的,原来施耐庵的本子没有这些情节。因此金圣叹就骗人说他得到了贯华堂的一个古本,这个古本只有七十回,没有招安的情节。实际上是他把原来的一百回或者一百二十回的本子删掉了后面招安的情节,只到聚义那里就打住了,他把第一回变成楔子,这样实际上,七十一回的内容写出来是七十回。并且金圣叹在他的这个版本的序言中就说得非常清楚,他说"削忠义而仍《水浒》",就是把忠义削掉,而把《水浒传》的故事留下来。如何削忠义?削忠义必然削招安,因为一旦招安就要做朝廷的大臣,就是国家的栋梁,这是金圣叹反对的,所以他就必然要削掉后面招安的情节。因为金圣叹有他自己的理论,他说:"《水浒》有忠义则朝廷无忠义耶?"①他是站在封建统治者的立场上不同意招安强盗的。今天有很多学者认为,金圣叹所处的明代末年正是农民起义风起云涌的时候,很多农民起义的部队就像小说所写的那样接受了所谓的招安,可是招安之后,有了钱有了粮,过两天又反了,反复无常,所以金圣叹在对待农民起义或者绿林武装这个问题上是反对招安的。到了清代中叶,又出现了一个反招安的,他叫俞万春。他不像金圣叹通过评点《水浒传》、改造《水浒传》的文本来否定忠义、否定招安,他给《水浒传》写一本续书叫《荡寇志》,也叫《结水浒传》。《结水浒传》这本书完全是沿着金圣叹的本子往下续的,没有招安,108人的形象也做了改造,因为他们在前七十回都是义士、侠客,后面却变成了强盗,这不行,于是俞万春把前七十回也进行了改造。像鲁智深和武松这两个人,本来是小说中最有侠士风范的人物,结果,俞万春把他们改造成两个杀人魔头,并且让108个人都被张叔夜率领的大军一个一个擒拿正法,在他看来这是大快人心。当然俞万春让张叔夜将他们擒拿正法,这和金圣叹在七十回末

---

① 金圣叹《水浒传序二》,引自陈曦钟、侯忠义、鲁玉川辑校:《水浒传会评本》,北京大学出版社1987年第2版,第7页。

尾的时候安排卢俊义做了一个梦,由嵇康将这些人擒拿正法是一脉相承的,他实际上是把金圣叹的梦坐实了。金圣叹为什么用嵇康呢?因为嵇康字叔夜,而《宋史》记载是张叔夜将宋江等人捉住的。

到了当代,情况发生了很大的变化,当代的读者和封建时代的读者在对待忠义和招安的问题上又有了很多新的观点。新中国初期很长一段时间,人们普遍认为《水浒传》描写的是农民起义,而宋江是农民起义的领袖,由于时代的和阶级的局限,在这支农民起义队伍身上有着忠君的局限,所以招安和忠义是局限性造成的,是阶级的局限和时代的局限造成的,是不可避免的。但是又不否定这是一场轰轰烈烈的农民起义或农民革命,对他们也是肯定的。在很长一段时间,整个学术界普遍的观点都是这个样子,其中的代表是冯雪峰。1954年在《文艺报》上,冯雪峰发表文章《回答关于〈水浒〉的几个问题》,他将《水浒传》的思想、人物、艺术、价值等几个方面作了一个全面的分析。而冯雪峰的这篇文章就几乎成为很长一段时间我们对《水浒传》的一种定论,算是一种官方的学说。

但是这种观点到了1975年的时候发生了一次天翻地覆的变化。1975年9月4日《人民日报》发表了一篇社论:"《水浒》这部书,好就好在投降。做反面教材,使人民都知道投降派。"①这无疑是在平静的水面投下了一块巨石,因为不管在老百姓的心目中还是在学者的头脑里面,《水浒传》都是写英雄的,怎么一下子变成了反面教材,使人民都知道了投降派了呢?这件事和1975年《人民日报》社论发表之前毛泽东和芦荻的一次谈话有关。毛主席在晚年的时候,因为眼疾读书很吃力,就由北京大学的一位叫芦荻的教师为毛主席读书。有一次芦荻就问毛主席,听说你曾经评价过《水浒传》是投降派,宋江接受招安就是投降,等等。毛主席听她讲了之后就哈哈大笑,说我确实说过这样的话。这番话谈完之后芦荻将它整理出来,就是我们在《人民日报》社论上看到的。下面还有:"水浒只反贪官不反皇帝,屏晁盖于一百零八之外,宋江投降搞修正主义,把聚义厅改为忠义堂让人招安了,宋江同高俅的斗争是地主阶级内部这一派反对那一派的斗争,

---

① 《人民日报》,1975年9月4日。

宋江投降了就去打方腊……"①如果我们仅从小说文本描写的客观情况来看，是不是这个样子？确实是这个样子，招安和投降无非就是换了一个词而已，站在宋江等梁山英雄的角度自然叫招安，如果不站在他的角度而是换了一个角度呢，那就可以叫投降。因为宋江是主动地把自己的武装和权力全部交出去，那当然是投降。投降之后去打方腊，方腊和宋江队伍曾经一样都是绿林武装或者叫农民起义军，不同的是宋江没称王而方腊称了王。称王在当时是大逆不道的。如果我们抛开政治因素不谈，只从学术的角度看，毛主席的这一番论述作为一种学术观点是可成立的，大家可以继续讨论继续研究，是没有问题的。但是这一番言论被当时的"四人帮"借用了，他们利用毛主席的这一番谈话大搞政治斗争，利用这个机会排斥异己，打击当时党和国家的主要领导人，他们在全国搞了一场轰轰烈烈的评《水浒传》、批宋江的运动。当然这场运动随着1976年文革的结束也马上就烟消云散了。但是它的影响还是很大的，因为这一场运动把这种观念灌输到了当时中国大众的头脑中，很多人就认为宋江是投降派。直到中央电视台拍第一版《水浒传》的时候，还有人在报纸上发表类似的言论，可见它的影响是很大的。

20世纪80年代以后，情形发生了很大的变化，我们能够很客观地认识忠义和招安了。但是我们看到的都是学术界的一些讨论，学者们研究、评价这个问题是站在各种各样的角度的，从儒家文化的角度，从绿林文化的角度，甚至从心理分析的角度。这些对老百姓的影响不大，普通的读者并不是看着学者的学术文章再去理解《水浒传》的，他们只是根据自己的生活经验、价值观、道德观和审美观去看待忠义、招安问题的。

当有了网络的时候，我们发现网民对《水浒传》的评价、讨论非常有意思，我们可以把网民的讨论看作大众对《水浒传》的理解和接受。在百度贴吧"水浒吧"上，有一个帖子说："受招安没错，只是后期操作没干好。"下面的跟帖网友说："要是我是宋江的话，我会南联方腊，北拒大宋，先把大宋灭了，然后再灭方腊，最后统一中国，再立国号，到时再封吴用为丞相，卢俊义为大将军，然后一百单八将全

---

① 《人民日报》，1975年9月4日。

部封赏,就不会有血溅乌龙岭的悲剧了。"血溅乌龙岭就是征方腊时候发生的,这个网民的想法恐怕也和当时李逵的想法一模一样吧。另外一个网友说:"石勒、朱温、张作霖,哪个不是土匪出身?"他认为宋江等人选错了道路没做好。这是 2006 年的帖子,到了 2017 年,同样在这个贴吧上,我们又看到了观点类似的说法,有网友发帖说:"如果梁山的头领是方腊,宋江还只是个无能的小押司,方腊将会带领一百零八将创造怎样的传奇?"回复中有这样几种观点:"如果宋江是个小押司,估计以方腊为首的梁山好汉会占据山东各个州县;联盟所有反贼共举义旗推翻大宋。"我们发现当代的读者尤其是年轻的读者,他们对待这个问题的认识往往带有一种个性化、感性化的特点,同时完全抛开了所谓的政治立场,把当代人与人之间的关系尤其是竞争关系,移植到了对《水浒传》这个问题的认识上。一个个人和一个团体与其他的个人和团体之间是存在着一种竞争的,在这种竞争中要壮大自己,而不是想着忠于谁,忠君的思想在当代读者中已经没有了市场,这是现代思想观念的进步,因此,当今的青年读者自然就反对招安了。

## 三、《水浒传》成书过程中的招安

在《水浒传》的接受史上,历代读者关于忠义和招安都表现得非常矛盾,那么《水浒传》的招安是如何被写进小说中的?也就是说在《水浒传》成书的过程中,招安这个问题是如何形成的?《水浒传》是一个世代累积型的小说,这个故事在历史上虽然有那么一点真实的事迹,但是整体上小说中的这些情节都是民间的文本不断累积而成的,最后由一个作者把它整理成书。所以很多学者认为小说成书之前,每一个好汉的故事是各自相对独立的,最后拢在了一起。在成书过程中,我们发现已经有一些招安的情节。首先,在《宋史》中就有类似的记载,在《宋史·侯蒙传》中有这样一段记载:"宋江寇京东,蒙上书言:'江以三十六人横行齐魏,官军数万无敢抗者,其才必过人。今青溪盗起,不若赦江,使讨方腊以自赎。'"[1]这是侯蒙给皇帝上书提的建议,说宋江三十六人在齐魏,也就是今天的河

---

[1] [元]脱脱:《宋史》,中华书局 1985 年版,第 11114 页。

北山东这一带作乱,官军数万没有办法把他剿灭掉,现在我们换一个办法把他招安了,赦免他的罪行,正好青溪有强盗,也就是方腊在青溪作乱,那么可以让宋江去打方腊,这叫以敌制敌,以盗弥盗。可是《侯蒙传》到这儿就打住了,至于后面招没招安,《宋史》没写,但是有这样一种说法。《宋史》的另一篇《张叔夜传》记载:"宋江起河朔,转略十郡,官军莫敢撄其锋。声言将至,叔夜使间者觇所向,贼径趋海濒,劫钜舟十余,载掳获。于是募死士得千人,设伏近城,而出轻兵距海诱之战,先匿壮卒海旁,伺兵合,举火焚其舟,贼闻之皆无斗志,伏兵乘之,擒其副贼,江乃降。"①张叔夜把宋江等人赶到了海角,宋江等人抢了一艘大船,把他们抢来的金银财宝装到船上准备上船逃往海上,张叔夜就重金招募了一千个人的敢死队,先抓住了宋江的副将,然后宋江就投降了。那么如果把这两处记载合在一起,侯蒙上书想要招安宋江,但是没等招安,张叔夜就把他抓住了,并且宋江也投降了。投降之后是否让他们去打方腊,史书没写,我们不知道投降之后是怎么处理的。但是这种信息就给民间文学的流行指引了一个方向,因为史书中已经提到了有招安的情节,那后面在传说中有招安的情节就很自然了。所以到了元代的时候就开始出现招安的情节了,这些都是在民间文学中记载的。有一本书叫《大宋宣和遗事》,一般的学者认为是宋元时期的著作,《大宋宣和遗事》是一本杂著,里面记录的东西比较复杂,其中就有《水浒传》的故事,并且有招安的情节。另外还有一部宋代的杂剧《宋公明排九宫八卦阵》,一般的学者认为它在《水浒传》成书之前,也有学者认为它在《水浒传》成书之后,《宋公明排九宫八卦阵》里面也有招安的情节。可见到了元代的时候,在《水浒传》的故事中招安的情节就已经有了,所以小说的作者按照成书的自然发展规律也安排了招安的情节。问题是虽然小说中有招安的情节,可是作者如何处理它,也就是如何对待招安则带有文人色彩了。显然作者是将忠义思想加入招安的情节之中,也就是说用忠义的思想改造了一个传统的绿林故事,学术界把它叫作儒家文化改造绿林文化,而小说中的儒家文化主要是指忠义思想。

---

① [元]脱脱:《宋史》,中华书局1985年版,第11141页。

## 四、招安是忠义思想加入的必然结局

既然我们说招安是忠义思想加入的必然结局,那我们就得先讨论一下什么是忠义。在忠和义这两个字作为一个词出现之前它们是两个词。忠是忠诚无私,尽心竭力的意思,词语中带忠字的有忠心、忠诚、忠实、忠贞、赤胆忠心、忠言逆耳等。我们再看义,义是公正、合乎时宜的意思,义也可以组成很多词,像义气、仗义、道义、正义、义无反顾、行侠仗义、仗义疏财、舍生取义等。那么当把忠、义这两个字合成一个词的时候,我们发现在《水浒传》里面的忠义实际上包含忠、义所有的意向。既有对上的忠心,也有对朋友和其他人的那种忠诚。既有正义,也有朋友之间的那种私义,还有路见不平拔刀相助的那种仗义。实际上忠义的内涵是非常丰富的,所以小说就笼统地叫它忠义,《忠义水浒传》不仅仅是忠君的《水浒传》,其内涵是非常丰富的。李逵对宋江是忠义,宋江对李逵也是忠义,鲁智深救那些陌生的跟他毫无关系的人是忠义,武松为他的哥哥报仇杀死了潘金莲也是忠义。所以忠义在小说里面既是一个宽泛的道德标准,也是一个广义的价值标准。忠义这个思想加入小说中之后,它不仅仅是在招安的问题上使得《水浒传》改变了一个方向,最重要的是它将一个绿林的故事改造成了一个义士的故事,改造成了一个忠良的故事。原来的绿林豪侠身上有正有邪,加入忠义思想之后,他们的邪就少了,于是就成了英雄,就变成了英雄的故事,再向前发展就变成了忠义的故事。我们在小说中看到,在很多英雄身上还摆脱不了早期的那种绿林气,因为在108人的组成队伍中,有很多是杀人越货的真正的强盗。孙二娘是开人肉包子铺的。李俊、张横这些人都是在江面上杀人抢劫的。桃花山上的小霸王周通曾强娶民女。还有李逵,粗鲁无比,嗜杀成性。这些人身上的特征即使到了后来《忠义水浒传》中也没有完全消掉,还保留下来一些。因此我们看小说里面就有一些暴力的情节,今天有人反对《水浒传》中的暴力,认为至少不该在孩子中宣传它,这是有一定道理的。但是从另外一个角度看,作为一部经典作品,我们不得不"原汁原味"地把它传承下去。忠义思想加入之后,作者把绿林故事改造成了一个忠义的故事,招安就是一种必然的结局了。

教学视频

既然是忠臣义士,那不为国家出力为谁出力呢?因为在封建时代为国出力也就是为君主出力,尽忠与报国本来是一回事。这样《水浒传》又改造了宋江的形象,因为是忠义的《水浒传》,那宋江还是山大王怎么行呢?所以这个核心人物宋江就由原来的山大王被改造成了义士之冠。金圣叹说宋江是盗魁,就是强盗头子,因为在元代的《水浒传》杂剧里面宋江就是山大王,而且脾气还很暴躁,可是到了《水浒传》小说中,要想把整部作品改造成一部忠臣义士的传记,那这个领导者首先就要是忠义的化身,所以宋江就变成了忠义之士。可是他又是一个绿林中的人物、江湖上的义士,因此在他身上就表现出很多矛盾的地方。

　　《水浒传》在描写忠义的时候,小说必然涉及另外一个问题,就是忠奸的对立和斗争。这忠奸的对立和斗争有什么意义?如果后面没有忠奸斗争,好像整个朝廷都是一片清明,全是忠臣,那么前面的那个逼上梁山是谁逼的?没人逼你,你上梁山,你就是强盗,既然是强盗,那么招安就是假的、虚伪的,所以加入忠义思想必然要描写忠奸斗争。因此高、杨、童、蔡这四大奸臣不害宋江等人是不可能的,而小说也必然在这场斗争的最后让忠臣失败,忠臣失败了仍然无怨无悔,那才是真正的忠义。如果宋江喝了药酒之后发现被骗了、上当了,他便后悔了,给李逵写信,给吴用写信,让他们赶紧重新拉起队伍再上梁山二次造反,那么前面所做的一切就全部被否定了。因此《水浒传》最后以悲剧结局是必然的,因为它将忠义思想加入进来了。且看宋江临死之前的描写。

　　且说宋朝元来自太宗传太祖帝位之时,说了誓愿,以致朝代奸佞不清。此之至今徽宗天子,至圣至明,不期致被奸臣当道,谗佞专权,屈害忠良,深可悯念。当时,却是蔡京、童贯、高俅、杨戬四个贼臣,变乱天下,坏国坏家坏民。当有殿帅府太尉高俅、杨戬,因见天子重礼厚赐宋江等这伙将校,心内好生不然。两个自来商议道:"这宋江、卢俊义皆是我等仇人,今日倒吃他做了有功大臣,受朝廷这等钦恩赏赐,却教他上马管军,下马管民。我等省院官僚,如何不惹人耻笑?自古道:'恨小非君子,无毒不丈夫。'"杨戬道:"我有一计,先对付了卢俊义,便是绝了宋江一只臂膊。这人十分英勇,若先对付了宋江,他若得知,必变了事,到惹出一场不好。"高俅道:"愿闻你的妙计如何?"杨戬道:"排出几个庐州军汉,来省院首告卢安抚招军买马,积草屯粮,意在造反。便与他申呈去太师府启奏。和这蔡太师都瞒了,等太师奏过天子,请旨定夺,却令人赚他来京师。待上皇赐御食与他,于内下了些水银,却坠了那人腰肾,做用不得,便成不得大事。再差天使却赐御酒与宋江吃,酒里也与他下了慢药,只消半月之间,以定没救。"高俅道:"此计大妙。"有诗为证:

自古权奸害善良,不容忠义立家邦。皇天若肯明昭报,男作俳优女作倡。

两个贼臣计议定了,着心腹人出来寻觅两个庐州土人,写与他状子,叫他去枢密院首告卢安抚在庐州即日招军买马,积草屯粮,意欲造反。使人常往楚州,结连安抚宋江,通情起义。枢密院却是童贯,亦与宋江等有仇。当即收了原告状子,径呈来太师府启奏。蔡京见了申文,便会官计议。此时高俅、杨戬俱各在彼,四个奸臣定了计策,引领原告人入内启奏天子。上皇曰:"朕想宋江、卢俊义破大辽、收方腊,掌握十万兵权,尚且不生歹心,今已去邪归正,焉肯背反?寡人不曾亏负他,如何敢叛逆朝廷?其中有诈,未审虚的,难以准信。"当有高俅、杨戬在傍奏道:"圣上道理虽是忠爱,人心难忖,想必是卢俊义嫌官卑职小,不满其心,复怀反意,不幸被人知觉。"上皇曰:"可唤来,寡人亲问,自取实招。"蔡京、童贯又奏道:"卢俊义是一猛兽,未保其心。倘若惊动了他,必致走透,深为未便,今后难以收捕。只可赚来京师,陛下亲赐御膳御酒,将圣言抚谕之,窥其虚实动静。若无,不必究问。亦显陛下不负功臣之念。"上皇准奏。随即降下圣旨,差一使命径往庐州,宣取卢俊义还朝,有委用的事。天使奉命来到庐州,大小官员出郭迎接,直至州衙开读已罢。

话休絮繁。卢俊义听了圣旨宣取回朝,便同使命离了庐州,一齐上了铺马来京。于路无话。早至东京皇城司前歇了。次日早,到东华门外伺候早朝。时有太师蔡京、枢密院童贯、太尉高俅、杨戬,引卢俊义于偏殿朝见上皇,拜舞已罢。天子道:"寡人欲见卿一面。"又问:"庐州可容身否?"卢俊义再拜奏道:"托赖圣上洪福齐天,彼处军民亦皆安泰。"上皇又问了些闲话,俄延至午,尚膳厨官奏道:"进呈御膳在此,未敢擅便,乞取圣旨。"此时高俅、杨戬已把水银暗地着放在里面,供呈在御案上。天子当面将膳赐与卢俊义,卢俊义拜受而食。上皇抚谕道:"卿去庐州,务要尽心安养军士,勿生非意。"卢俊义顿首谢恩,出朝回还庐州。全然不知四个贼臣设计相害。高俅、杨戬相谓曰:"此后大事定矣。"有诗为证:

奸贼阴谋害善良,共为谗语惑徽皇。潜将鸩毒安中膳,俊义何辜一命亡。

再说卢俊义星夜便回庐州来,觉道腰肾疼痛,动举不得,不能乘马,坐船回来。行至泗州淮河,天数将尽,自然生出事来。其夜因醉,要立在船头上消遣。不想水银坠下腰胯并骨髓里去,站立不牢,亦且酒后,失脚落于淮河深处而死。可怜河北玉麒麟,屈作水中冤抑鬼。从人打捞起尸首,具棺椁殡于泗州高原深处。本州官员动文书,申覆省院,不在话下。

且说蔡京、童贯、高俅、杨戬四个贼臣,计较定了,将贲泗州申达文书,早朝奏闻天子,说:"泗州申覆:卢安抚行至淮河,坠水而死,臣等省院不敢不奏。今卢俊义已死,只恐宋江心内设疑,别生他事。乞陛下圣鉴,可差天使贲御酒往楚州赏赐,以安其心。"上皇沉吟良久,欲道不准,未知其心意;欲准理,诚恐害人。上皇无奈,终被奸臣谗佞所惑,片口张舌,花言巧语,缓里取事,无不纳受。遂降御酒二樽,差天使一人,贲往楚州,限目下便行。眼见得这使臣亦是高俅、杨戬二贼手下心腹之辈。天数只注宋公明合当命尽,不期被这奸臣们将御酒内放了慢药在里面,却教天使贲擎了,迳往楚州来。

且说宋公明自从到楚州为安抚兼管总领兵马,到任之后,惜军爱民,百姓敬之如父母,军校仰之若神明。讼庭肃然,六事俱备,人心既服,军民钦敬。宋江赴任之后,时常出郭游玩。原来楚州南门外有个去处,地名唤做蓼儿洼。其山四面都是水港,中有高山一座。其山秀丽,松柏森然,甚有风水,和梁山泊无异。虽然是个小去处，其内山峰环绕，龙虎踞盘，曲折峰峦，坡阶台砌，四围港汊，前后湖荡，俨然似水浒寨一般。宋江看了，心中甚喜。自己想道："我若死此处，堪为阴宅。"但若身闲，常去游玩，乐情消遣。

话休絮烦。自此宋江到任以来，将及半载，时是宣和六年首夏初旬，忽听得朝廷降赐御酒到来，与众出郭迎接，入到公廨，开读圣旨已罢。天使捧过御酒，教宋安抚饮毕。宋江亦将御酒回劝天使，天使推称自来不会饮酒。御酒宴罢，天使回京。宋江备礼馈送天使，天使不受而去。宋江自饮御酒之后，觉道肚腹疼痛，心中疑虑，想被下药在酒里。却自急令从人打听那来使时，于路馆驿却又饮酒。宋江已知中了奸计，必是贼臣们下了药酒。乃叹曰："我自幼学儒，长而通吏，不幸失身于罪人，并不曾行半点异心之事。今日天子信听谗佞，赐我药酒，得罪何辜。我死不争，只有李逵见在润州都统制。他若闻知朝廷行此奸弊，必然再去啸聚山林，把我等一世清名忠义之事坏了。只除是如此行方可。"有诗为证：

奸邪误国太无情，火烈擎天白玉茎。他日三边如有警，更凭何将统雄兵。

连夜使人往润州唤取李逵，星夜到楚州，别有商议。且说黑旋风李逵自到润州为都统制，只是心中闷倦，与众终日饮酒，只爱贪杯。听得楚州宋安抚差人到来有请，李逵道："哥哥取我，必有话说。"便同干人下了船，直到楚州，迳入州治拜见。宋江道："兄弟自从分散之后，日夜只是想念众人。吴用军师武胜军又远，花知寨在应天府，又不知消耗。只有兄弟在润州镇江较近，特请你来商量一件大事。"李逵道："哥哥，甚么大事？"宋江道："你且饮酒。"宋江请进后厅，现成杯盘，随即管待李逵，吃了半晌酒食。将至半酣，宋江便道："贤弟不知，我听得朝廷差人赍药酒来赐与我吃。如死，却是怎的好？"李逵大叫一声："哥哥，反了罢！"宋江道："兄弟，军马尽都没了，兄弟们又各分散，如何反得成？"李逵道："我镇江有三千军马，哥哥这里楚州军马尽点起来，并这百姓都尽数起去，并气力招军买马杀将去，只是再上梁山泊，倒快活,强似在这奸臣们手下受气。"宋江道:"兄弟且慢着,再有计较。"不想昨日那接风酒内,已下了慢药。当夜李逵饮酒了。

次日,具舟相送。李逵道:"哥哥几时起义兵,我那里也起军来接应。"宋江道:"兄弟,你休怪我!前日朝廷差天使赐药酒与我服了,死在旦夕。我为人一世,只主张'忠义'二字,不肯半点欺心。今日朝廷赐死无辜,宁可朝廷负我,我忠心不负朝廷。我死之后,恐怕你造反,坏了我梁山泊'替天行道'忠义之名,因此请将你来相见一面。昨日酒中已与了你慢药服了,回至润州必死。你死之后,可来此处楚州南门外,有个蓼儿洼,风景尽与梁山泊无异,和你阴魂相聚。我死之后,尸首定葬于此处,我已看定了也。"言讫,堕泪如雨。李逵见说,亦垂泪道:"罢,罢,罢!生时伏侍哥哥,死了也只是哥哥部下一个小鬼。"言讫泪下,便觉道身体有些沉重,当时洒泪拜别了宋江,下船回到润州,果然药发身死。有诗为证:

宋江饮毒已知情,恐坏忠良水浒名。便约李逵同一死,蓼儿洼内起佳城。

李逵临死之时,嘱咐从人:"我死了,可千万将我灵柩去楚州南门外蓼儿洼,和哥哥一处埋葬。"嘱罢而死。从人置备棺椁盛贮,不负其言,扶柩而往。

原来楚州南门外蓼儿洼,果然风景异常,四面俱是水,中有此山。宋江自到任以来,便看在眼里,常时游玩乐情。虽然窄狭,山峰秀丽,与梁山泊无异。常言:"我死当葬于此处。"不期果应其言。宋江自与李逵别后,心中伤感,思念吴用、花荣,不得会面。是夜药发,临危嘱付从人亲随之辈:"可依我言,将我灵柩殡葬此间南门外蓼儿洼高原深处,必报你众人之德,乞依我嘱。"言讫而逝。(第一百回)

上面这一段选文是中国古代叙事作品中常见的忠奸斗争模式,其中表达出的思想观念就是如小说中所言"自古权奸害善良,不容忠义立家邦",忠奸是势不两立的,奸臣一定要害忠良,而忠臣一定要被奸臣害死,忠臣不死就不成为忠臣。

今天我们再讨论忠义和招安问题的时候，完全可以不带着任何的政治倾向，虽然我们还有感情的倾向，任何问题都不能仅从一个角度分析就下结论，尤其是文学作品中的问题，《水浒传》中的招安问题必须从多个角度来理解。

从历史的角度：招安是农民起义或绿林武装的必然结局之一，小说只是写出了这种必然。

从作者的角度：主观目的是要塑造草莽英雄、忠义之士。

从文本的角度：忠义是一场悲剧。

从当代的角度：忠君是愚昧的，爱国是正确的，招安只是一种选择，也可以不招安。

当代人到底应该如何看待这个问题？我们读经典的时候，应该有这样四种角度：第一个是历史的角度，第二个是作者的角度，第三个是文本的角度，第四个才是当代的角度，就是读者自己所处的时代。这四者都要照顾到，而不要偏执于一方，偏执的话往往看得就比较狭窄，如果四个方面都照顾到了，可能更全面、更客观一些。如果从历史的角度看，招安是历代农民起义和绿林武装的必然结局之一，它只有三种结局：第一个是被消灭掉，第二个是取得胜利建立新的政权，第三个招安也是其中结局之一。小说只是写到了其中一个结局。如果从作者的角度看，他是有意要塑造草莽英雄、忠臣义士，因此必然涉及招安的情节。如果从文本的角度看，小说写的是忠义的悲剧，所以有学者用这样的题目来写文章："一曲忠义的悲歌，最后以悲剧结局。"要是站在当代的角度看，我们认为忠君是愚昧的，爱国是正确的，招安只是一种选择，也可以不招安。

 思考题

1. 如何评价《水浒传》的忠义思想？
2. 为什么说招安是忠义思想加入的必然结局？

第六讲

# 江湖文化与《水浒传》的女性观

《水浒传》是写男人的,所以在《水浒传》外文的译本中有一种译法就叫《一百零五个男人和三个女人的故事》。把这一百零五个男人和三个女人放在一起,我们发现一个现象,男人中大部分都不喜欢女人,而那三个女人又不像女人,为什么会这个样子呢?有很多论者说这证明《水浒传》的女性观非常落后。这是毫无疑问的,封建时代的作品,女性观怎么可能进步呢?和我们今天男女平等的观念相比,显然是不可同日而语的。但是如果仅仅从女性观落后这样一种理解来解释《水浒传》,这个问题恐怕有点大而无当,应该找到一个具体的原因。我们发现,在历史上侠和色往往是对立的。因为《水浒传》是写侠的,所以有人把它叫"游侠外传"——至少在招安之前他们是一个一个的侠,而侠与色的这种特殊的关系体现了江湖文化的一个一般的原则。到了宋元以后,在江湖文化中侠和色就是对立的,所以我们要想解释清这个问题,还是要从江湖文化这个角度来考察一番。

## 一、历史上的侠与色

在历史上,侠和色并不完全对立,尤其是早期的侠。在早期,侠和色之间体现的是一种"侠不戒色也不重色"的关系。刺秦的荆轲在出发之前,燕太子丹就送给他美女,荆轲也没有拒绝。刺庆忌的要离请吴王先杀了自己的妻子女儿,他自绝退路。到了唐代，像著名的诗人卢照邻，还有骆宾王，他们的诗歌中都写到游侠，侠客宿娼同娼妓来往，都不戒色。但是一旦重色那就不好说了，人们就会看轻他，把这样的侠称为轻侠。《史记》中记载过平原君这样一个故事：

> 平原君家楼临民家。民家有躄者，槃散行汲。平原君美人居楼上，临见，大笑之。明日，躄者至平原君门，请曰："臣闻君之喜士，士不远千里而至者，以君能贵士而贱妾也。臣不幸有罢癃之病，而君之后宫临而笑臣，臣愿得笑臣者头。"平原君笑应曰："诺。"躄者去，平原君笑曰："观此竖子，乃欲以一笑之故杀吾美人，不亦甚乎！"终不杀。居岁余，宾客门下舍人稍稍引去者过半。平原君怪之，曰："胜所以待诸君者未尝敢失礼，而去者何多也？"门下一人前对曰："以君之不杀笑躄者，以君为爱色而贱士，士即去耳。"于是平原君乃斩笑躄者美人头，自造门进躄者，因谢焉。其后，门下乃复稍稍来。①

平原君、孟尝君、信陵君、春申君并称为四大公子，都以善养士著称。平原君家中有一个美人，也就是妾，这个美人有一次在楼上向外张望的时候，发现她家的一个邻居去打水，这个打水的人走路的姿态和我们正常人不一样，就是跛足，躄就是跛足。这个美人看到后笑了。她本不应该笑，上天让你是完美的，你感到庆幸就可以了，你没有必要去笑话别人。可是笑也就笑了，却被楼下的那个残疾人看到了，这个人很不高兴就找到平原君，说你的美人笑我残疾（罢癃的意思是后背隆起），请求你把她杀了。这个要求应该说有些过分，笑话你就把人杀了，那怎么行。平原君也觉得过分，嘴上只是假意答应他。把这人打发走之后，平原君就和他的门客们讲了这个故事，并且在讲的时候也告诉大家这怎么可能呢？我的美人就笑了他，那就要把美人杀掉，这个人怎么想的？但是，事情过去之后没多久，平原君发现了一个问题，他家里的食客越来越少，走了很多人。平原君不理解，他就问一个关系比较密切的食客，说怎么大家都走了？然后那个人就告诉他，因为你对美人过于看重，你太重色了。平原君知道是这个原因后就把那个美

---

① 司马迁：《史记·平原君虞卿列传第十六》，上海古籍出版社2011年版，第1817页。

人杀掉了。我们觉得很过分、很残忍,但是那个时代的道德和法律,我们当代人不可强求。那个跛足人和那些食客们的观点,至少说明了在战国时期侠如果重色的话是被人看不起的。

教学视频

到了宋元以后,这个情形进一步向前发展,由不戒色而变成戒色,侠和色就对立起来了。元代有一本书叫《任侠十三戒》,它的作者叫罗春伯,现在已经找不到这本书独立的单行本,只是在陈继儒的《偃曝余谈》中收录了这本书的部分内容。《任侠十三戒》里面谈到任侠要戒十三种东西,其中就有色,要戒色。关于戒色这个问题,《任侠十三戒》有一个明确的规定:"色不亲二。"也就是说你只能娶一个妻子。"于道路不许视人之妻女",就是在路上看到别人的妻子和女儿走过来,你不能看。实际上它所说的就是,如果对面走来了女性,你不能仔细地看;看清是异性,那么你就不能再看了。"无嗣,然后告天地父母娶妾。"①如果没有儿子,这个时候你可以告天地和父母再娶妾,因为前面说过"色不亲二",所以因无嗣而娶妾就不是好色而是为了传宗接代。这个规定已经是很严格了,不见得侠都能做到这一点,但是这至少说明了在宋元以后侠和色确实是对立了起来。

## 二、《水浒传》中侠与色的对立

一旦侠客犯了色戒,要么有一种强制的规定性,要么就是在道义上受到别人的嘲笑,这些情节我们在《水浒传》里面都能看到,在《水浒传》中侠和色完全是对立的。下面我们就详细地谈一下《水浒传》中侠与色的对立。

### (一)好女人是男性化的

《水浒传》中对女性有几类详细描写的,那些只是作为一个符号出现的相对苍白的女性,我们不计在内,比如像林冲的妻子,她应该是个贤妻良母,但是她仅是一个符号而已,她的形象不是很丰满。而形象丰满的女性就两种:要么是"女汉子",要么就是淫妇。小说只写了这样两类女人。小说中有一篇《夜叉妇》,描写母夜叉孙二娘:"眉横杀气,眼露凶光。"这女人站在你面前,你早吓跑了。"辘

---

① 陈继儒:《宝颜堂秘笈·偃曝谈余》第 7 卷,上海文明书局 1922 年版。

轴般蠢坌腰肢",就是她那腰特粗。"棒槌似桑皮手脚",那手指头长得像棒槌,还像桑皮,又粗糙又大。"厚铺着一层腻粉","浓搽就两晕胭脂,直侵乱发"。胭脂擦得特别红,一直擦到鬓角侵入乱发之中。"红裙内斑斓裹肚",红色的大裙子里面穿着一个五彩的内衣。"黄发边皎洁金钗",黄头发戴着黄呼呼的金钗,顺色不好看。"钏镯牢笼魔女臂,红衫照映夜叉精。"这是一副什么样子?作者把她丑化、魔化,告诉我们孙二娘一点女人味都没有。可是张青和她日子还过得不错。再看母大虫顾大嫂,也有一篇《母大虫赋》,说她"眉粗眼大,胖面肥腰"。下面讲母大虫脾气暴躁,说她"有时怒起,提井栏便打老公头"(井栏是井四周的围栏)。"忽地心焦,拿石碓敲翻庄客腿。"之所以叫"有时怒起""忽地心焦",因为说不准什么时候她生气,这样的女人哪像一个女人,男人堆里都很少能找到这暴脾气的。第三个女英雄长得还是比较漂亮的,就是扈三娘。小说描写她是"雾鬓云鬟娇女将",但是这个漂亮的扈三娘身上也没有女人味,只是长了一个女人的样子。她手使日月双刀,能在马上将一个大老爷们儿生擒活捉过来,算半个女人吧,有女人形无女人味。我们从《水浒传》里面描写的这三个女性英雄来看,她们都缺乏真正的女性的美,这说明作者不想把理想的女性按照女性的美去塑造。如果那样的话,即肯定了女色的美貌,就没有办法让侠和女色对立起来,既然是和女色对立的,那真正的好女人就不能有女人的美。

母夜叉孙二娘

**(二)三顶绿帽子和"四杀"典型地反映了"女人祸水"的封建观念**

这个问题更能明白地告诉我们,在《水浒传》中侠和色截然对立。《水浒传》中有四顶绿帽子,梁山泊上就有三顶,还有武大的那一顶不计算在108人之内。第一顶就是宋江的绿帽子,宋江的绿帽子是阎婆惜给戴的。第二顶是卢俊义,卢俊义的绿帽子是他自己的老婆贾氏给戴上去的。第三顶就是杨雄,杨雄的绿帽子也是他的老婆潘巧云给戴上去的。这三顶绿帽子,加上武大的那一顶,就引发了《水浒传》的"四杀",即因为绿帽子引来了杀身之祸。先说宋江的杀惜,宋江杀惜的原因很简单,就是阎婆惜要挟他。说你要么给我一百两金子,当然了还有一纸休书,并且休书上要写清"任从改嫁张文远",否则我就把晁盖给你的信抖搂出去,把这招文袋送交官府,那你可是灭九族的大罪。在这样的情况下,宋江才一怒杀了阎婆惜,然后一步一步最后上了梁山。宋江杀惜是他平生第一快事,这一情节在明代《水浒传》的版本中有逻辑上的错误,即宋江先见了刘唐,收下晁盖的信和一块金子,放到招文袋内。转身遇见阎婆卖女葬夫,宋江慷慨解囊帮助。几天后阎婆来宋江住处答谢宋江,发现宋江房里没有女人,便托媒婆为自己女儿阎婆惜说媒,宋江不同意,无奈媒婆好说歹说,宋江便将阎婆惜养为外宅。这样,到宋江杀死阎婆惜时,晁盖的信和金子一直放在宋江的招文袋内至少一个月以上,以宋江做事之谨慎,他不可能一直把晁盖的信放在招文袋内不处理。明末清初金圣叹评改的《水浒传》即贯华堂本《水浒传》将这个地方作了调整,下面我们就看看贯华堂本《水浒传》这一段的描写:

> 话说宋江别了刘唐,乘着月色满街,信步自回下处来。却好的遇着阎婆,赶上前来叫道:"押司,多日使人相请,好贵人,难见面!便是小贱人有些言语高低,伤触了押司,也看得老身薄面,自教训他与押司陪话。今晚老身有缘,得见押司,同走一遭去。"宋江道:"我今日县里事务忙,摆拨不开,改日却来。"阎婆道:"这个使不得。我女儿在家里专望,押司胡乱温顾他便了。直恁地下得?"宋江道:"端的忙些个,明日准来。"阎婆道:"我今晚要和你去。"便把宋江衣袖扯住了,发话道:"是谁挑拨你?我娘儿两个,下半世过活,都靠着押司。外人说的闲是闲非,都不要听他,押司自做个张主。我女儿但有差错,都在老身身上。押司胡乱去走一遭。"宋江道:"你不要缠,我的事务分拨不开在这里。"阎婆道:"押司便误了些公事,知县相公不到得便责罚你。这回错过,后次难逢。押司只得和老身去走一遭,到家里自有告诉。"宋江是个快性的人,吃那婆子缠不过,便道:"你放了手,我去便了。"阎婆道:"押司不要跑了去,老人家赶不上。"宋江道:"直恁地这等?"两个厮跟着来到

门前。

宋江立住了脚,阎婆把手一拦,说道:"押司来到这里,终不成不入去了。"宋江进到里面凳子上坐了,那婆子是乖的,生怕宋江走去,便帮在身边坐了,叫道:"我儿,你心爱的三郎在这里。"那阎婆惜倒在床上,对着盏孤灯,正在没可寻思处,只等这小张三来。听得娘叫道,"你的心爱的三郎在这里。"那婆娘只道是张三郎,慌忙起来,把手掠一掠云鬓,口里喃喃的骂道:"这短命,等得我苦也!老娘先打两个耳刮子着!"飞也似跑下楼来,就槅子眼里张时,堂前琉璃灯却明亮,照见是宋江,那婆娘复翻身转又上楼去,依前倒在床上。

阎婆听得女儿脚步下楼来,又听得再上楼去了,婆子又叫道:"我儿,你的三郎在这里,怎地倒走了去。"那婆惜在床上应道:"这屋里多远,他不会来!他又不瞎,如何自不上来,直等我来迎接他,没了当絮絮聒聒地。"阎婆道:"这贼人真个望不见押司来,气苦了。恁地说,也好教押司受他两句儿。"婆子笑道:"押司,我同你上楼去。"宋江听了那婆娘说这几句话,心里自有五分不自在;为这婆子来扯,勉强只得上楼去。本是一间六椽楼屋。前半间安一副春台,凳子;前半间铺着卧房,贴里安一张三面棱花的床,两边都是栏杆,上挂着一顶红罗幔帐;侧首放个衣架,搭着手巾;这里放着个洗手盆,一个刷子;一张金漆桌子上,放一个锡灯台;边厢两个杌子;正面壁上挂一幅仕女;对床排着四把一字交椅。

宋江来到楼上,阎婆便拖入房里去。宋江便向杌子上朝着床边坐了。阎婆就床上拖起女儿来,说道:"押司在这里。我儿,你只是性气不好,把言语来伤触他,恼得押司不上门,闲时却在家里思量。我如今不容易请得他来,你却不起来陪句话儿,颠倒使性!"婆惜把手拓开,说那婆子,"你做甚么这般鸟乱!我又不曾做了歹事!他自不上门,教我怎地陪话!"宋江听了,也不做声。婆子便掇过一把交椅,在宋江肩下,便推他女儿过来,说道:"你且和三郎坐一坐。不陪话便罢,不要焦躁。"那婆娘那里肯过来,便去宋江对面坐了。宋江低了头不做声,婆子看女儿时,也别转了脸。阎婆道:"没酒没浆,做甚么道场?老身有一瓶儿好酒在这里,买些果品来,与押司陪话。我儿，你相陪押司坐地，不要怕羞，我便来也。"宋江自寻思道："我吃这婆子钉住了，脱身不得。等他下楼去，我随后也走了。"那婆子瞧见宋江要走的意思，出得房门去，门上却有屈戍，便把房门拽上，将屈戍搭了。宋江暗忖道："那虔婆倒先算了我。"

且说阎婆下楼来，先去灶前点起个灯，灶里现成烧著一锅脚汤，再凑上些柴头，拿了些碎银子，出巷口去买得些时新果品、鲜鱼、嫩鸡、肥鲊之类。归到家中，都把盘子盛了；取酒倾在盆里，舀半镟子，在锅里烫热了，倾在酒壶里。收拾了数盆菜蔬，三只酒盏，三双箸，一桶盘托上楼来，放在春台上。开了房门，搬将入来，摆满金漆桌子。看宋江时，只低着头；看女儿时，也朝着别处。阎婆道："我儿起来把盏酒。"婆惜道："你们自吃，我不耐烦！"婆子道："我儿，爷娘手里从小儿惯了你性儿，别人面上须使不得。"婆惜道："不把盏便怎地？终不成飞剑来取了我头！"那婆子倒笑起来，说道："又是我的不是了。押司是个风流人物，不和你一般见识。你不把酒便罢，且回过脸来吃盏酒儿。"婆惜只不回过头来，那婆子自把酒来劝宋江，宋江勉意吃了一盏。婆子笑道："押司莫要见责。闲活都打迭起，明日慢慢告诉。外人见押司在这里，多少干热的不怯气，胡言乱语，放屁辣臊，押司都不要听，且只顾吃酒。"筛了三盏在桌子上，说道："我儿，不要使小孩儿的性，胡乱吃一盏酒。"婆惜道："没得只顾缠我！我饱了，吃不得。"阎婆道："我儿，你也陪侍你的三郎吃盏使得。"婆惜一头听了，一面肚里寻思："我只心在张三身上，兀谁耐烦相伴这厮！若不得把他灌得醉了，他必来缠我。"婆惜只得勉意拿起酒来，吃了半盏。婆子笑道："我儿只是焦躁，且开怀吃两盏儿睡。押司也满饮几杯。"宋江被他劝不过，连饮了三五杯。婆子也连连吃了几杯，再下楼去烫酒。那婆子见女儿不吃酒，心中不悦，才见女儿回心吃酒，欢喜道："若是今夜兜得他住，那人恼恨都忘了。且又和他缠几时，却再商量。"婆子一头寻思，一面自在灶前吃了三大钟酒，觉道有些痒麻上来，却又筛了一碗吃，镟了大半镟，倾在注子里，爬上楼来，见那宋江低着头不做声，女儿也别转着脸弄裙子。这婆子哈哈地笑道："你两个又不是泥塑的，做甚么都不做声？押司，你不合是个男子汉，只得装些温柔，说些风话儿耍。"宋江正没做道理处，口里只不做声,肚里好生进退不得。阎婆惜自想道:"你不来睬我,指望老娘一似闲常时,来陪你话,相伴你耍笑,我如今却不要。"那婆子吃了许多酒,只里只管夹七带八嘈,正在那里张家长,李家短,说白道绿。

却有郓城县一个卖糟腌的唐二哥,叫做唐牛儿,如常在街上只是帮闲,常常得宋江赍助他。但有些公事去告宋江,也落得几贯钱使。宋江要用他时,死命向前。这一日晚,正赌钱输了,没做道理处,却去县前寻宋江,奔到下处寻不见。街坊都道:"唐二哥,你寻谁?这般忙?"唐牛儿道:"我喉急了,要寻孤老,一地里不见他。"众人道:"你的孤老是谁?"唐牛儿道:"便是县里宋押司。"众人道:"我方才见他和阎婆两个过去,一路走着。"唐牛儿道:"是了。这阎婆惜贼贱虫,他自和张三两个打得火块也似热,只瞒着宋押司一个,他敢也知些风声,好几时不去了。今晚必然吃那老咬虫假意儿缠了去。我正没钱使,喉急了,胡乱去那里寻几贯钱使,就帮两碗酒吃。"一迳奔到阎婆门前,见里面灯明,门却不关。入到胡梯边,听得阎婆在楼上哈哈地笑。唐牛儿捏脚捏手,上到楼上,板壁缝里张时,见宋江和婆惜两个都低着头;那婆子坐在横头桌子边,口里七十三八十四只顾嘈。

唐牛儿闪将入来,看着阎婆和宋江、婆惜,唱了三个喏,立在边头。宋江寻思道:"这厮来得最好。"把嘴望下一努。唐牛儿是个乖的人,便瞧科,看着宋江便说道:"小人何处不寻过,原来却在这里吃酒耍,好吃得安稳!"宋江道:"莫不是县里有甚么要紧事?"唐牛儿道:"押司,你怎地忘了?便是早间那件公事,知县相公在厅上发作,着四五替公人来下处寻押司,一地里又没寻处,相公焦躁做一片。押司便可动身。"宋江道:"怎地要紧,只得去。"便起身要下楼,吃那婆子拦住道:"押司不要使这科分。这唐牛儿捻泛过来,你这精贼也瞒老娘!正是'鲁班手里调大斧'!这早晚知县自回衙去,和夫人吃酒取乐,有甚么事务得发作?你这般道儿,只好瞒魍魉,老娘手里说不过去。"

唐牛儿便道:"真个是知县相公紧等的勾当,我却不会说谎。"阎婆道:"放你娘狗屁!老娘一双眼,却是琉璃葫芦儿一般,却才见押司努嘴过来,叫你发科,你倒不撺掇押司来我屋里,颠倒打抹他去,常言道:'杀人可恕,情理难容。'"这婆子跳起身来,便把那唐牛儿劈脖子只一叉,踉踉跄跄,直从房里叉下楼来。唐牛儿道:"你做甚么便叉我?"婆子喝道:"你不晓得破人买卖衣饭,如杀父母妻子,你高做声,便打你这贼乞丐!"唐牛儿钻将过来道:"你打!"这婆子乘着酒兴,叉开五指,去那唐牛儿脸上只一掌,直颠出帘子外去。婆子便扯帘子,撇放门背后,却把两扇门关上,拿拴拴了,口里只顾骂。

那唐牛儿吃了这一掌,立在门前大叫道:"贼老咬虫,不要慌!我不看宋押司面皮,教你这屋里粉碎!教你双日不着单日着!我不结果了你,不姓唐!"拍着胸,大骂了去。

婆子再到楼上,看着宋江道:"押司,没事睬那乞丐做甚么?那厮一地里去搪酒吃,只是搬是搬非。这等倒街卧巷的横死贼,也来上门上户欺负人!"宋江是个真实的人,吃这婆子一篇道着了真病,倒抽身不得。婆子道:"押司不要心里见责,老身只恁地知重得了。我儿和押司只吃这杯。我猜着你两口多时不见,一定要早睡,收拾了罢休。"婆子又劝宋江吃两杯,收拾杯盘下楼来,自去灶下去。

宋江在楼上,自肚里寻思说:"这婆子女儿,和张三两个有事,我心里半信不信,眼里不曾见真实。况且夜深了,我只得权睡一睡,且看这婆娘怎地,今夜与我情分如何。"只见那婆子又上楼来说道:"夜深了,我叫押司两口儿早睡。"那婆娘应道:"不干你事,你自去睡!"婆子笑下楼来,口里道:"押司安置。今夜多欢,明日慢慢地起。"婆子下楼来,收拾了灶上,洗了脚手,吹灭灯,自去睡了。

宋江坐在杌子上,睃那婆娘时,复地叹口气。约莫已是二更天气,那婆娘不脱衣裳,便上床去,自倚了绣枕,扭过身,朝里壁自睡了。宋江看了,寻思道:"可奈这贱人全不睬我些个,他自睡了。我今日吃这婆子言来语去,央了几杯酒,打熬不得,夜深只得睡了罢。"把头上巾帻除下,放在桌子上,脱下上盖衣裳,搭在衣架上,腰里解下鸾带,上有一把解衣刀和招文袋,却挂在床边栏干子上,脱去了丝鞋净袜,便上床去那婆娘脚后睡了。

半个更次,听得婆惜在脚后冷笑。宋江心里气闷,如何睡得着。自古道:"欢娱嫌夜短,寂寞恨更长。"看看三更交四更,酒却醒了。捱到五更,宋江起来,面盆里冷水洗了脸,便穿了上盖衣裳,带了巾帻,口里骂道:"你这贼贱人好生无礼!"婆惜也不曾睡着,听得宋江骂时,扭过身回道:"你不羞这脸。"宋江忍那口气,便下楼来。阎婆听得脚步响,便在床上说道:"押司且睡歇,等天明去。没来由起五更做甚么?"宋江也不应,只顾来开门。婆子又道:"押司出去时,与我拽上门。"宋江出得门来,就拽上了。忍那口气没出处,一直要奔回下处来。却从县前过,见一碗灯明,看时,却是卖汤药的王公来到县前赶早市。

那老儿见是宋江来,慌忙道:"押司如何今日出来得早?"宋江道:"便是夜来酒醉,错听更鼓。"王公道:"押司必然伤酒,且请一盏醒酒二陈汤。"宋江道:"最好。"就凳上坐了。那老子浓浓的奉一盏二陈汤,递与宋江吃。宋江吃了,蓦然想起道:"时常吃他的汤药,不曾要我还钱。我旧时曾许他一具棺材,不曾与得他。想起昨日有那晁盖送来的金子,受了他一条,在招文袋里。何不就与那老儿做棺材钱,教他欢喜。"宋江便道:"王公,我日前曾许你一具棺木钱,一向不曾把得与你。今日我有些金子在这里,把与你,你便可将去陈三郎家,买了一具棺材,放在家里。你百年归寿时,我却再与你些送终之资。"王公道:"恩主时常觑老汉,又蒙与终身寿具,老子今世不能报答,后世做驴做马,报答押司。"宋江道:"休如此说。"便揭起背子前襟去取那招文袋时,吃了一惊道:"苦也!昨夜正忘在那贼人的床头栏干子上,我一时气起来,只顾走了,不曾系得在腰里。这几两金子值得甚么,须有晁盖寄来的那一封书,包着这金。我本欲在酒楼上刘唐前烧毁了,他回去说时,只道我不把他来为念。正要将到下处来烧,却被这阎婆缠将我去。昨晚要就灯下烧时,恐怕露在贼人眼里,因此不曾烧得。今早走得慌,不期忘了。我常时见这婆娘看些曲本,颇识几字,若是被他拿了,倒是利害!"便起身道:"阿公休怪。不是我说谎,只道金子在招文袋里,不想出来得忙,忘了在家。我去取来与你。"王公道:"休要去取。明日慢慢的与老汉不迟。"宋江道:"阿公,你不知道,我还有一件物事,做一处放着,以此要去取。"宋江慌慌急急,奔回阎婆家里来。

且说这婆惜听得宋江出门去了,爬将起来,口里自言自语道:"那厮搅了老娘一夜睡不着。那厮含脸,只指望老娘陪气下情。我不信你,老娘自和张三过得好,谁耐烦睬你!你不上门来倒好!"口里说着,一头铺被,脱下上截袄儿,解了下面裙子,袒开胸前,脱下截衬衣。床面前灯却明亮,照见床头栏干子上拖下条紫罗鸾带。婆惜见了,笑道:"黑三那厮吃噇不尽,忘了鸾带在这里,老娘且捉了,把来与张三系。"便用手去一提,提起招文袋和刀子来,只觉袋里有些重,便把手抽开,望桌子上只一抖,正抖出那包金子和书来。这婆娘拿起来看时,灯下照见是黄黄的一条金子。婆惜笑道:"天教我和张三买物事吃。这几日我见张三瘦了,我也正要买些东西和他将息。"将金子放下,却把那纸书展开来灯下看时,上面写着晁盖并许多事务。婆惜道:"好呀!我只道'吊桶落在井里',原来也有'井落在吊桶里'。我正要和张三两个做夫妻。单单只多你这厮,今日也撞在我手里!原来你和梁山泊强贼通同往来,送一百两金子与你。且不要慌,老娘慢慢地消遣你。"就把这封书依原包了金子,还插在招文袋里。"不怕你教五圣来摄了去。"正在楼上自言自语,只听得楼下呀地门响。床上问道:"是谁?"门前道:"是我。"床上道:"我说早哩,押司却不信要去,原来早了又回来。且再和姐姐睡一睡,到天明去。"这边也不回话,一迳已上楼来。

那婆娘听得是宋江了,慌忙把鸾带、刀子、招文袋,一发卷做一块,藏在被里;扭过身,靠了床里壁,只做躺躺假睡着。宋江撞到房里,迳去床头栏干上取时,却不见了。宋江心内自慌,只得忍了昨夜的气,把手去摇那妇人,道:"你看我日前的面,还我招文袋。"那婆惜假睡着,只不应。宋江又摇道:"你不要急躁,我自明日与你陪话。"婆惜道:"老娘正睡哩,是谁搅我?"宋江道:"你情知是我,假做甚么?"惜婆扭过身道:"黑三,你说甚么?"宋江道:"你还了我招文袋。"婆惜道:"你在那里交付与我手里,却来问我讨?"宋江道:"忘了在你脚后小栏干上。这里又没人来,只是你收得。"婆惜道:"呸!你不见鬼来!"宋江道:"夜来是我不是了,明日与你陪话。你只还了我罢,休要作耍。"婆惜道:"谁与你做耍?我不曾收得!"宋江道:"你先时不曾脱衣裳睡,如今盖着被子睡,一定是起来铺被时拿了。"

## 第六讲 江湖文化与《水浒传》的女性观

只见那婆惜柳眉踢竖,星眼圆睁,说道:"老娘拿是拿了,只是不还你!你使官府的人,便拿我去做贼断。"宋江道:"我须不曾冤你做贼。"婆惜道:"可知老娘不是贼哩!"宋江见这话,心里越慌,便说道:"我须不曾歹看承你娘儿两个,还了我罢!我要去干事。"婆惜道:"闲常也只嗔老娘和张三有事。他有些不如你处,也不该一刀的罪犯,不强似你和打劫贼通同。"宋江道:"好姐姐,不要叫,邻舍听得,不是耍处。"婆惜道:"你怕外人听得,你莫做不得!这封书,老娘牢牢地收着。若要饶你时,只依我三件事便罢!"宋江道:"休说三件事,便是三十件事也依你。"婆惜道:"只怕依不得。"宋江道:"当行即行。敢问那三件事?"

阎婆惜道:"第一件,你可从今日便将原典我的文书来还我;再写一纸任从我改嫁张三,并不敢再来争执的文书。"宋江道:"这个依得。"婆惜道:"第二件,我头上带的,我身上穿的,家里使用的,虽都是你办的,也委一纸文书,不许你日后来讨。"宋江道:"这件也依得。"阎婆惜又道:"只怕你第三件依不得。"宋江道:"我已两件都依你,缘何这件依不得?"婆惜道:"有那梁山泊晁盖送与你的一百两金子,快把来与我,我便饶你这一场天字第一号官司,还你这招文袋里的款状。"宋江道:"那两件倒都依得。这一百两金子,果然送来与我,我不肯受他的,依前教他把了回去。若端的有时,双手便送与你。"婆惜道:"可知哩!常言道:'公人见钱,如蝇子见血。'他使人送金子与你,你岂有推了转去的?这话却似放屁!做公人的,'那个猫儿不吃腥?''阎罗王面前,须没放回的鬼!'你待瞒谁!便把这一百两金子与我,值得甚么!你怕是贼赃时,快熔过了与我!"宋江道:"你也须知我是老实的人,不会说谎。你若不信,限我三日,我将家私变卖一百两金子与你。你还了我招文袋。"婆惜冷笑道:"你这黑三倒乖,把我一似小孩儿般捉弄。我便先还了你招文袋,这封书,歇三日却问你讨金子,正是'棺材出了,讨挽歌郎钱。'我这里一手交钱,一手交货。你快把来两相交割。"宋江道:"果然不曾有这金子。"婆惜道:"明朝到公厅上,你也说不曾有金子?"

宋江听了公厅两字,怒气直起,那里按捺得住,睁着眼道:"你还也不还!"那妇人道:"你怎地狠,我便还你不迭!"宋江道:"你真个不还!"婆惜道:

"不还！再饶你一百个不还！若要还时，在郓城县还你！"宋江便来扯那婆惜盖的被。妇人身边却有这件物，倒不顾被，两手只紧紧地抱住胸前。宋江扯开被来，却见这鸾带头正在那妇人胸前拖下来。宋江道："原来却在这里！"一不做，二不休，两手便来夺。那婆惜那里肯放，宋江在床边舍命的夺，婆惜死也不放。宋江恨命只一拽，倒拽出那把压衣刀子在席上，宋江便抢在手里。那婆娘见宋江抢刀在手，叫："黑三郎杀人也！"只这一声，提起宋江这个念头来。那一肚皮气，正没出处。婆惜却叫第二声时，宋江左手早按住那婆娘，右手却早刀落，去那婆惜颡子上只一勒，鲜血飞出，那妇人兀自吼哩。宋江怕他不死，再复一刀，那颗头，伶伶仃仃，落在枕头上。连忙取过招文袋，抽出那封书来，便就残灯下烧了；系上鸾带，走下楼来。①（贯华堂本《水浒传》第二十回）

阎婆惜与宋江真的没有共同语言，她居然能说："'公人见钱，如蝇子见血。'他使人送金子与你，你岂有推了转去的？这话却似放屁！做公人的，'那个猫儿不吃腥？''阎罗王面前，须没放回的鬼！'"阎婆惜即使不知道宋江的为人，但是宋江帮助她们母女的事难道是假的？宋江若是贪财的人，何必帮助她们两个外乡来的落难女人？阎婆惜如此待宋江只有一个原因，就是这个她太坏了，淫荡风流，恩将仇报。

卢俊义上梁山也是因为他的妻子贾氏和管家李固私通，他们把吴用写给卢俊义的那首藏头的反诗供了出去，然后卢俊义被捉，再上梁山。卢俊义这个事让人想不明白，卢俊义叫河北三绝，小说虽然没有说它到底是哪三绝，我们根据描写大致可以判断：第一绝就是长得帅；第二绝是有钱，他是大名府最大的财主，家里面开着当铺；第三绝是武艺高强。这样一个完美的男人，他老婆居然偷人，而且是和他家的管家。这说不出理由啊。而宋江的理由，小说写得很充分，说宋江和其他的豪杰一样，就喜欢打熬力气，就是锻炼筋骨，把时间精力大部分用在锻炼身体上，舞枪弄棒，在女色上不是很用心，所以宋江迟迟没有娶妻。而这个阎

---

① 本段引文引自陈曦钟、侯忠义、鲁玉川辑校：《水浒传会评本》，北京大学出版社 1987 年第 2 版。

婆惜是他养的外宅,也不是宋江要养的,是因为宋江出资帮助阎婆惜安葬了她客死他乡的父亲,阎婆在感谢宋江的时候,发现宋江是光棍一个人,就找媒婆把自己的女儿硬生生地塞到宋江手里。宋江没办法,宋江是好人,既然我把你娶了,那我就要尽到男人的责任,于是就给她买了房子,置办了衣服、首饰,阎婆惜又打扮得花枝招展。可是宋江因为在女色上不用心,他不会讨女人喜欢,所以阎婆惜不喜欢宋江。有一次宋江领他的同事张文远来到家里吃饭,阎婆惜和张文远就勾搭上了。那么宋江为什么不喜女色,而且在女色上也不用心,并且他只打熬力气?这有一个很传统的观念在起作用:女人祸水。在道家的一些观念中,认为男女交合对男人的身体是一种很大的损伤,所以在小说里面把犯色戒叫溜骨髓。当矮脚虎王英要把刘高的夫人扣下来做自己的压寨夫人的时候,宋江就劝他:你这样干不是好汉的勾当,一旦犯了溜骨髓是让人笑话的。可见,这在江湖好汉里面是一种约定俗成的观念。宋江在女色上不用心,所以那顶绿帽子也是他自己给自己戴上去的。杨雄是刽子手,他的妻子潘巧月的前夫原来也是一个刽子手,那个刽子手死了后,潘巧云又改嫁给杨雄。小说写杨雄十天中倒有好几天不在家里,行刑杀完人之后就被朋友簇拥着去豪饮,每每烂醉,回到家里就直接睡,他的妻子碰到了旧时相好,自然再续前缘。从宋江到杨雄可以推测卢俊义对贾氏恐怕也不怎么温柔,所以小说里面写的三位好汉的绿帽子可以说都是自己给自己戴上的。

相比之下,武大的那顶绿帽子更可能戴了。他被称作"三寸丁古树皮",潘金莲给他戴绿帽子是早晚的事。但是引发这四杀——宋江杀惜、武松杀嫂、石秀杀嫂和卢俊义杀妻,并且逼了一堆英雄上梁山,这就是作者有意的安排,作者这样安排实际上就是告诉我们女人是祸水,是女人把男人逼上梁山的,所以男人都离她们远一点。

### (三) 英雄能过美人关

本来俗语说英雄难过美人关,历史上有多少英雄都拜倒在女人的石榴裙下。明清时期的小说经常引当时一个流行的顺口溜:"二八佳人体似酥,腰中仗剑斩愚夫。虽然不见人头落,暗底教你骨髓枯。"这就是说女人对男人来讲是一种灾难,可是男人们却勇敢地一次又一次地飞蛾投火。而后来人在回顾历史看待这些问题的时候,也往往作如此总结,甚至把亡国之罪算在女人身上。可是《水浒传》中的英雄就不一样了,他们差不多是都能过女人这一关的。小说里面写了一大批不娶妻室的英雄,李逵是第一个不要老婆的,还有鲁智深、武松、石秀等。有些上梁山的好汉有妻子,那是原来就有的,小说写他们上梁山之前先将其妻子儿女搬上梁山,但小说接下来就不再写了,小说中从来不描写任何人的家庭生活,有妻子但是好像没有夫妻生活。

　　下面我们就来看看这些能过美人关的英雄。第一个就是鲁智深。他两次救美,两次都不为美。第二个就是武松,虽然潘金莲是他的嫂子,有道德的约束,但我们看不出他有丝毫的动心。还有张都监假装要许配给武松的玉兰,武松在杀张都监全家的时候也遇到了她,他丝毫都没犹豫一刀就把玉兰杀了。前面张都监把玉兰许配给武松是骗他不假,那么这个时候也没有必要把玉兰作为牺牲品,下手至少应该犹豫一下吧,她毕竟是个弱小的女子,武松根本就没犹豫,可见在他眼里根本就没有美女。英雄过了女人关之后,这个英雄就变成了一种非常纯粹的英雄了,他就可以不顾及自己的家室、后代,因此可以只把兄弟情义放在首位。他们到了梁山泊,大块吃肉、大碗喝酒、换套穿衣服、论秤称金银。所以在梁山泊上,他们没有了家室的拖累,可以只追求个人的快活适意的生活,因此很多人就反对招安了。

　　当然,《水浒传》中所写的侠与色的对立不仅仅是因为江湖文化,江湖文化只是一个重要的因素,传统观念中女人祸水的观念也是很重要的因素,或者说宋元以来江湖文化继承了女人祸水的观念。还有就是《水浒传》成书的时代,作者必然要受封建社会男尊女卑思想的影响。所以108个好汉里面只有三个是女将,从这个比例我们就能够看出来,那还是一个男性的世界,侠和色对立,侠也让女人走开。一旦女人掺杂进这个侠的队伍中,就会有很多麻烦的事情。因此小说写了三个不像女人的女人,她们只有不像女人才能作为侠,才能被接纳。其他女人就没有办法被接纳,像林冲的妻子,作者只好让她死掉,那些有家室的,干脆就在山上养着吧,一句也不提了。甚至到征方腊以后,梁山好汉死的死逃的逃,他们的老婆孩子哪去了?一概不提了,因为在小说里女人根本就不重要。

## 三、江湖文化与《水浒传》的女性观

在理解《水浒传》的时候,一方面要承认它是忠义的主题,是儒家文化改造的一个绿林故事。另一方面更不能忽略它本身是来自江湖文化的,很多英雄毕竟是绿林中的人士,或者说是江湖上的人士,他们的文化本质没有改变。因为在《水浒传》流传的过程中,最先只有三十六人,它们是一个一个独立的故事在民间进行流传,这三十六人恐怕都是江湖人士,没有一个来自官府。等到后来扩展到一百零八人的时候,就把大量的原来是官府的人士,甚至是财主、王族的后裔拉拢聚集到梁山泊上,像林冲、呼延灼、徐宁、柴进等。那么这个队伍就变得复杂了,复杂起来之后就容易用儒家的思想去改造,因为他们本身就来源于正统的阶层,就是统治阶级的一部分。出身江湖的人可以不娶妻,但像林冲这样的八十万禁军教头没有必要不娶妻,所以也让林冲娶妻。但是娶妻是娶妻,林冲上梁山也是被他的妻子"逼"上来的,小说的作者也从这个角度写。本来林冲和高俅之间没有矛盾,是因为高俅的干儿子高衙内看上了林冲的妻子,高衙内有权有势,为什么非要看上一个有夫之妇呢?林冲的妻子到底哪里特别让这个高衙内感到与众不同?实际上,这是作者刻意的安排,如果不这样的话,如何逼得林冲上梁山?那只能换一种写法,而这种写法也有人写。《水浒传》成书之后,明代有一个戏剧家叫李开先,他把《水浒传》中林冲的故事改编成了一部传奇《宝剑记》。在《宝剑记》里就先写林冲是个忠臣,他看不惯高俅,于是就先写奏折弹劾高俅,因而得罪了高俅,因此高俅才要置他于死地。这样一改,小说里面本来是私人恩怨就变成了忠奸之间的斗争了,实际上这种改法就是用儒家文化改造江湖文化。那么《水浒传》小说为什么不这么改?小说不想从那个角度去写,小说就是想告诉我们侠和色是对立的,无论你想不想上梁山,都能把你逼上去,那么怎么逼最合适呢?让女人出面,所以宋江上梁山是因为女人,卢俊义是因为女人,杨雄是因为女人,林冲也是因为女人。还有石秀不是因为女人么?武松不是因为女人么?都是!要么直接要么间接,这里面有一大批人。鲁智深也是因为女人,他是为救女人,打死了镇关西,才自己一步一步走上梁山的。小说里面写了一大批英雄都是因为这个原因走上梁山,所以我们说江湖文化里面的一个基本观念就是侠与色的对立,使得小说中形成了一种我们现代人难以接受的落后的女性观。如果我们再把《水浒传》江湖文化的这个特点往后推,继续沿着江湖文化这个方向,向后找原因,还能找到一些根据,还能证明江湖文化是决定《水浒传》女性观的一个非常重要的因素。总之,江湖文化才是《水浒传》女性观落后的一个核心的、根本的因素。《水浒传》作者的女性观与封建时代一般士人的女性观有着很大的区别:一方面他没有跳出封建文化的圈子,仍然是以男尊女卑的思想为主导而歧视女性。另一方面《水浒传》中的女性观受江湖文化的直接影响,它只是在侠文化的圈子里翻起了一个浪花而已,并没有改变整个封建时代男女关系的基本的准则。

 思考题

1.《水浒传》中侠与色对立的原因是什么?
2.如何理解《水浒传》的女性观?

# 第七讲
# 儒家文化与宋江形象

中国小说史上有许多栩栩如生的动人的人物形象,这些人物不断被阅读、改编、评议。其中宋江应该是争议最大的一个人物,为什么这么说呢?有支持有反对,这才叫争议,如果声音是一边倒的,那就不叫争议。从明代开始,读者对宋江就开始有正反两个方面不同的观点:说宋江好的,说他是忠义之士。说他坏的,又说他是强盗头子,是盗魁。我们今天的读者,支持宋江的,说他仁义、善良、知人善任,有领导才能。反对他的,说他猥琐、虚伪、玩弄权术,把梁山引向了灭亡的路径。对这个人物的争议一直就没有停息过。为什么会这样呢?因为在宋江身上所表现出的特征太过于丰富,而这些方面彼此间有的时候是矛盾的。比如说他是一个儒家文化塑造出来的仁人志士,是忠君的典范,可他身上又有绿林文化的特征,他又是江湖豪客,他过分追求朋友间的义气,他私放晁盖,执法犯法。正因为很多性格在他身上都是一种矛盾的存在,因此,他的争议就最大。但是在这所有的特征中,儒家文化应该是主导的一面。儒家文化是中国传统文化中对我们这个民族塑造力最强、影响力最大的因素,也是被历代统治者奉为准宗教的思想体系,虽然不是宗教,但它相当于宗教。在宋江身上,儒家文化的特征是最多的,也是最明显的。

## 一、仁义宋江

仁和义虽是两个概念,但仁和义有的时候是并提的,所以我们要说的第一个特点就是仁义宋江。仁是儒家文化的一个核心,为什么这样说呢?因为孔子特别强调仁,后来人都认为孔子的思想核心便是仁,而仁是什么?孔子说得非常多,在不同的情况、不同的场合,他用不同的例子来说明仁是什么。他说仁是"爱人",《论语·颜渊》中:"樊迟问仁,曰:'爱人'。"①孔子又说:"己所不欲,勿施于人。""居处恭,执事敬,与人忠。"等等,后人把孔子的这些言论多从仁的角度来解释,仁既是个人的修养又是道德的准则,就是个人修养应该以仁为目标,社会的道德也以仁作为一个标准。到了孟子就直接讲"仁者爱人"。②孔子也讲义,但是孔子对义没有像对仁那样给它一个较明确的界定。孔子说过这样的话:"君子义以为上。"他说君子在修行的时候,在修炼个人的本分和修养的时候,要把义作为很高的一个道德标准。与孔子相比,孟子更强调义,孟子提出舍生取义。孔孟在义和利这个问题上都是对应着提的,在这一点上二人是一致的,孔子说:"君子喻于义,小人喻于利。"③君子和小人之别,便是义利之辨,所以仁和义放在一起就成了儒家思想的核心,这个核心既是个人修养的一个境界,又是一个非常高的道德标准。

那么宋江是不是按照儒家的仁义道德塑造出来的一个标准的封建时代的楷模呢?小说里面给宋江的绰号是最偏心的,一般人的绰号只有一个,宋江有三个:及时雨、孝义黑三郎、呼保义。呼保义的意思后来有争议,至今我们还不能准确地知道呼保义的具体含义是什么。单说这个及时雨,小说里面在宋江出场的时候有那么一段话,它等于向我们交代宋江是一个什么人:"平生只好结识江湖上好汉,但有人来投奔他的,若高若低,无有不纳,便留在庄上馆谷,终日追陪,并无厌倦;若要起身,尽力资助,端的是挥霍,视金似土。人问他求钱物,亦不推托。且好做方便,每每排难解纷,只是周全人性命。如常散施棺材药饵,济人贫苦,周人之急,扶人之困,以此山东、河北闻名,都称他做及时雨。"(第十八回)在这里面提到他及时雨这个绰号,把宋江比作天上下的及时雨一般,能救万物。通过这一段概括性的描写,我们了解到宋江是对所有的人都施以仁义,没有区别,这才是

教学视频

---

① 朱熹注:《论语章句集注》,《四书五经》本,中国书店2015年版,第53页。
② 朱熹注:《孟子集注》,《四书五经》本,中国书店2015年版,第65页。
③ 朱熹注:《孟子集注》,《四书五经》本,中国书店2015年版,第15页。

孔子说的仁者爱人。这一点他和柴进就不一样，柴进也仗义，但柴进只结识江湖上的好汉，他是分人的，而宋江不是这个样子。所以整个郓城县谁的名声最响？是宋江，谁帮助的人最多？也是宋江，他帮助人是不讲任何条件的，这才是真正的仁。

小说里面写郓城县有一个卖汤药的王老是一个孤老头儿，他最担心的就是死后没有人安葬他，他本身又很穷，也没有钱给自己置办棺材。宋江知道他有这样的担心，就告诉他说你放心，你死之后，你的安葬之费包在我身上。他为了让这个王老安心就一直想着先把棺材给他买回来，可是他一直也没有找到一个比较好的机会，后来晁盖等人感谢宋江冒死报信，从生辰纲里拿出一百两金子要感谢宋江，宋江就要了一块，这一块实际上就是给王老准备后事的。还有郓城县有一个卖糟腌的唐牛儿，是个孤儿，宋江经常照顾他的生意，他对宋江就特别的感激，逢人便说宋江是他的孤老，就是他的靠山、干爹。宋江并没有收这个干儿子，是这个孤儿自己认的。宋江对他好到什么程度小说没具体地讲，但是宋江杀了阎婆惜逃跑的时候，唐牛儿把那阎婆惜的母亲死死抱住，不让她追宋江，唐牛儿能做到这一点，看得出平时宋江对他多好。再有宋江娶阎婆惜也不是因为宋江想结婚，他还是做好事。因为阎婆惜的父亲客死他乡，两个女人没有钱安葬，阎婆找当地一个媒婆，说把我女儿卖掉，卖女葬父。当这个媒婆领着这个阎婆满大街找买主的时候，宋江从那边走过来了。这媒婆一看宋江走过来就笑了，跟阎婆说你不用卖女儿了，"做好事的押司来了"。可见这样的事情，宋江做过已经不是一次了。媒婆和宋江一讲，宋江二话没说就帮阎婆赊一副棺材，又给了10两银子。这一段上面已有选文，可以参看。

正是因为宋江对普通人、对穷苦人的这种恩义仁爱，才获得老百姓们的信任和爱戴。所以小说中每到宋江遇难的时候，只要他一说宋江的名字，刚才还要取宋江性命的人马上来个一百八十度的大转弯，纳头便拜。无论是江湖上的好汉还是普通的百姓，见到宋江如见了神灵菩萨一般。小说说他是及时雨，老百姓把他比作天上的及时雨一般能救万物，能救万物的是什么？没有谁能救万物，只有上帝、神，而我们又认为它是不存在的，所以小说里面是按照一个极高的标准塑造宋江的仁义。如果孔子知道千百年后还有这么一个形象，在中国老百姓的口中进行传说的话,他一定会很欣慰的。

## 二、才智宋江

才智也是儒家文化中非常重要的方面,我们先看儒家怎样理解"才"。《孟子》里有这样一句话:"若夫为不善,非才之罪也。"如果你做了坏事,在孟子看来这不是才的罪过。对此朱熹是这样解释的:"才,犹材质,人之能也。人有是性,则有是才,性既善,则才亦善。"①朱熹对《孟子》作了很大的发挥,他说才就像材质,是先天生成的一些东西,本身就有的,所以他说"人有是性,则有是才",性与才是统一的,有这样的性才有这样的才,性是善的,你的才才是善的,如果性是恶的,那你的才就是恶的。《论语》里说:"仁者不忧,知者不惑,勇者不惧。"②它谈到智,智者就不惑。孟子把仁、义、礼、智作为四端,也叫四善端,《孟子》中说:"恻隐之心,仁之端也;羞恶之心,义之端也;辞让之心,礼之端也;是非之心,智之端也。"③端是开始、开头的意思。孟子说是非之心是智之端,有是非之心,那么人后来的智就可以有基础了,如果连是非都没有,那么人其他的就不需要了或者说也不可能。可见无论是孔子还是孟子他们对智和才都很重视,都把它们看作儒家文化的一个重要的部分。宋江的才智在108个人里是很超众的,可能很多人不同意这个观点,说宋江比智比不过吴用,论武功那就更不行了,好像宋江没什么才华。实际上宋江的领导之才是其他人都不具备的,另外他在很多方面都有过人的才华。

首先是他的处世之才。一个人在世界上立足必然要和形形色色的人打交道,那么就应该有处理人际关系的一些手段和方法。宋江在这一方面能做到既坚持原则又善于变化,或者叫善于权变,偶尔用一些小聪明、小手段,但是不伤大雅,不越格,不犯规矩,这不是智慧?对待不同的人,宋江会使用不同的交际方式。比如说李逵是所谓真人,赤子之心,就像孩子一样。对李逵,宋江用办法是

---

① 朱熹注:《孟子集注》,《四书五经》本,中国书店2015年版,第86页。
② 朱熹注:《论语集注》,《四书五经》本,中国书店2015年版,第39页。
③ 朱熹注:《论语集注》,《四书五经》本,中国书店2015年版,第25页。

一面哄着、惯着、宠着,另一面还要管着、打着、骂着,这不是我们家长对孩子经常使用的方法么?一遇有什么重大的事情,宋江首先不让李逵喝酒,怕他酒后误事,因为李逵的酒性不是特别好,人又粗鲁。可是对待那些来自朝廷的将军,宋江就不是这个样子了,宋江对他们尊敬有加。因为这些人地位、身份、学识、修养都很高,在他们面前一味抬高自己,那样就不利于梁山的团结了。甚至对待朝廷的奸臣,宋江都不是很简单地一刀斩。比如说三败高俅,把高俅捉住了,按理说他是梁山的死对头,又是四大奸臣之首,老百姓恨死他了,宋江又是小说里面的第一忠臣,第一奸臣成了阶下囚,忠臣并没杀奸臣。宋江为什么不杀高俅?因为他要用不杀高俅的这种举动向皇帝证明他是忠臣,我不是有意和朝廷做对,什么叫有意和朝廷做对?来一个杀一个,这才是和朝廷做对,我们和朝廷暂时作对是迫不得已。所以宋江对待不同的人,他都有自己相应的处世办法和原则,这种处世的才华不是一般人能具备的。

其次就是领导之才。作为一个领导,宋江多谋善断、平等待人、赏罚分明、知人善任,既以情感人又会以理服人。宋江深知不同的人有不同的性格,有不同的能力。宋江在处置这些人,或者安排工作的时候,就会让他们各自发挥自己的特长。尤其是梁山聚义之后,108个人排好座次,宋江开始分派工作,每个人都有各自不同的岗位,像李逵等人都是步下的将军,就让他们去带步兵。朝廷来的那些将军骑惯马了,那么让他们带马军。水性好的去作水军的头领。其他的事情做不大明白,在从前家务做得比较多的,如他弟弟宋清,那就管一管总务的事,总之,人尽其才,各得其所。

第三方面的才能就是军事才能。打仗不是吴用的事么?不是的,吴用是军师,宋江是统帅,宋江上梁山之后他的军事指挥才能就表现出来了。每一次打仗宋江都让晁盖在山上镇守大本营,因为晁盖是一山之主不能轻动,这是对的。宋江上梁山之后,打过祝家庄、无为军、高唐州、青州、华州、曾头市,这是他领兵到外面打的胜仗。镇守梁山的时候,他两赢童贯、三败高俅、大破连环马。尤其是破连环马的时候就是宋江出的主意。宋江说我们都用步兵不用马军,这样就发挥步兵的优势。你骑在马上、我也骑在马上,优势发挥不出来,现在我们换一下用步兵,对方马军的优势就没有了,我们打不着人可以先打马。所以,宋江的军事才华也是很出众的。

第四方面是宋江的文学才华。这一点恐怕是很多读者忽略的,因为这108个好汉中没几个是儒生,只有宋江身上儒士的特征多一些,而宋江也说自己自幼曾攻经史,读的书很多,所以自然诗词这方面宋江的水平最高。小说里面除宋江之外,别人也写过一些顺口溜式的诗,像林冲,但是宋江写得最多。小说的作者让宋江写了很多诗,实际上是在告诉我们宋江是一个多才多艺、能力全面的人。小说里面宋江写的最有风采,文学性、艺术价值最高的应该是那首《满江红》,宋江通过这一首《满江红》表达他谋求招安的迫切心情,当然也引起了其他兄弟们强烈的不满,那一年的重阳节过得不欢而散。《满江红》是这样写的:"喜遇重阳,更佳酿今朝新熟。见碧水丹山,黄芦苦竹。头上尽教添白发,鬓边不可无黄菊。愿樽前长叙弟兄情,如金玉。    统豺虎,御边幅。号令明,军威肃。中心愿平虏,保民安国。日月常悬忠烈胆,风尘障却奸邪目。望天王降诏早招安,心方足。"宋江写完了,让乐和来唱,他写的时候恐怕很多人不识字,不知他写些什么,可是乐和唱出来大家一听明白了,好多人就不高兴了。武松说:招安招安,今日也要招安,明日也要招安,冷了弟兄们的心。李逵更不干了:招安,招什么鸟安。还有读者们比较熟悉的那首反诗:"他日若遂凌云志,敢笑黄巢不丈夫。"这也是豪气十足。

## 三、忠孝宋江

宋江是儒家思想的化身,虽然他身上其他的文化成分也很浓,比如江湖或绿林文化,但是毕竟是以儒家文化为核心的,儒家文化中除了我们前面讲到的仁义、才智,还有一点也是非常重要的,那就是忠孝。忠有广义狭义之分,狭义的忠是侍上,最高层次就是忠君;广义的忠是忠诚。而孝是忠之本,在家孝父,在国忠君,所以忠孝本来就是一体的。《论语》中有一句话,是曾子说的:"夫子之道,忠恕而已矣。"[1]朱熹的解释是:尽己之谓忠,推己之谓恕。就是尽人的本分这就是

---

[1] 朱熹注:《论语集注》,《四书五经》本,中国书店2015年版,第15页。

忠,能够推己及人这就是恕。这是孔子一以贯之的道。而孝呢？孔子认为孝首先是养和敬,就是尊亲、养亲放在一起才叫孝,只养不行,《论语》中说连动物都能养亲,人只能养而不敬怎么能叫孝呢？我们还有专门讲孝的《孝经》。忠孝在宋江身上体现得非常明显,忠在宋江这里主要是忠君,所以他一上梁山就想要改变梁山的策略,等他做了梁山之主后,第一件事就是将聚义厅改成了忠义堂,挑起大旗要替天行道,并且开始谋求招安,想尽各种办法,包括到李师师家"走后门",活捉了死对头、大奸臣高俅后居然又将其放回去了,都是为了能够成功招安。小说最后,宋江被高俅等奸臣用毒酒害死,临死之前,他明明知道自己是被朝廷"赐死无辜",却毅然慷慨赴死,而不愿背负不忠的名声,而且一点也没有后悔,他知道自己服了毒酒,他怕自己死后李逵会再造反,坏了梁山泊忠君的美名,就把李逵叫来给他喝了毒酒。他对李逵说"宁可朝廷负我,我忠心不负朝廷"(第一百回),这句话和《三国演义》中曹操说的那句名言"宁可我负天下人,休教天下人负我"正好可以对比着看,可见宋江对朝廷的忠心是至死不渝的,这才是真正的忠,当然也带有愚忠的成分。

再说他的孝。宋江上梁山之前是小吏,他不是官而是吏,在封建时代,官和吏是有巨大区别的,吏的身份是终生不变的,很难有出头之日。而吏的风险又是非常高的,如果工作出现一丝一毫的偏差很可能就会获罪,可是谁不犯错,尤其是吏上面有官,下面有百姓,所以风险很大。宋江知道这一点,小说中评价他吏道纯熟,对本职工作非常精通,即便如此,他也偷偷地写了一个让他的父亲告他忤逆的状子,就是让他的父亲告他忤逆,借此解除了父子关系,双方已经写下协议了,这当然是假的。他为什么这么做呢？就是预备着如果有朝一日他出事了,牵连到他父亲的时候,父亲就可以把这协议拿出来,说我跟我儿子早就有协议在先,我们已经不是父子了,他跟我没关系。宋江事先就做好了准备,如果他不是孝子就不会想得那么细致。还有一个例子,宋江第一次奔梁山的时候,走到半路,宋江的弟弟给他写信,说他父亲死了,让他赶紧回家。宋江看到这封信之后的反应是非常强烈的,顿足捶胸,自己骂自己是不孝逆子,做下非为,老父身亡,不能尽人子之道,与畜生何异？接着又用头去撞壁,大哭起来,然后他丢下所有的人直接回家了,什么都不顾了。当然回到家里发现他父亲没死,他一看父亲没死,气得打他的弟弟,说你这个畜生,老父明明活着你说他死了,多么不孝啊!宋江的父亲就说你别打他,也别骂他,是我让他写的信,我怕你跟你那帮朋友上梁山。因为有了父亲这样的担心、这样的叮嘱,所以当宋江再被捉,戴着枷路过梁山被救上去的时候,他就说什么也不让把枷打开,实际上这个时候,他想的不仅仅是国家的法度,更是想起他父亲的叮嘱,所以他这个时候不能把枷打开。

## 四、诚信宋江

诚的本意是诚实无欺、真实无妄。儒家学者特别看重诚,把诚当作人类社会的最高道德范畴。《孟子》中说:"诚者,天之道也。思诚者,人之道也。"①诚就是天道、自然之道,如果人心向诚,想做一个诚的人,那么这就是人道了。《礼记·中庸》中也有这样的话:"诚者,天之道也,诚之者,人之道也。"②这是继承了《孟子》的说法。再说信,人言为信,人无信不立,言必信,行必果,这就是信。说出去的话,就要做到。诚和信放到一起那就是诚实而守承诺,就是守信。小说里面写的英雄人物很多,但不是每个人都能像宋江那样讲诚信,因为有很多客观的因素影响着人的行为,曾经许下的诺言往往不能实现,可是人在许诺的时候没想到它不能兑现。宋江也如此,他许诺的时候也往往是不能很快就兑现的,可是他记着,有一天一定要兑现。小说里面写过这样两处情节:一处是前面举过例子,他早就答应卖汤药的王老给他买一副棺材板,可是一直没有兑现。正好这次刘唐给送来100两金子,他若不收,面子上过不去,怕晁盖等人疑心,他还要收;可是如果收多了,就贪财了,那绝不是宋江。于是宋江就从里面只拿了一条金子,也终于兑现了他对王老的承诺。还有一处就是在清风山上,王英要把刘高的夫人留在山上作自己的压寨夫人,宋江答应矮脚虎王英,说你把刘高的夫人放了,回头我保证给你做媒,给你找一个更好的。这件事拖了很长时间,当扈三娘的家小都被李逵杀了,扈三娘没有父母了,所以宋江就让扈三娘认自己的父亲做父亲,自己收了这么一个义妹,这个时候他就把扈三娘许配给了王英,又兑现了他当初

---

① 朱熹注:《孟子集注》,《四书五经》本,中国书店 2015 年版,第 55 页。
② 朱熹注:《中庸章句》,《四书五经》本,中国书店 2015 年版,第 10 页。

对王英的承诺。小说还通过他人的角度写宋江的诚信。在柴进家里的时候,宋江遇到了武松,武松刚进柴进家里的时候,柴进也待他为上宾,后来柴进发现这人也没什么了不得而且还很傲气,所以对武松就有些怠慢了,家里的仆人对武松就更冷落了。武松很生气。武松认识宋江之后,经过短暂的和宋江的交往,武松发现宋江是大丈夫,待人有始有终。什么叫有始有终?开始什么样,最后还什么样,能够坚持下去,这就是诚信,有始无终那就是没有诚信。

宋江乐善好施、诚信讲理,加之处世圆熟,郓城县上上下下没有不敬爱他的,以至于他杀了阎婆惜后,从孤儿、小贩到捕头、县令,满县人都帮着宋江逃跑、开脱。所谓得人心者得天下,宋江绰号及时雨,闻名山东、河北,是他多年来"好做方便,每每排难解纷,只是周全人性命。如常散施棺材药饵,济人贫苦。周人之际,扶人之困"换来的。宋江杀惜之后,只有阎婆惜的母亲阎婆要将宋江扭送官府:

> 此时天色尚早,未明,县门却才开。那婆子约莫到县前左侧,把宋江一把扭住,发喊叫道:"有杀人贼在这里!"吓得宋江慌做一团,连忙掩住口,道:"不要叫!"那里掩得住。县前有几个做公的走将拢来看时,认得是宋江,便劝道:"婆子闭上嘴!押司不是这般人,有事只消得好说!"阎婆道:"他正是凶首,与我捉住,同到县里!"原来宋江为人最好,上下爱敬,满县人没一个不让他;因此,做公的都不肯下手拿他,又不信这婆子说。正在那里没个解救,恰好唐牛儿托一盘子洗净的糟姜来县前赶趁,正见这婆子结扭住宋江在那里叫冤屈。唐牛儿见是阎婆一把扭结住宋江,想起昨夜的一肚子鸟气来,便把盘子放在卖药的老王凳子上,钻将过来,喝道:"老贼虫!你做甚么结扭住押司?"婆子道:"唐二!你不要来打夺人去,要你偿命也!"唐牛儿大怒,那里听他说,把婆子手一拆拆开了,不问事由,叉开五指,去阎婆脸上只一掌打个满天星。那婆子昏撒了,只得放手。宋江得脱,往闹里一直走了。婆子便一把却结扭住唐牛儿叫道:"宋押司杀了我的女儿,你却打夺去了!"唐牛儿慌道:"我那里得知!"阎婆叫道:"上下替我捉一捉杀人贼则个!不时,须要带累你们!"众做公的只碍宋江面皮,不肯动手;拿唐牛儿时,须不担搁。众人

向前,一个带住婆子,三四个拿住唐牛儿,把他横拖倒,直推进郓城县里来……(第二十一回)

话说当时众做公的拿住唐牛儿,解进县里来。知县听得有杀人的事,慌忙出来升厅。众做公的把这唐牛儿簇拥在厅前。知县看时,只见一个婆子跪在左边,一个汉子跪在右边。知县问道:"甚么杀人公事?"婆子告道:"老身姓阎,有个女儿唤做婆惜,典与宋押司做外宅。昨夜晚间,我女儿和宋江一处吃酒。这个唐牛儿一径来寻闹,叫骂出门,邻里尽知。今早宋江出去走了一遭回来,把我女儿杀了。老身结扭到县前。这唐二又把宋江打夺了去。告相公做主。"知县道:"你这厮怎敢打夺了凶身?"唐牛儿告道:"小人不知前后因依。只因昨夜去寻宋江搪碗酒吃,被这阎婆叉小人出来。今早小人自出来卖糟姜,遇见阎婆结纽宋押司在县前。小人见了,不合去劝他。他便走了。却不知他杀死他女儿的缘由。"知县喝道:"胡说!宋江是个君子诚实的人,如何肯造次杀人?这人命之事,必然在你身上。左右在那里?"便唤当厅公吏。当下转上押司张文远来。看了,见说阎婆告宋江杀了他女儿,"正是我的表子。"随即取了各人口词,就替阎婆写了状子,叠了一宗案,便唤当地方件作行人,并地厢、邻佑一干人等,来到阎婆家,开了门,取尸首登场检验了。身边放着行凶刀子一把。当日再三看验得,系是生前项上被刀勒死。众人登场了当,尸首把棺木盛了,寄放寺院里。将一干人带到县里。

知县却和宋江最好,有心要出脱他,只把唐牛儿来再三推问。唐牛儿供道:"小人并不知前后。"知县道:"你这厮如何隔夜去他家寻闹?一定你有干涉。"唐牛儿告道:"小人一时撞去,搪碗酒吃。"知县道:"胡说!且把这厮捆翻,打这厮。"左右两边狼虎一般公人,把这唐牛儿一索捆翻了,打到三五十,前后语言一般。知县明知他不知情,一心要救宋江,只把他来勘问。且叫取一面枷来钉了,禁在牢里。那张文远上厅来禀道:"虽然如此,见有刀子是宋江的压衣刀,可以去拿宋江来对问,便有下落。"知县吃他三回五次来禀,遮掩不住,只得差人去宋江下处捉拿。宋江已自在逃去了。只拿得几家邻人来回话:"凶身宋江在逃,不知去向。"张文远又禀道:"犯人宋江逃去,他父亲宋太公并兄弟宋清,见在宋家村居住,可以勾追到官,责限比捕,跟寻宋江到官理问。"知县本不肯行移,只要朦胧做在唐牛儿身上,日后自慢慢地出他。怎当这张文远立主文案,唆使阎婆上厅,只管来告。知县情知阻当不住,只得押纸公文,差三两个做公的,去宋家庄勾追宋太公并兄弟宋清。

公人领了公文,来到宋家村宋太公庄上。太公出来迎接,至草厅上坐定。公人将出文书,递与太公看了。宋太公道:"上下请坐,容老汉告禀。老汉祖代务农,守此田园过活。不孝之子宋江,自小忤逆,不肯本分生理,要去做吏。百般说他不从。因此老汉数年前,本县官长处,告了他忤逆,出了他籍,不在老汉户内人数。他自在县里住居,老汉自和孩儿宋清在此荒村,守些田亩过活。他与老汉水米无交,并无干涉。老汉也怕他做出事来,连累不便,因此在前官手里告了执凭文帖,在此存照。老汉取来,教上下看。"众公人都是和宋江好的,明知道这个是预先开的门路,苦死不肯做冤家。众人回说道:"太公既有执凭,把将来我们看,抄去县里回话。"太公随即宰杀些鸡鹅,置酒管待了众人,赍发了十数两银子,取出执凭公文,教他众人抄了。众公人相辞了宋太公,自回县去回知县的话,说道:"宋太公三年前出了宋江的籍,告了执凭文贴。见有抄白在此,难以勾捉。"知县又是要出脱宋江的,便道:"既有执凭公文,他又别无亲族,可以出一千贯赏钱,行移诸处海捕捉拿便了。"

那张三又挑唆阎婆去厅上披头散发来告道:"宋江实是宋清隐藏在家,不令出官。相公如何不与老身做主,去拿宋江?"知县喝道:"他父亲已自三年前告了他忤逆在官,出了他籍,见有执凭公文存照,如何拿得他父亲兄弟来比捕?"阎婆告道:"相公,谁不知道他叫做孝义黑三郎?这执凭是个假的。只是相公做主则个。"知县道:"胡说!前官手里押的印信公文,如何是假的?"阎婆在厅下叫屈叫苦,哽哽咽咽地假哭,告相公道:"人命大如天。若不肯与老身做主时,只得去州里告状。只是我女儿死得甚苦!"那张三又上厅来替他禀道:"相公不与他行移拿人时,这阎婆上司去告状,倒是利害。详议得本县有弊。倘或来提问时,小吏难去回话。"知县情知有理,只得押了一纸公文,便差朱仝、雷横二都头,当厅发落:"你等可带多人,去宋家村宋大户庄上,搜捉犯人宋江来。"

朱、雷二都头领了公文，便来点起土兵四十余人，迳奔宋家庄上来。宋太公得知，慌忙出来迎接。朱仝、雷横二人说道："太公休怪，我们上司差遣，盖不由已。你的儿子押司，见在何处？"宋太公道："两位都头在上，我这逆子宋江，他和老汉并无干涉。前官手里已告开了他。见告的执凭在此。已与宋江三年多，各户另籍，不同老汉一家过活。亦不曾回庄上来。"朱仝道："然虽如此，我们凭书请客，奉帖勾人，难凭你说不在庄上。你等我们搜一搜看，好去回话。"便叫土兵三四十人，围了庄院。"我自把定前门。雷都头，你先入去搜。"雷横便入进里面，庄前庄后，搜了一遍出来，对朱仝说道："端的不在庄里。"朱仝道："我只是放心不下，雷都头，你和众兄弟把了门，我亲自细细地搜一遍。"宋太公道："老汉是识法度的人，如何敢藏在庄里？"朱仝道："这个是人命的公事，你却嗔怪我们不得。"太公道："都头尊便，自细细地去搜。"朱仝道："雷都头，你监着太公在这里，休教他走动。"朱仝自进庄里，把朴刀倚在壁边，把门来拴了。走入佛堂内，去把供床拖在一边，揭起那片地板来。板底下有条索头。将索子头只一拽，铜铃一声响，宋江从地窨子里钻将出来。见了朱仝，吃那一惊。朱仝道："公明哥哥，休怪小弟今来捉你。闲常时和你最好，有的事都不相瞒。一日酒中，兄长曾说道：'我家佛座底下有个地窨子，上面放着三世佛。佛堂内有片地板盖着，上面设着供床。你有些紧急之事，可来那里躲避。'小弟那时听说，记在心里。今日本县知县差我和雷横两个来时，无奈何要瞒生人眼目。相公也有觑兄长之心。只是被张三和这婆子在厅上发言发语，道本县不做主时，定要在州里告状。因此上又差我两个来搜你庄上。我只怕雷横执着，不会周全人，倘或见了兄长，没个做圆活处。因此小弟赚他在庄前，一迳自来和兄长说话。此地虽好，也不是安身之处。倘或有人知得，来这里搜着，如之奈何？"宋江道："我也自这般寻思。若不是贤兄如此周全，宋江定遭缧绁之厄。"朱仝道："休如此说！兄长却投何处去好？"宋江道："小可寻思，有三个安身之处。一是沧州横海郡小旋风柴进庄上。二乃是青州清风寨小李广花荣处。三者是白虎山孔太公庄上。他有两个孩儿，长男叫做毛头星孔明，次子叫做独火星孔亮，多曾来县里相会。那三处在这里踌躇未定，不知投何处去好？"朱仝道："兄长可以作急寻思,当行即行。今晚便可动身,勿请迟延自误。"宋江道:"上下官司之事,全望兄长维持。金帛使用,只顾来取。"朱仝道:"这事放心,都在我身上。兄长只顾安排去路。"宋江谢了朱仝,再入地窨子去。朱仝依旧把地板盖上,还将供床压了。开门拿朴刀出来,说道:"真个没在庄里。"叫道:"雷都头,我们只拿了宋太公去如何?"雷横见说要拿宋太公去,寻思:"朱仝那人和宋江最好,他怎地颠倒要拿宋太公?这话一定是反说。他若再提起,我落得做人情。"朱仝、雷横叫拢土兵,都入草堂上来。宋太公慌忙置酒管待众人。朱仝道:"休要安排酒食,且请太公和四郎同到本县里走一遭。"雷横道:"四郎如何不见?"宋太公道:"老汉使他去近村打些农器,不在庄里。宋江那厮,自三年已前,把这逆子告出了户。见有一纸执凭公文,在此存照。"朱仝道:"如何说得过?我两个奉着知县台旨,叫拿你父子二人,自去县里回话。"雷横道:"朱都头,你听我说。宋押司他犯罪过,其中必有缘故。杀了这个婆娘,也未便该死罪。既然太公已有执凭公文,系是印信官文书,又不是假的。我们看宋押司日前交往之面,权且担负他些个。只抄了执凭去回话便了。"朱仝寻思道:"我自反说,要他不疑。"朱仝道:"既然兄弟这般说了,我没来由做甚么恶人。"宋太公谢了道:"深感二位都头相觑。"随即排下酒食,犒赏众人。将出二十两银子,送与两位都头。朱仝、雷横坚执不受,把来散与众人。四十个土兵分了。抄了一张执凭公文,相别了宋太公,离了宋家村。朱、雷二位都头,自引了一行人回县去了。

县里知县正值升厅,见朱仝、雷横回来了,便问缘由。两个禀道:"庄前庄后,四围村坊,搜遍了二次,其实没这个人。宋太公卧病在床,不能动止,早晚临危。宋清已自前月出外未回。因此只把执凭抄白在此。"知县道:"既然如此。"一面申呈本府,一面动了一纸海捕文书,不在话下。

县里有那一等和宋江好的相交之人,都替宋江去张三处说开。那张三也耐不过众人面皮,因此也只得罢了。朱仝自凑些钱物把与阎婆,教不要去州里告状。这婆子也得了些钱物,没奈何只得依允了。朱仝又将若干银两,教人上州里去使用,文书不要驳将下来。又得知县一力主张,出一千贯赏钱,行移开了一个海捕文书。只把唐牛儿问做成个故纵凶身在逃,脊杖二

十,刺配五百里外。干连的人,尽数保放宁家。(第二十二回)

我们所讲的宋江这四个方面的性格特征都是儒家文化的特点,是儒家道德所倡导的标准和准则。因此我们说在宋江这个人物身上体现得最多或者最基本、最核心的特征是儒家文化。当然,在他身上也有着江湖豪侠、绿林首领,甚至带有市民文化的某些特征,因此这个人物才是丰富而复杂的,也是中国文学史上争议最多的人物之一。

 思考题

1. 宋江身上有哪些儒家文化的特点?
2. 今天应该如何扬弃儒家的道德观和价值观?

# 第八讲
# 《西游记》的"三教合一"思想[①]

## 一、"三教合一"的含义

  《西游记》是一部神魔小说,讲的是西天取经的故事,取的是佛经,那《西游记》里面宣扬的是不是佛教思想?《西游记》里面还有玉皇大帝,讲的是不是道教思想?《西游记》里弘扬正义,修身忠君,有没有儒教呢?实际上《西游记》里面融合了佛、道、儒这三家的思想,所以我们把它叫作"三教合一"。"三教合一"不是《西游记》才有的思想,但是《西游记》确实把"三教合一"这种思想具体化、形象化了。说到三教,佛和道是宗教,儒怎么也成了教呢?儒不是教,可是在中国它相当于宗教,儒教这个词在汉代就有人提,我们不仅叫它儒教,有时候还叫它孔教,因为孔子是儒家思想的创始人。"三教合一"是不是将三教合而为一,取消儒释道,形成一个新的教?不是,所谓"三教合一"实际上是指这三教在思想上互相融通,在实际功能方面要达到互相尊重、包容、交流,实现彼此互为犄角。从思想体系上来说的互为犄角,就是你有你的作用,我有我的作用,共同实现整个社会的和谐,这就是"三教合一"的含义。

---

[①] 本文所引《西游记》原文非特别说明均出自陈宏、杨波校点的《李卓吾批评本西游记》,岳麓书社 2006 年版,本书只标明回次。

## 二、"三教合一"在小说中的表现

### （一）从主要人物形象看"三教合一"思想

小说中的主要人物是孙悟空，虽然取经队伍中的师父是唐三藏，但主角是孙悟空，我们就先从孙悟空来看"三教合一"的思想。

首先，从孙悟空的名字和所修之道来看，他就是融合儒释道三家于一体的。孙悟空本来是一天生的石猴，没名没姓，当他找到他的师父菩提祖师的时候，师父自然问他姓什么、叫什么。但他没名没姓，师父想了一下，猢狲不姓猢，那就姓狲吧，可是又没有带犬旁的孙这个姓，那就把犬旁去掉，正好人间也有这个孙，就姓孙吧。既然你入了我门，按照我门里十二个字来排辈，你属于第十代悟字辈，那就叫悟空吧。我们看一下悟空这个法号或者叫道号是属于佛还是属于道呢？那十二个字分别是广、大、智、慧、真、如、性、海、颖、悟、圆、觉，看来佛道确实是相容的，这些字佛道两家都用，但是悟空之名还是属佛教的，因为佛教讲的是智、悟，道教更多的是讲修炼、飞身、长生之术。小说里面写的其他方面像七十二般变化是道教，而悟空这个名字是取自佛教。

孙悟空的名字是佛教的，可是孙悟空学的又是道教的本领。孙悟空一开始就要学长生之术，道教是讲长生的，而他的师父教给他的是什么呢？七十二变，实际上七十二变就是长生术之一。能变化，会飞行，能在短时间内跨越时空，生命与别人比起来被大大地延长了。悟空有了这些上天入地的本领，才能勾销生死簿上自己的名字，才能不生不死获得真正的长生，他学的就是道教的道术。他师父菩提祖师讲的是什么？小说里面有一段具体的描写，说孙悟空特别聪明，别人在师父这儿修炼了好多年什么都没学来，而他很快就学了很多本领。他听师父讲课，听得高兴，喜得抓耳挠腮，坐立不住，高兴得手舞足蹈。他师父讲的是："妙演三乘教，精微万法全，说一会道，讲一会禅，三家配合本如然。"（第二回）三乘指的是声闻乘、缘觉乘和菩萨乘，是佛教；万法就不好说哪一教了，可能包含各种宗教和思想；一会儿讲道，一会儿讲禅。具体讲的什么没说，可是却说"三家配合本如然"，显然师父讲的是三教，孙悟空修的也是儒释道三教。

第八讲 《西游记》的"三教合一"思想

悟彻菩提真妙理　断魔归本合元神

　　再看孙悟空师父的名字，叫须菩提祖师，又叫菩提老祖，须菩提是释迦牟尼的弟子，另外菩提又是佛在菩提树下顿悟的地方，所以菩提就是佛，而老祖和祖师是道教对其先师的一种称呼方法，有的时候专门指称老子。有的时候其他的一些名师也叫老祖、祖师，比如陈抟老祖，吕洞宾叫纯阳老祖。把菩提和老祖合到一起，并且在那里养育人才，这不就是"三教合一"么？我们再看菩提老祖住的地方叫灵台方寸山，斜月三星洞，灵台是哪里？灵台也叫灵府，就是心，方寸也是心，俗语说方寸之间、方寸乱了，所以灵台方寸山就是心。斜月像一钩，三星像三个点，里面一点，两边两点，这也是一个心字。所以灵台方寸山、斜月三星洞都是指心。心是什么意思？心学的意思，就是陆王心学，是儒学发展到南宋时期形成的一个新的学派，在明代以后形成了一股很大的势力，对明代的文学影响非常大，心学也就是儒学。所以，从孙悟空学艺修道，包括他的名字、他的老师和他学艺的地方，这都是"三教合一"的一种隐喻，都能看出"三教合一"的思想来。

其次,从孙悟空、沙和尚、猪八戒,包括白龙马的人生经历来看,他们都经历了由道入佛的过程,但这个过程中,并没有离开道。孙悟空修的是道家的本领,他回到花果山之后归道教的最高神玉皇大帝管,并且来自佛教的阎王也管得着他,派两个小鬼把孙悟空给拘去了,一般的人魂灵被阎王拿走之后是回不来的,孙悟空有本事能勾销生死簿上自己的名字,还能自己回来,最后他又在玉帝那里受封为弼马温、齐天大圣。等到他皈依佛门之后,道家的那些本领保护着他,使他在佛家的弟子里面成了一个了不起的人物,他的法力实际上是道家给的。再说猪八戒,本是天蓬元帅出身,掌管着玉帝天河里的水兵,因调戏嫦娥被贬下凡间,错投猪胎长成那个样子。在取经的过程中,他也出家做了和尚了,他原来的那些功夫当然也还保留着,他也能变化、飞行。沙和尚原来是卷帘大将,因为在蟠桃会上打破了玻璃盏,这玻璃盏应该是比较珍贵的玻璃,所以被判罚下天庭。白龙马原来是龙,可是它也皈依了佛门。实际上唐僧又何尝是一个纯粹的僧人呢?唐僧虽然是从小出家,但他从小也接受儒教的训练和熏陶的。同时,唐僧西天取经还带着非常神圣的使命,他是唐王李世民派往西天的,这个使命就是保唐王江山永固。取经队伍主要的人物,他们的身份都是双重甚至多重的,他们取经的使命本身就带着儒家文化的特点,既然要保唐王江山永固,那就要为主尽忠。出发之前,唐僧就在李世民面前许下诺言,发誓说:"贫僧有何德何能,敢蒙天恩眷顾如此?我这一去,定要捐躯努力,直至西天。如不到西天,不得真经,即死也不敢回国,永堕沉沦地狱。"(第十二回)这个誓言发得太大了,出家人应该六根清净不问世事,结果他却是积极入世,而师徒几个人在西天取经的过程中一路降妖除怪,做了很多好事,都是路见不平、拔刀相助的义举,哪一件是出家人该干的事情呢?他们都没有跳出世俗的圈子。

第三,孙悟空等主要人物在言语、行为上表现出来的价值观、道德观都是儒家的观念。小说里面写的这些人物,不仅在他们出身经历方面体现了三教,他们的言语行动也处处体现了三教。孙悟空有一次居然背了《礼记·大学》中的一句话:"古人云:德者本也,财者末也。"①有一次唐僧遇到了一伙强盗,强盗逼着他要

教学视频

---

① 朱熹注:《大学章句》,《四书五经》本,中国书店 2015 年版,第 6 页。

钱,唐僧说我没钱但我那徒弟有钱。孙悟空就将计就计变个小和尚,背着一个大包袱,看起来可能装着很多钱。强盗问了,说你那里有钱么,孙悟空说没钱,就一点点,有多少呢?马蹄金二十来锭,粉面银二三十锭,散碎银子数不过来。这群强盗一听这么多钱,他们自然就动心了。孙悟空说我只要师父不要钱,只要你们不打我师父,这个钱你们随便拿。这些强盗就奇怪了,说你这个小和尚怎么这么不珍惜钱财啊,我们为钱要豁出命去的,然后孙悟空就说了这句话:"古人云:德者本也,财者末也。"他是和尚讲的是儒家的道理。猪八戒在比丘国也对唐僧讲过儒家的道理:常言道,君叫臣死,臣不得不死。父叫子亡,子不得不亡。在小说里面,通过这些人物我们发现"三教合一"思想是体现在每个人身上的。

### (二)从佛道的合作上看"三教合一"

佛道合作的最成功的范例就是共同镇压孙悟空。孙悟空大闹天宫的时候,先是被二郎神给捉住了,可是能捉住他却杀不死他,最后还是请来了如来将他镇压在五行山下,这样孙悟空才老实了。这是一次非常完美的合作,最后孙悟空又皈依佛门。第二次合作就是取经路上佛道两家的合作。这个合作首先是保护唐僧的,孙悟空、沙和尚、猪八戒保护唐僧,这是明的;暗中还有一支特别部队,这支特别部队由佛道两家的护法神构成。作为唐僧的保镖,包括六丁六甲、五方揭谛、四值功曹、一十八位护驾伽蓝。六丁六甲和四值功曹是道教的护法神,五方揭谛和一十八位护驾伽蓝是佛教的护法神,他们联合在一起,在暗中保护着唐僧,上边的领导是观音菩萨。他们这一次合作当然很成功,悟空忙的时候来不及照顾师父,这些人就代替他保护着唐僧。那么儒道两家合作的基础是什么呢?我们只从小说这里讲,如来镇压了孙悟空之后,玉帝要请客感谢,于是就把自己所统辖的那些神一个一个的全都请来了,大宴佛祖表示感谢。众人就说佛祖你给我们这次盛会起个名字吧,佛祖说那就叫安天大会吧。这个名字是什么意思?安天就是天下安定的意思,把这猴子压在山下,天下就太平了,所以这个会就是庆祝天下太平的大会,叫安天大会。那么"天下太平"可不仅仅是佛道两家追求的理想,儒家也追求这样的理想社会。在中国的文献中最早出现"天下太平"这四个字的是《吕氏春秋》,接下来在道教的《太平经》里面又出现了"天下太平",宋代以后中国的知识分子更是讲"天下太平",这个词出现的频率就更高,所以安天大会本身就说明佛和道两家的这种合作是有共同的思想基础的,这个基础是什么?就是追求天下太平、和谐向善,也就是《礼记·大同》中的小康大同理想。

小说中从孙悟空被捉,到被压在五行山下,再到"安天大会"的"胜利"召开,就是一个三教合作的成功范例,且看小说中的描写:

话表齐天大圣被众天兵押去斩妖台下,绑在降妖柱上,刀砍斧剁,枪刺剑刳,莫想伤及其身。南斗星奋令大部众神,放火煨烧,亦不能烧着,又着雷部众神,以雷屑钉打,越发不能伤损一毫。那大力鬼王与众启奏道:"万岁,这大圣不知是何处学得这护身之法,臣等用刀砍斧剁,雷打火烧,一毫不能伤损,却如之何?"玉帝闻言道:"这厮这等妖力,如何处治?"太上老君即奏道:"那猴吃了蟠桃,饮了御酒,又盗了仙丹。我那五壶丹,有生有熟,被他都吃在肚里,运用三昧火,煅成一块,所以浑做金钢之躯,急不能伤。不若与老道领去,放在八卦炉中,以文武火煅炼。炼出我的丹来,他身自为灰烬矣。"玉帝闻言,即教六丁、六甲,将他解下,付与老君,老君领旨去讫。一壁厢宣二郎显圣,赏赐金花百朵,御酒百瓶,还丹百粒,异宝明珠,锦绣等件,教与义兄弟分享。真君谢恩,回灌江口不题。

那老君到兜率宫,将大圣解去绳索,放了穿琵琶骨之器,推入八卦炉中,命看炉的道人,架火的童子,将火扇起煅炼。原来那炉是乾、坎、艮、震、巽、离、坤、兑八卦。他即将身钻在"巽宫"位下,巽乃风也,有风则无火,只是风搅得烟来,把一双眼熰红了,弄做个老害眼病,故唤作"火眼金睛"。

真个光阴迅速,不觉七七四十九日,老君的火候俱全。忽一日,开炉取丹,那大圣双手侮着眼,正自搓揉流涕,只听得炉头声响,猛睁眼看见光明,他就忍不住将身一纵,跳出丹炉,忽喇的一声,蹬倒八卦炉,往外就走。慌得那架火、看炉,与丁甲一班人来扯,被他一个个都放倒,好似癫痫的白额虎,风狂的独角龙。老君赶上抓一把,被他一捽,捽了个倒栽葱,脱身走了。即去耳中掣出如意棒,迎风幌一幌,碗来粗细,依然拿在手中,不分好歹,却又大乱天宫,打得那九曜星闭门闭户,四天王无影无形。好猴精!有诗为证。

诗曰:

## 第八讲 《西游记》的"三教合一"思想

混元体正合先天,万劫千番只自然。
渺渺无为浑太乙,如如不动号初玄。
炉中久炼非铅汞,物外长生是本仙。
变化无穷还变化,三皈五戒总休言。

又诗:

一点灵光彻太虚,那条拄杖亦如之。
或长或短随人用,横竖横排任卷舒。

又诗:

猿猴道体配人心,心即猿猴意思深。
大圣齐天非假论,官封弼马岂知音?
马猿合作心和意,紧缚拴牢莫外寻。
万相归真从一理,如来同契住双林。

这一番,猴王不分上下,使铁棒东打西敌,更无一人可挡,只打到通明殿里,灵霄殿外。幸有佑圣真君的佐使王灵官直殿。他见大圣纵横,掣金鞭近前挡住道:"泼猴何往!有吾在此,切莫猖狂。"这大圣不由分说,举棒就打,那灵官鞭起相迎。两个在灵霄殿前厮浑一处。好杀:

赤胆忠良名誉大,欺天诳上声名坏。一低一好幸相持,豪杰英雄同赌赛。铁棒凶,金鞭快,正直无私怎忍耐。这个是太乙雷声应化尊,那个是齐天大圣猿猴怪。金鞭铁棒两家能,都是神宫仙器械。今日在灵霄宝殿弄威风,各展雄才真可爱。一个欺心要夺斗牛官,一个竭力匡扶元圣界。苦争不让显神通,鞭棒往来无胜败。

他两个斗在一处，胜败未分，早有佑圣真君，又差将佐发文到雷府，调三十六员雷将齐来，把大圣围在垓心，各骋凶恶鏖战。那大圣全无一毫惧色，使一条如意棒，左遮右挡，后架前迎。一时，见那众雷将的刀枪剑戟、鞭简挝锤、钺斧金瓜、旄镰月铲，来的甚紧，他即摇身一变，变做三头六臂，把如意棒幌一幌，变作三条，六只手使开三条棒，好便似纺车儿一般，滴流流，在那垓心里飞舞，众雷神莫能相近。真个是：

圆陀陀，光灼灼，亘古常存人怎学。入火不能焚，入水何曾溺？光明一颗摩尼珠，剑戟刀枪伤不着。也能善，也能恶，眼前善恶凭他作。善时成佛与成仙，恶处披毛并带角。无穷变化闹天宫，雷将神兵不可捉。

当时众神把大圣攒在一处，却不能近身，乱嚷乱斗，早惊动玉帝。遂传旨着游弈灵官同翊圣真君上西方请佛老降伏。那二圣得了旨，径到灵山胜境、雷音宝刹之前，对四金刚、八菩萨礼毕，即烦转达。众神随至宝莲台下启知如来，君请二圣礼佛三匝，侍立台下，如来问："玉帝何事，烦二圣下凡？"二圣即启道："向时花果山产一猴，在那里弄神通，聚众猴搅乱世界。玉帝降招安旨，封为'弼马温'，他嫌官小反去，当遣李天王、哪吒太子擒拿未获。复招安他，封做'齐天大圣'，先有官无禄，着他待管蟠桃园，他即偷桃；又走至瑶池，偷肴、偷酒搅乱大会，仗酒又暗入兜率宫，偷老君仙丹，反出天宫。玉帝复遣十万天兵，亦不能收伏，后观世音举二郎真君同他义兄弟追杀，他变化多端，亏老君抛金钢琢打重，二郎方得拿住。解赴御前，即命斩之。刀砍斧剁，火烧雷打，俱不能伤，老君准奏领去，以火煅炼。四十九日开鼎，他却又跳出八卦炉，打退天丁，径入通明殿里，灵霄殿外；被佑圣真君的佐使王灵官挡住苦战，又调三十六员雷将，把他困在垓心，终不能相近。事在紧急，因此，玉帝特请如来救驾。"如来闻说，即对众菩萨道："汝等在此稳坐法堂，休得乱了禅位，待我炼魔救驾去来。"

如来即唤阿傩、迦叶二尊者相随，离了雷音，径至灵霄门外。忽听得喊声振耳，乃三十六员雷将围困着大圣哩，佛祖传法旨："教雷将停息干戈，放开营所,叫那大圣出来,等我问他有何法力。"众将果退。大圣也收了法象,现出原身近前,怒气昂昂,厉声高叫道:"你是那方善士,敢来止住刀兵问我?"如来笑道"我是西方极乐世界释迦牟尼尊者,南无阿弥陀佛。今闻你猖狂村野,屡反天宫,不知是何方生长,何年得道,为何这等暴横?"大圣道:"我本:

  天地生成灵混仙,花果山中一老猿。
  水帘洞里为家业,拜友寻师悟太玄。
  炼就长生多少法,学来变化广无边。
  因在凡间嫌地窄,立心端要住瑶天。
  灵霄宝殿非他久,历代人王有分传。
  强者为尊该让我,英雄只此敢争先。"

佛祖听言,呵呵冷笑道:"你那厮乃是个猴子成精,怎敢欺心,要夺玉皇上帝尊位。他自幼修持,苦历过一千七百五十劫。每劫该十二万九千六百年。你算他该多少年数,方能享受此无极大道,你那个初世为人的畜生,如何出此大言?不当人子,不当人子!折了你的寿算,趁早皈依,切莫胡说,但恐遭了毒手,性命顷刻而休,可惜了你的本来面目!"大圣道:"他虽年劫修长,也不应久占在此。常言道:'皇帝轮流做,明年到我家。'只教他搬出去,将天宫让与我便罢了,若还不让,定要搅乱,未能清平!"佛祖道:"你除了生长变化之法,再有何能,敢占天宫胜境?"大圣道:"我的手段多哩!我有七十二般变化,万劫不老长生。会驾筋斗云,一纵十万八千里,如何坐不得天位?"佛祖道:"我与你打个赌赛:你若有本事,一筋斗打出我这右手掌中,算你赢,再不用动刀兵苦争战,就请玉帝到西方居住,把天宫让你,若不能打出手掌,你还下界为妖,再修几劫,却来争吵。"

那大圣闻言,暗笑道:"这如来十分好呆!我老孙一筋斗去十万八千里,他那手掌,方圆不满一尺,如何跳不出去?"急发声道:"既如此说,你可做得主张?"佛祖道:"做得,做得!"伸开右手,却似个荷叶大小。那大圣收了如意棒,抖擞神威,将身一纵,站在佛祖手心里,却道声:"我出去也。"你看他一路云光,无影无形去了。佛祖慧眼观看,见那猴王风车子一般相似不住,只管前进。大圣行时,忽见有五根肉红柱子,撑着一股青气,他道:"此间乃尽头路了,这番回去,如来作证,灵霄殿定是我坐也。"又思量说:"且住,等我留下些记号,方好与如来说话。"拔下一根毫毛,吹口仙气,叫"变!"变作一管浓墨双毫笔,在那中间柱子上写一行大字云:"齐天大圣到此一游。"写毕,收了毫毛。又不庄尊,却在第一根柱子根下撒了一泡猴尿。翻转筋斗云,径回本处,站在如来掌内道:"我已去,今来了,你教玉帝让天宫与我。"如来骂道:"我把你这个尿精猴子!你正好不曾离了我掌哩!"大圣道:"你是不知。我去到天尽头,见五根肉红柱,撑着一股青气,我留个记在那里,你敢和我同去看么?"如来道:"不消去,你只自低头看看。"那大圣睁圆火眼金睛,低头看时,原来佛祖右手中指写着"齐天大圣,到此一游。"大指丫里,还有些猴尿臊气。大圣大吃了一惊道:"有这等事,有这等事!我将此字写在撑天柱子上,如何却在他手指上?莫非有个未卜先知的法术?我决不信,不信!等我再去来。"

好大圣,急纵身又要跳出,被佛祖翻掌一扑,把这猴王推出西天门外,将五指化作金、木、水、火、土五座联山,唤名"五行山",轻轻的把他压住。众雷神与阿傩、迦叶,一个个合掌称扬道:"善哉,善哉!"

当年卵化学为人,立志修行果道真。
万劫无移居胜境,一朝有变散精神。
欺天罔上思高位,凌圣偷丹乱大伦。
恶贯满盈今有报,不知何日得翻身。

如来佛祖殄灭了妖猴,即唤阿傩、迦叶同转西方极乐世界。时有天蓬、天佑急出灵霄宝殿道:"请如来少待,我主大驾来也。"佛祖闻言,回首瞻仰。须臾,果见八景鸾舆,九光宝盖,声奏玄歌妙乐,咏哦无量神章,散宝花,喷真香,直至佛前谢曰:"多蒙大法收灭妖邪,望如来少停一日,请诸仙做一会筵奉谢。"如来不敢违悖,即合掌谢道:"老僧承大天尊宣命来此,有何法力?还是天尊与众神洪福,敢劳致谢?"玉帝传旨,即着雷部众神,分头请三清、四御、五老、六司、七元、八极、九曜、十都、千真万圣，来此赴会，同谢佛恩。又命四大天师、九天仙女，大开玉京金阙、太玄宝宫、洞阳玉馆，请如来高坐七宝灵台。调设各班座位，安排龙肝凤髓，玉液蟠桃。

不一时，那玉清元始天尊、上清灵宝天尊、太清道德天尊、五炁真君、五斗星君、三官四圣、九曜真君、左辅、右弼、天王、哪吒、玄虚一应灵通，对对旌旗，双双幡盖，都捧着明珠异宝，寿果奇花。向佛前拜献曰："感如来无量法力，收伏妖猴，蒙大天尊设宴，呼唤我等皆来陈谢。请如来将此会立一名，如何？"如来领众神之托曰："今欲立名，可作个'安天大会'。"各仙老异口同声，俱道："好个'安天大会'，好个'安天大会'！"言讫，各坐座位，走罾传筋，簪花鼓瑟，果好会也。（第七回）

### （三）"三教合一"思想的直接表达

"三教合一"思想的直接表达就是小说的作者直接跳出来，用最直白的语言把"三教合一"的想法说出来，当然了，他不是用自己的口，而是借助小说中人物的口。第四十七回唐僧师徒路过车迟国，车迟国的国王被虎力大仙、鹿力大仙、羊力大仙三个妖怪迷惑了，相信了他们的话，在国内崇道而灭佛。孙悟空把这三个大仙消灭了，把那些被驱逐了的、服苦役的僧人全都召集回来，当着这些被解放了的僧众以及道士、文武大臣的面，孙悟空给国王讲了一个道理：

> 却说那国王倚着龙床，泪如泉涌，只哭到天晚不住。行者上前高呼道："你怎么这等昏乱！见放着那道士的尸骸，一个是虎，一个是鹿，那羊力是一个羚羊。不信时，捞上骨头来看。那里人有那样骷髅？他本是成精的山兽，同心到此害你。因见气数还旺，不敢下手。若再过二年，你气数衰败，他就害了你性命，把你江山一股儿尽属他了。幸我等早来，除妖邪，救了你命。你还哭甚？哭甚！急打发关文，送我出去。"国王闻此，方才省悟。那文武多官俱奏道："死者果然是白鹿、黄虎，油锅里果是羊骨。圣僧之言，不可不听。"国王道："既是这等，感谢圣僧。今日天晚，教太师且请圣僧至智渊寺。明日早朝，大开东阁，教光禄寺安排素净筵宴酬谢。"果送至寺里安歇。

> 次日五更时候，国王设朝，聚集多官，传旨："快出招僧榜文，四门各路张挂。"一壁厢大排筵宴，摆驾出朝，至智渊寺门外，请了三藏等，共入东阁赴宴，不在话下。
>
> 却说那脱命的和尚，闻有招僧榜，个个欣然，都入城来，寻孙大圣交纳毫毛谢恩。这长老散了宴，那国王换了关文，同皇后嫔妃，两班文武，送出朝门。只见那些和尚跪拜道傍，口称："齐天大圣爷爷，我等是沙滩上脱命僧人，闻知爷爷扫除妖孽，救拔我等，又蒙我王出榜招僧，特来交纳毫毛，叩谢天恩。"行者笑道："汝等来了几何？"僧人道："五百名，半个不少。"行者将身一抖，收了毫毛，对君臣僧俗人说道："这些和尚实是老孙放了。车辆是老孙运转双门，穿夹脊，摔碎了。那两个妖道也是老孙打死了。今日灭了妖邪，方知是禅门有道。向后来，再不可胡为乱信，望你把三教归一：也敬僧，也敬道，也养育人才。我保你江山永固。"国王依言，感谢不尽，遂送唐僧出城去讫。（第四十七回）

孙悟空对国王说的"今日灭了妖邪，方知是禅门有道。向后来，再不可胡为乱信，望你把三教归一：也敬僧，也敬道，也养育人才。我保你江山永固。"这是小说最直接的一次表达"三教合一"思想，也是作者借此表明"三教合一"的社会功效，他认为"三教合一"是实现封建社会和谐稳定的基础。

小说中还有一些地方，虽然没有这一次这么干脆利落、直截了当的表达，但也有一些间接的表达。比如唐僧在遇到出家的道士之时，他就说你我都是出家人，虽然我们所在的教不是同门，但是修行是同一个道理，所以彼此应该互相帮助。而孙悟空在遇到难题的时候，今天请僧，明天请道。他也不大顾及我现在已经不是道门中人或是佛门中人了；我是不是先跟自己的教门商量商量。而帮他的那些人，无论是道教系的还是佛教系的从来也不顾及你现在跟我还是不是同属一个门，没有人顾及，所以"三教合一"的共同的基础实际上就是善。

这是我们讲的"三教合一"在小说中的表现，那么为什么小说中会有"三教合一"的思想呢？因为到了明代，"三教合一"已经成了一种社会上的普遍的认识，它实际上是一种流行的社会思潮。

## 三、"三教合一"是当时流行的社会思潮

首先,三教在历史上有交融有对立。三教在历史上不可能一下子就合一,实现彼此尊重、互相借鉴、互相融合,在佛教刚刚传入中土的时候,一部分人为了宣扬佛教,尤其是让人们接受佛教,往往秉持着支持佛教的立场和态度,讲佛教的合理的一面。而讲佛教的合理的一面,有的时候就要从中国本土自有的思想体系出发,以便让民众也认可佛教,于是在南北朝的时候三教就开始并提了。玄言诗的代表诗人孙绰有一篇文章叫《喻道论》,《喻道论》就是专门讨论三教关系的,当然在这篇文章中,宗旨是捍卫佛教,但是他讲的道理却是不贬斥任何一方的。他说:"周孔救极弊,佛教明其本耳,共为首尾,其致不殊。"①意思是说周、孔的儒教是要解决社会问题的,而佛教讲的是本,是世界之本,是礼之本,这二者一个是首,一个是尾,它们的最终目标是没有区别的。在历史上也出现过逆佛的现象,有人反佛。比如唐代韩愈就是反佛的,韩愈称佛为夷狄之教,并且专门写过《谏迎佛骨表》。皇帝要把一个佛舍利从甘肃安置到长安旁边,很多大臣都支持,耗费了很多人力物力,这个时候韩愈就写了篇《谏迎佛骨表》反对这样做,于是皇帝就把他贬作潮州刺史。在历史上,反佛的不仅仅是韩愈这样的文人,还有好几个皇帝也反佛,后来人把这几个反佛的皇帝概括为"三武一宗"。第一武是北魏太武帝拓跋焘,第二武是北周武帝宇文邕,第三个武是唐代武宗李炎,一宗是指的是五代时期的周世宗柴荣,这"三武一宗"都是反佛的。历史上这么多人反佛,包括宋代的很多著名的理学家,像朱熹、石介、孙复都发表过反佛的言论,而实际上反佛并没有阻止佛教的传播,反而使得人们更加考虑如何让佛教在中国流传下去,所以佛教在中国就出现了很多分支、流派。另外,中国本土的思想体系,又不断地吸收佛教有益的东西,北宋时期的理学就是吸收了佛教才形成的,还有中国的玄学思想体系也借鉴了佛教。反佛不仅没有拒绝佛教,反而使得佛教在中国思想体系中更加深入。

---

① 释僧祐:《弘明集》卷三,文渊阁《四库全书》子部十三,台湾商务印书馆 1986 年影印版。

其次,"三教合一"思想逐渐流行。在魏晋南北朝时期就已经有了三教融合的趋势,但是真正的"三教合一"的提出,并且人们在思想意识上普遍形成了这种共识是在元以后。在元代的时候有一个叫刘谧的人,写过一本书叫《三教平心论》,平心论的意思就是公平地对待三教。刘谧认为:"三教之兴,其来尚矣。并行于世,化成天下。以迹议之,而未始不异;以理推之,而未始不同。一而三,三而一,不可得而亲疏焉。"①刘谧说三教的历史都很久了,它们在中国要同时传播,都起到了化成天下的作用。如果从三教各自的发展轨迹也就是外在的形式来看,它们不一样;可是如果从道理上推论,它们又是相同的。它们的关系是一分为三,三合为一,对三教不能有亲疏之别。刘谧的观点是:"儒以正设教,道以尊设教,佛以大设教。观其好生恶杀,则同一仁也。视人犹己,则同一公也。徵(惩)忿窒欲禁过防非,则同一操修也。雷霆众聩,日月群盲,则同一风化也……三教之意无非欲人之归于善耳。"②在他看来,无论儒释道,它们相同的地方都是好生而恶杀,因此在仁这个问题上是一样的。所以说他们有一个共同的核心的价值标准,就是向善,这是三教能合一的核心和根本。在刘谧看来,仁、公、个人的操守,包括教化、风化很多方面,三教都是一样的。既然如此,那么三教就不应该有偏、有废,所以三教是可以合一的,当然刘谧说的合一是彼此尊重、同时存在,而不是偏向某一方。

"三教合一"有两种理解,一种是三教合成一个教,很多人觉得那不可能。所以大家认为"三教合一"主要还是互相尊重、互相融合。实际上到了"三教合一"思潮流行的明代的时候,真有人建了一个"三教合一"的教,这个教就叫"三一教"。"三一教"的创始人叫林兆恩,他是福建莆田人,在嘉靖三十年(1551),他对外宣称遇到了一个名师,这个名师长什么样、叫什么、来自哪里,他都没说,这个名师传给他"三一教",于是他就开始在家乡设坛讲学宣传"三一教"。林兆恩在传播"三一教"之前,曾经多次参加科举,每次的结局都是落第,于是他就把自己生平所学凝练成了一个"三一教"。到了清代初年的时候,这个"三一教"在中国被作为邪教取缔了,但是明末清初的时候,"三一教"传播到了东南亚一带,现在

---

① 刘谧:《三教平心论序》,王云五:《丛书集成初编》,商务印书馆1937年版。
② 刘谧:《三教平心论》,王云五:《丛书集成初编》,商务印书馆1937年版,第1页。

第八讲 《西游记》的"三教合一"思想

在东南亚还有"三一教"的庙宇，当地还有人信奉"三一教"。而在福建，"三一教"也没有被彻底地从民间信仰中铲除。那么我们怎么看这个"三一教"？我们觉得所谓的"三一教"实际上也是"三教合一"的产物，因为"三教合一"，有人自然就想干脆合成一个教算了，它和《西游记》一样都是"三教合一"思潮下形成的一个产品，只不过《西游记》是文学作品，而它是一个民间信仰。"三一教"并非是一个现代的宗教，只是属于民间的信仰，可是民间信仰的作用有的时候是非常大的。当《西游记》这本书广泛流传的时候，很多人就是看着它才知道了诸多佛的名目，还有道教的那些神，当他们到庙宇里面对佛、道偶像顶礼膜拜的时候，恐怕脑海里反映出来的都是玉皇大帝、如来佛祖、观音菩萨这些小说里的人物。因为很多善男信女不识字，也读不懂佛经，可是他们却那么虔诚地信奉佛道。他们的信仰从哪来呢？好多就是从戏文上来的，从小说里来的，也就是说从文学中汲取来的营养。借着《西游记》这个文本，"三教合一"的思想广泛地流传，它找到了一个合适的载体。从历史上看，任何一部文学作品都不是某种思想的传声筒，如果把某部作品作为某种思想的传声筒的话，往往它的价值就流行得不远。因为文学有文学的特征和规律，文学有工具性特征，但不能只将之作为工具。任何思想都很难达到永恒，它都是有局限性的，真理也可能是相对的，何况是某种思想呢？再者，想让一种思想被广大的群众普遍地接受也是很难的，而只有文学可以做到这一点。《西游记》是明代时期的一部作品，到今天几百年了，传播方式多种多样，有戏剧、影视、故事、绘画，广泛流传，影响深远。自然"三教合一"的思想也借着小说潜移默化地进入了中国人的头脑中。

 思考题

1.《西游记》中的"三教合一"思想有哪些表现？
2.谈谈你对"三教合一"的理解。

# 第九讲
# 心学与孙悟空形象

《西游记》里最受欢迎的人物毫无疑问是孙悟空,"西游"故事的主角本来是历史上的玄奘,即《西游记》中的唐僧,但是到了小说里,它的主角变成了孙悟空,这种变化一方面是取经故事不断发展演变的结果,另一方面也是《西游记》作者自己主观意图的体现。也就是说,是吴承恩把孙悟空放到了主角的位置。①同时,小说还把南宋以后出现的心学思想融进了小说里,在孙悟空这个主角身上能够看到心学的影响。那么,什么是心学呢?

## 一、心学及其主要思想

心学又称陆王心学,包括南宋陆九渊创立的陆学和明代王阳明在此基础上进一步发展的王学,因为心学是在宋代理学的基础上发展起来的,是宋代理学的别派,学术界又把理学和心学通称为宋明理学。要讲清楚心学,必须先从理学讲起。

理学,也叫道学、性理之学。北宋周敦颐、张载、邵雍、程颢、程颐是理学的奠基者,被称为"五子",其中以程颢、程颐兄弟的成就和影响最大。南宋朱熹继承北宋理学,主要继承的是"二程"的学说,融会贯通,形成一个严密庞大的理学体

---

① 《西游记》的作者是否为吴承恩,学术界还存在争议,在没有确论之前,暂时采纳通行的观点。

系。理学继承了传统的孔孟儒家思想，同时吸收了佛教和道家的思想、思维方式，发展了汉唐以来形成的儒学，系统地讨论宇宙本原和人类本性等哲学问题，以及世界发展的规律性问题、人类认识真理的方法问题；同时也继承了中国学术思想广博兼容的风格，也讨论道德、教育、政治、社会、文化等问题。总之，理学是哲学化了的儒学。

那么，理学的主要思想是什么呢？因为朱熹是所谓理学的集大成者，所以我们这里主要总结一下朱熹的思想。概括地说，理学的核心就是理或道，理是朱熹所有立论的基本范畴。朱熹的观点是世间万事万物都来自太极，太极是宇宙的本体，而太极就是理，理是客观的存在。没有人和事物时，理也在，理是形成天地万物包括人的本源，所以理也叫天理。与天理相对的是人欲，理学家把天理和人欲对立起来，提出了所谓"存天理，灭人欲"的观点。当然，对人欲的理解有所不同，朱熹就主张欲是正当的需求，人欲是过分的需求。

心学是理学的一个分支，从哲学层面上来看，理学是客观唯心主义，心学是主观唯心主义。与程朱提出的天理说相反，陆九渊提出了"宇宙便是吾心，吾心即是宇宙"的观点，宇宙万物的理都在人心中，心即理。人不需要到外部世界去寻找知识和道理，而是可从自心去认识世界，获取真理。他反对程朱向外求知，因为理在心，所以要向内求知。

到明代的王阳明，心学又进一步发展了。王阳明继承陆九渊的学说，进一步提出天理就是人心的观点，他说"心外无理""心外无物""心外无事"，把陆九渊以来的唯心主义思想系统化了。在道德修养和认识世界方面，王阳明提出了"致良知"这样一个命题。"良知说"是王阳明学说的基本范畴，良知是世界的本体，也就是人心，即天理；因为良知是人心固有的，所以，不用向外去学习，致良知就是把人人都有的良知发挥出来。在良知与人欲的关系方面，王阳明把良知比喻为天日，把人欲比喻为云雾，良知被人欲掩盖了，就像云雾遮盖了蓝天和太阳，需要拨开云雾，清除人欲，王阳明说这叫"破心中贼"。

这一讲的主题是孙悟空与心学，《西游记》里面有心学思想，那么心学思想是怎么表现的呢？

## 二、心学思想在《西游记》中的表现

《西游记》虽然幽默滑稽,是"游戏之作";但是,它又不是纯粹的玩世不恭之作,小说不仅有着较明确的批判现实的意味,同时也在探讨人生的重大问题。黄霖先生说《西游记》是"寓有人生哲理的'游戏之作'","这个哲理就是被明代个性思潮冲击、改造过了的心学"。①这个观点非常准确地表达出了心学与《西游记》的关系。那么,在小说中,心学是怎么表现的呢?当然,主要还是通过孙悟空这个形象表达出来的,这也是本讲的核心,后文将集中讨论。除了孙悟空形象外,小说也不断地从其他角度,用其他方式表达出对心学的理解。

首先是从回目上看,有三十多条有"心"字,其中一半是"心猿"这个词,其余则是"心性""心神""心主""本心",或者一个单字"心"。如第一回"灵根育孕源流出,心性修持大道生";第七回"八卦炉中逃大圣,五行山下定心猿";第三十三回"外道迷真性,元神助本心";等等。这些"心"的含义,并不是单一从佛教的角度来理解的,其本质是来自"三教合一化的心学思想"。②儒释道三教都讲心,因为他们之间有相通之处,所以可以在心学下统一起来。

小说中广泛使用"心猿"这个词,或者指明含义,或者借代孙悟空形象。心猿意马在今天是一个常用的成语,它较早出现在佛教文献《维摩诘经讲经文》中,其中有这样一句话:"卓定深沉莫测量,心猿意马罢颠狂。"唐代赵嘏《四祖寺》诗中也用了"心猿"这个词。全诗是这样的:"千株松下双峰寺,一盏灯前万里身。自为心猿不调伏,祖师元是世间人。"后来心猿意马的词义扩展,用来形容人心意不定、不能自持。心学所说的"求放心""致良知",就是要把被物欲、私欲遮蔽了的"本心"找回来,恢复人先天具有的道德理性,王阳明认为这就是天理。小说中的"心猿"多用来指躁动不安、难以满足的欲求,这是远离本心的人欲,所以需要"定心猿"。

其次,从故事情节设置来看,的确有很多细节可以从心学的角度来解释。我

---

① 袁行霈:《中国文学史》第四卷,北京:高等教育出版社1999年版,第152页。
② 袁行霈:《中国文学史》第四卷,北京:高等教育出版社1999年版,第152页。

们接着上面讲到的"定心猿"来分析一下这个情节设置的心学含义。小说第七回，孙悟空大闹天宫，被二郎神捉住，任凭刀砍斧剁、火烧雷击，都没办法把孙悟空杀死。后来，把他放到太上老君的八卦炉里炼了七七四十九天，不但没把孙悟空烧死，反而使其炼成了火眼金睛。玉帝只好请来如来佛祖，如来佛祖把孙悟空压在五行山下，天下方才安宁。如来佛祖在跟孙悟空斗法之前，有段对话。如来佛祖问孙悟空：你屡次造反天宫，是哪儿来的？什么时候得道成了妖仙？孙悟空报了家门，说：强者为尊该让我，玉帝的位子坐得太久了，皇帝轮流做，明年到我家。如来佛祖冷笑道："你那厮乃是个猴子成精，怎敢欺心，要夺玉皇上帝尊位。他自幼修持，苦历过一千五百五十劫，每劫该十二万九千六百年。你算他该多少年数，方能享受此无极大道，你那个初世为人的畜生，如何出此大言？"（第七回）暂不论孙悟空"强者为尊"观点具有的反封建叛逆精神和进步意义，从如来佛祖的言语中可以发现，他认为孙悟空不具有夺帝位资格的原因是修行不够，如来佛祖特别强调孙悟空夺位的想法是"欺心"。在这里"欺心"是什么意思呢？"欺心"的某种解释是使坏心眼。我们认为不是那么简单。"使坏心眼"的意思是有损他人的坏主意，孙悟空要夺帝位可不是什么坏主意那么简单，而是大逆不道的行为。在这里，欺心应理解为欺瞒本心，孙悟空的欲望太过，遮蔽了本心，所以，如来佛祖只有把他压在五行山下，吃铁丸、喝铜汁。一是不让他有人身自由；二是不让他有饮食自由，让他躁动不安、欲求太过的心先安静下来，这就是小说中讲的"定心猿"。

当然，这种"定"是用外力的作用强制他安定，他的内心是否安定（也就是心学说的真正的回归本心，后来王阳明进一步阐发为"致良知"），还要靠孙悟空自己去修炼，向内转，由修道到修心。孙悟空修心的过程，就是小说中历经九九八十一难的取经之路。

第三，从《李卓吾批评西游记》的评点看《西游记》的心学思想。《西游记》在明代有一个版本题署《李卓吾批评西游记》，李卓吾就是晚明著名的思想家李贽，不过，这个本子的评点者是冒名顶替的，当代学者考证明代署名李卓吾评点的好多小说戏曲都是一个叫叶昼的人做的，包括这部《西游记》。不过，这个叶昼也是一个奇人，很有见识，从他评点的《西游记》《水浒传》等书来看，其思想受心学影响很深，属于王学左派一系。他在《西游记》第十九回回末总评中说这部小说于"游戏之中，暗传密谛"，他说的密谛指的是什么呢？从他具体的评点中可以看出来，主要指的是心学，或者说是指可以用心学解释的佛道理论。

《西游记》第一回描写花果山上诞生石猴的仙石："三丈六尺五寸高，按周天三百六十五度；二丈四尺围圆，按政历二十四气；上有九窍八孔，按九宫八卦。"叶昼有评语："此说心之始也，勿认说猴。"①这块石头的格局规模与自然规律相符合，体现了传统文化中"天人合一"的观念，是采天地灵气和日月精华孕育神猴的母体。按叶昼的观点，这是小说以心为主旨的开始，或者可以理解为这就是一颗心。再结合第一回回目"灵根育孕源流出，心性修持大道生"的含义，灵根是智慧的意思，智慧发自心，大道即宇宙万物的真理，如果从叶昼的"心之始"的说法，从心学的角度理解这两句话，大致可以翻译成：智慧的化身孙悟空从自然中孕育生长出来，修心炼性必将领悟大道，达到至善的境界。还是在第一回，石猴来到西牛贺洲找神仙学长生不老之术，遇到一个樵夫，樵夫指点石猴，说神仙的住处："此山叫做灵台方寸山，山中有座斜月三星洞。"此处叶昼评点道："灵台方寸，心也。一部《西游》，此是宗旨。斜月像一勾，三星像三点，也是心。言学仙不必在远，只在此心。"②这里小说写得清楚，叶昼评得明白。灵台和方寸都是心的别称，斜月、三星是心字的象形，孙悟空在哪里学道？在心，隐喻着孙悟空所谓学道其实就是修心。

灵根育孕源流出　心性修持大道生

---

① 吴承恩：《李卓吾批评本西游记》，岳麓书社2006年版，第2页。
② 吴承恩：《李卓吾批评本西游记》，岳麓书社2006年版，第7页。

## 三、离经叛道的孙悟空

毫无疑问,孙悟空是一个叛逆的形象,他的所作所为基本上都是离经叛道的,也就是说,他的行为是和封建社会主流价值观、道德观、行为习惯以及风俗人情等相悖的,他是一个另类,佛、道、世俗之中的权威们都讨厌他。孙悟空叛道,叛的是封建礼教之道,追求的是自由;孙悟空离经,离的是有字的经,修的是无字的心经。小说里的孙悟空,蔑视权贵,藐视权威,追求自由,张扬个性,倡言平等,完全是王学左派的风格,这是我们对孙悟空离经叛道的理解。孙悟空身上有很多特点可以用心学来解释,有些与孙悟空相关联的情节可以从心学的角度理解。

首先,孙悟空从一开始修道学仙就有很明显的心学寓意,这就是前面叶昼讲过的"灵台方寸山,斜月三星洞"的寓意。

其次,孙悟空大闹天宫的根本原因是由于他"心何足""意未宁"。先看小说中的描写:

> 太白金星领着美猴王,到于灵霄殿外,不等宣诏,直至御前,朝上礼拜。悟空挺身在旁,且不朝礼,但侧耳以听金星启奏。金星奏道:"臣领圣旨,已宣妖仙到了。"玉帝垂帘问曰:"那个是妖仙?"悟空却才躬身答应道:"老孙便是!"仙卿们都大惊失色道:"这个野猴!怎么不拜伏参见,辄敢这等答应道:'老孙便是!'却该死了,该死了!"玉帝传旨道:"那孙悟空乃下界妖仙,初得人身,不知朝礼,且姑恕罪。"众仙卿叫声"谢恩!"猴王却才朝上唱个大喏。玉帝宣文选武选仙卿,看那处少甚官职,着孙悟空去除授。旁边转过武曲星君,启奏道:"天宫里各宫各殿各方各处,都不少官,只是御马监缺个正堂管事。"玉帝传旨道:"就除他做个'弼马温'罢。"众臣叫谢恩,他也只朝上唱个大喏。玉帝又差木德星官送他去御马监到任。
> 
> 当时猴王欢欢喜喜,与木德星官径去到任。事毕,木德星官回宫。他在监里会聚了监丞、监副、典簿、力士,大小官员人等,查明御马监事务,止有天

马千匹。

这猴王查看了文簿,点明了马数。本监中典簿管征备草料,力士官管刷洗马匹、扎草、饮水、煮料,监丞、监副辅佐催办,弼马昼夜不睡,滋养马匹。日间舞弄犹可,夜间看管殷勤,但是马睡的赶起来吃草,走的捉将来靠槽。那些天马见了他,泯耳攒蹄,到养得肉肥膘满。不觉的半月有余,一朝闲暇,众监官都安排酒席,一则与他接风,二则与他贺喜。

正在欢饮之间,猴王忽停杯问曰:"我这'弼马温'是个甚么官衔?"众曰:"官名就是此了。"又问:"此官是个几品?"众道:"没有品从。"猴王道:"没品,想是大之极也。"众道:"不大,不大,只唤做未入流。"猴王道:"怎么叫做未入流?"众道:"末等。这样官儿,最低最小,只可与他看马。似堂尊到任之后,这等殷勤,喂得马肥,只落得道声'好'字,如稍有些尪羸,还要见责,再十分伤损,还要罚赎问罪。"猴王闻此,不觉心头火起,咬牙大怒道:"这般藐视老孙!老孙在那花果山称王称祖,怎么哄我来替他养马?养马者,乃后生小辈下贱之役,岂是待我的?不做他,不做他!我将去也!"忽喇的一声,把公案推倒,耳中取出宝贝,幌一幌,碗来粗细,一路解数,直打出御马监,径至南天门。众天丁知他受了仙箓,乃是个弼马温,不敢阻当,让他打出天门去了。

须臾,按落云头,回至花果山上。只见那四健将与各洞妖王,在那里操演兵卒。这猴王厉声高叫道"小的们,老孙来了!"一群猴都来叩头,迎接进洞天深处,请猴王高登宝位,一壁厢办酒接风,都道:"恭喜大王,上界去十数年,想必得意荣归也。"猴王道:"我才半月有余,那里有十数年?"众猴道:"大王,你在天上不觉时辰。天上一日,就是下界一年哩。请问大王,官居何职?"猴王摇手道:"不好说,不好说!活活的羞杀人!那玉帝不会用人,他见老孙这般模样,封我做个甚么'弼马温',原来是与他养马,未入流品之类。我初到任时不知,只在御马监中顽耍。只今日问我同寮,始知是这等卑贱。老孙心中大恼,推倒席面,不受官衔,因此走下来了。"众猴道:"来得好,来得好!大王在这福地洞天之处为王,多少尊重快乐,怎么肯去与他做马夫?"教:"小的们,快办酒来,与大王释闷。"正饮酒欢会间,有人来报道:"大王,门外有两个独角鬼王,要见大王。"猴王道:"教他进来。"那鬼王整衣跑入洞中,倒身下拜。美猴王问他:"你见我何干?"鬼王道:"久闻大王招贤,无由得见,今见大王授了天箓,得意荣归,特献赭黄袍一件,与大王称庆。肯不弃鄙贱,收纳小人,亦得效犬马之劳。"猴王大喜,将赭黄袍穿起,众等忻然,排班朝拜,即将鬼王封为前部总督先锋。鬼王谢恩毕,复启道:"大王在天许久,所授何职?"猴王道:"玉帝轻贤,封我做个甚么'弼马温'!"鬼王听言,又奏道:"大王有此神通,如何与他养马?就做个'齐天大圣',有何不可?"猴王闻说欢喜不胜,连道几个"好!好!好!"教四健将:"就替我快置个旌旗,旗上写'齐天大圣'四大字,立竿张挂。自此以后,只称我为齐天大圣,不许再称大王,亦可传与各洞妖王,一体知悉。"此不在话下。

却说那玉帝次日设朝,只见张天师引御马监监丞、监副在丹墀下拜奏道:"万岁,新任弼马温孙悟空,因嫌官小,昨日反下天宫去了。"正说间,又见南天门外增长天王领众天丁亦奏道:"弼马温不知何故,走出天门去了。"玉帝闻言,即传旨:"着两路神元各归本职,朕遣天兵擒拿此怪。"班部中闪上托塔李天王与哪吒三太子,越班奏上道:"万岁,微臣不才,请旨降此妖怪。"玉帝大喜,即封托塔天王李靖为降魔大元帅,哪吒三太子为三坛海会大神,即刻兴师下界。

李天王与哪吒叩头谢辞,径至本宫,点起三军,帅众头目,着巨灵神为先锋,鱼肚将掠后,药叉将催兵。一霎时出南天门外,径来到花果山,选平阳处安了营寨,传令教巨灵神挑战。巨灵神得令,结束整齐,轮着宣花斧,到了水帘洞外。只见那洞门外,许多妖魔,都是些狼虫虎豹之类,丫丫叉叉,轮枪舞剑,在那里跳斗咆哮。这巨灵神喝道:"那业畜!快早去报与弼马温知道,吾乃上天大将,奉玉帝旨意到此收伏,教他早早出来受降,免致汝等皆伤残也。"那些怪奔奔波波,传报洞中道:"祸事了,祸事了!"猴王问:"有甚祸事?"众妖道:"门外有一员天将,口称大圣官衔,道:奉玉帝圣旨,来此收伏,教早早出去受降,免伤我等性命。"猴王听说,教:"取我披挂来。"就戴上紫金冠,贯上黄金甲,登上步云鞋,手执如意金箍棒,领众出门,摆开阵势。

巨灵神厉声高叫道:"那泼猴!你认得我么?"大圣听言,急问道:"你是那路毛神?老孙不曾会你,你快报名来。"巨灵神道:"我把你那欺心的猢狲!

你是认不得我,我乃高上神霄托塔李天王部下先锋巨灵天将!今奉玉帝圣旨,到此收降你。你快卸下装束,归顺天恩,免得这满山诸畜遭诛。若道半个'不'字,教你顷刻化为齑粉!"猴王听说,心中大怒道:"泼毛神!休夸大口,少弄长舌。我本待一棒打死你,恐无人去报信。且留你性命,快早回天,对玉皇说,他甚不用贤,老孙有无穷的本事,为何教我替他养马?你看我这旌旗上字号,若依此字号升官,我就不动刀兵,自然的天地清泰。如若不依时间,就打上灵霄宝殿,教他龙床定坐不成!"这巨灵神闻此言,急睁睛迎风观看,果见门外竖一高竿,竿上有旌旗一面,上写着"齐天大圣"四大字。巨灵神冷笑三声道:"这泼猴,这等不知人事,辄敢无状!你就要做齐天大圣,好好的吃吾一斧!"劈头就砍将去,那猴王正是会家不忙,将金箍棒应手相迎。

巨灵神抵敌他不住,被猴王劈头一棒,慌忙将斧架隔,"扢扠"的一声,把个斧柄打做两截,急撤身败阵逃生。猴王笑道:"脓包,脓包!我已饶了你,你快去报信,快去报信!"巨灵神回至营门,径见托塔天王,忙哈哈下跪下道:"弼马温果是神通广大!末将战他不过,败阵回来请罪。"李天王发怒道:"这厮挫我锐气,推出斩之!"旁边闪出哪吒太子,拜告:"父王息怒,且恕巨灵之罪,待孩儿出师一遭,便知深浅。"天王听谏,且教回营待罪管事。

这哪吒太子,甲胄齐整,跳出营盘,撞至水帘洞外。那孙悟空正来收兵,见哪吒来的勇猛。悟空迎近前来问曰:"你是谁家小哥?闯近吾门,有何事干?"哪吒喝道:"泼妖猴!岂不认得我?我乃托塔父王三太子哪吒是也。今奉玉帝钦差,至此捉你。"悟空笑道:"小太子,你的奶牙尚未退,胎毛尚未干,怎敢说这般大话?我且留你的性命不打你,你只看我旌旗上是甚么字号,拜上玉帝,是这般官衔,再也不须动众,我自皈依,若是不遂我心,定要打上灵霄宝殿。"哪吒抬头看处,乃"齐天大圣"四字。哪吒道:"这妖猴能有多大神通,就敢称此名号。不要怕,吃吾一剑!"悟空道:"我只站下不动,任你砍几剑罢。"那哪吒奋怒,大喝一声,叫:"变!"即变做三头六臂,恶狠狠,手持着六般兵器,乃是斩妖剑、砍妖刀、缚妖索、降妖杵、绣球儿、火轮儿,丫丫叉叉,扑面来打。悟空见了,心惊道:"这小哥倒也会弄些手段。莫无礼,看我神通。"

好大圣,喝声"变"也变做三头六臂;把金箍棒幌一幌,也变作三条,六只手拿着三条棒架住。这场斗,真是个地动山摇。

三太子与悟空各骋神威,斗了个三十回合。那太子六般兵器变做千千万万,孙悟空金箍棒变做万万千千,半空中似雨点流星,不分胜负。原来悟空手疾眼快,正在那混乱之时,他拔下一根毫毛,叫声:"变!"就变做他的本相,手挺着棒,演着哪吒。他的真身却一纵,赶至哪吒脑后,着左膊上一棒打来。哪吒正使法间,听得棒头风响,急躲间时,不能措手,被他着了一下,负痛逃走,收了法,把六件兵器,依旧归身,败阵而回。

那阵上李天王早已看见,急欲提兵助战。不觉太子倏至面前,战兢兢报道:"父王!弼马温真个有本事。孩儿这般法力,也战他不过,已被他打伤膊也。"天王大惊失色道:"这厮恁的神通,如何取胜?"太子道:"他洞门外竖一竿旗,上写'齐天大圣'四字,亲口夸称,教玉帝就封他做齐天大圣,万事俱休,若还不是此号,定要打上灵霄宝殿哩!"天王道:"既然如此,且不要与他相持,且去上界,将此言回奏,再多遣天兵,围捉这厮,未为迟也。"太子负痛,不能复战,故同天王回天启奏不题。

你看那猴王得胜归山,那七十二洞妖王与那六弟兄,俱来贺喜。在洞天福地,饮乐无比。他却对六弟兄说:"小弟既称齐天大圣,你们亦可以大圣称之。"内有牛魔王忽然高声叫道:"贤弟言之有理,我即称做个平天大圣。"蛟魔王道:"我称做覆海大圣。"鹏魔王道:"我称混天大圣。"狮驼王道:"我称移山大圣。"猕猴王道:"我称通风大圣。"猢狲王道:"我称驱神大圣。"此时七大圣自作自为,自称自号,耍乐一日,各散讫。

却说那李天王与三太子领着众将,直至灵霄宝殿,启奏道:"臣等奉圣旨出师下界,收伏妖仙孙悟空,不则他神通广大,不能取胜,仍望万岁添兵剿除。"玉帝道:"谅一妖猴,有多少本事,还要添兵?"太子又近前奏道:"望万岁赦臣死罪!那妖猴使一条铁棒,先败了巨灵神,又打伤臣臂膊。洞门外立一竿旗,上书'齐天大圣'四字,道是封他这官职,即便休兵来投,若不是此官,还要打上灵霄宝殿也。"玉帝闻言,惊讶道:"何敢这般狂妄!着众将即刻诛之。"正说间,班部中又闪出太白金星,奏道:"那妖猴只知出言,不知大小。

欲加兵与他争斗，想一时不能收伏，反又劳师，不若万岁大舍恩慈，还降招安旨意，就教他做个齐天大圣。只是加他个空衔，有官无禄便了。"玉帝道："怎么唤做有官无禄？"金星道："名是齐天大圣，只不与他事管，不与他俸禄，且养在天壤之间，收他的邪心，使不生狂妄，庶乾坤安靖，海宇得清宁也。"玉帝闻言道："依卿所奏。"即命降了诏书，仍着金星领去。

　　金星复出南天门，直至花果山水帘洞外观看。这番比前不同，威风凛凛，杀气森森，各样妖精，无般不有，一个个都执剑拈枪，拿刀弄杖的在那里咆哮跳跃。一见金星，皆上前动手。金星道："那众头目来，累你去报你大圣知之。吾乃上帝遣来天使，有圣旨在此请他。"众妖即跑入报道："外面有一老者，他说是上界天使，有旨意请你。"悟空道："来得好，来得好！想是前番来的那太白金星。那次请我上界，虽是官爵不堪，却也天上走了一次，认得那天门内外之路。今番又来，定有好意。"教众头目大开旗鼓，摆队迎接。大圣即带引群猴，顶冠贯甲，甲上罩了赭黄袍，足踏云履，急出洞门，躬身施礼，高叫道："老星请进，恕我失迎之罪。"金星趋步向前，径入洞内，面南立着道："今告大圣，前者因大圣嫌恶官小，躲离御马监，当有本监中大小官员奏了玉帝。玉帝传旨道：'凡授官职，皆由卑而尊，为何嫌小？'即有李天王领哪吒下界取战，不知大圣神通，故遭败北，回天奏道大圣立一竿旗，要做'齐天大圣'。众武将还要支吾，是老汉力为大圣冒罪奏闻，免兴师旅，请大王授箓。玉帝准奏，因此来请。"悟空笑道："前番动劳，今又蒙爱，多谢，多谢！但不知上天可有此'齐天大圣'之官衔也？"金星道："老汉以此衔奏准，方敢领旨而来，如有不遂，只坐罪老汉便是。"

　　悟空大喜，恳留饮宴不肯，遂与金星纵着祥云，到南天门外。那些天丁天将，都拱手相迎，径入灵霄殿下。金星拜奏道："臣奉诏宣弼马温孙悟空已到。"玉帝道："那孙悟空过来。今宣你做个'齐天大圣'，官品极矣，但切不可胡为。"这猴亦止朝上唱个喏，道声谢恩。玉帝即命工干官张、鲁二班在蟠桃园右首，起一座齐天大圣府，府内设个二司：一名安静司，一名宁神司。司俱有仙吏，左右扶持。又差五斗星君送悟空去到任，外赐御酒二瓶，金花十朵，着他安心定志，再勿胡为。那猴王信受奉行，即日与五斗星君到府，打开酒瓶,同众尽饮。送星官回转本宫,他才遂心满意,喜地欢天,在于天宫快乐,无挂无碍。正是:仙名永注长生箓,不堕轮回万古传。(第四回,有删节)

如果按现代人的思维和逻辑,孙悟空两番大闹天宫实在是没有理由。第一次招安孙悟空,给他一个养马的职位"弼马温"是一个不入流的官,没有品级,但是,这样做也是因为当时天宫里其他位子都没有空缺,就御马监缺人。就好比今天某公司就一个位子缺人,招来的新人不去顶这个缺让谁去?而且,做官也好,进入职场也好,哪个不是从基层、底层做起?就像太白金星第二次来招安孙悟空时说的:"凡授官职,皆由卑而尊,为何嫌小?"(第四回)现代人刚参加工作,绝不会张口就要当领导。所以,从这个角度看,孙悟空嫌官小实在没理由。第二次闹天宫更不应该,他自己提出要做"齐天大圣",玉皇大帝就答应了,还给他盖了座大圣府,连房子都分了。因为见他没事做,东游西逛,跟这个称哥们,跟那个道弟兄的,就让他管理蟠桃园。结果,就因为蟠桃会没请他,他就不乐意了。别忘了,来摘桃子的仙女说:请谁不请谁,往年都有惯例的,能为你一个新来的破了例?最重要的是,孙悟空就差这一顿饭吗?作为一个新人,他的待遇已经超常了,还要跟旧人争,这就过分了。

小说的作者没有半点"埋怨"孙悟空的意思,这里打的这个比方也不是《西游记》"新说",这一回作者之所以把回目命名为"官封弼马心何足,名注齐天意未宁",显然是有用意的,从弼马温到齐天大圣,孙悟空的欲望都没有得到满足,即使蟠桃会邀请了孙悟空,他恐怕在其他方面也会"起幺蛾子"。从孙悟空心不足、意未宁的描写中,作者至少表达出了"人欲可怕"这一观点,也就是王阳明说的"心中贼",孙悟空心中的贼一日不破,他就一日不安宁。

第三,孙悟空在阐发佛理的时候,是从心学的角度或者说用心学化的观点来解释的。小说里面有一个很有意思的现象,明明唐僧是师父,孙悟空是徒弟,但是,孙悟空却动不动就给师父讲一番道理。小说第八十五回,唐僧师徒来到隐雾山前,唐僧一看山峰耸立,心里有些害怕,对孙悟空说:"我见那山峰挺立,远远的有些凶气,暴云飞出,渐觉惊惶,满身麻木,神思不安。"孙悟空见唐僧惊恐害怕,心神不定,就提醒他说:你忘了当年乌巢禅师送你的《多心经》了吗?唐僧说:我记得呀。孙悟空说：你记得经文，但是有四句颂词你肯定忘了。哪四句呢？孙悟空背诵出来了："佛在灵山莫远求，灵山只在汝心头。人人有个灵山塔，好向灵山塔下修。"孙悟空这么一提醒，唐僧领悟了，急忙说：这个颂词我知道，"若依此四句，千经万典，也只是修心"。孙悟空说的乌巢禅师《多心经》的事，发生在第十九回。唐僧收了猪八戒之后，路过浮屠山，山上有一位修行的乌巢禅师，口授给唐僧《多心经》一卷。小说里写的《多心经》全称《般若波罗蜜多心经》或《摩诃般若波罗蜜多心经》，简称《般若心经》或《心经》。"多心经"是断句之误，"般若波罗蜜多"是梵语音译，不能把"多"和心经组合在一起。小说中这么写，也许是作者故意用了俗世的错误叫法。它是大乘佛教中重要的经典，只有 260 个字，是佛教经籍中字数最少，却内涵丰厚、流传广远的一部经藏，目下流行的就是历史上玄奘翻译的本子。小说引用的《心经》原文就是玄奘的译文，却故意说是乌巢禅师传给唐僧的，想必作者知道这部经是玄奘翻译的。

　　孙悟空念的这四句颂词也叫偈颂、偈子，是佛经中的唱词，题署"[宋]宗镜述、[明]觉连重集"的《销释金刚经科仪会要注解》这本书有记录，应该是比较流行的一首偈颂词。在小说中，这首偈颂表达的主要思想诚如唐僧所言："千经万典，也只是修心。"这就不仅仅是佛教的理论了，虽然禅宗讲究明心见性，但是，真正向内转，以修心为本，还是心学。"千经万典，也只是修心"其实就是王阳明"心外无物""心外无理""心外无事"的思想，如果不修心，读多少经典也没有用。从佛教讲，成不了佛；从心学讲，无法"致良知"。从另一个角度看，《西游记》虽然是写佛教徒求佛经的故事，但是真正的佛经原文在小说中只有这部《心经》，而《心经》对禅宗影响很大，心学又深受禅宗影响。可以说，到了明代，孙悟空这个半路出家的和尚，其实是一个心学的追随者。

## 四、如何理解心学与孙悟空的关系

　　《西游记》不是为心学做广告的小说，当然，也不是为其他三教做宣传的，虽然书中有心学的思想，有儒释道"三教合一"的思想，有五行生克的观念，但是，小说毕竟只是小说，不能把它当作心学经典书来读。明清时期，的确有不少人认定

《西游记》的主旨是心学或"三教合一",也有认为是演说佛理的、道教炼丹的,其说不一,总之是从中国传统的思想体系中找一个解释。这些说法有其合理性的一面,那就是小说中的确有这些思想,但更有其不合理的一面,那就是没有从文学的特征和规律的角度去理解。没有思想的文学作品是没有灵魂的,不能称之为文学,但是,文学作品也不是为某种思想作注解的,文学作品中的思想是融入在人物、情节、意象等具体的文学形象体系中的。对《西游记》中的心学,或其他思想,不能从作品中剥离出来去理解;对孙悟空形象更是如此,不能仅仅用心学的思想来解释。文学理论中有一个公理叫"形象大于思想",意思是指读者欣赏作品时,会对作品进行再创造,不仅会突破作者的本意,也会突破形象本身的客观性束缚,形成读者自己的理解。还有一句更形象的话叫"一千个观众(读者)眼里就有一千个哈姆雷特",说的也是这个意思。套用这句话,我们完全可以说"一千个读者眼里就有一千个孙悟空"。

说到底,孙悟空这个形象受到历代读者的喜爱才是"硬道理",喜爱就是有兴趣去理解,就是有读懂的成分在。当然,读者如果能够理解他与心学的关系,就更好了,说明欣赏水平提高了,能从文学中获得更多的精神滋养了。

 **思考题**

1. 为什么说离经叛道的孙悟空受到了心学的影响?
2. 谈谈你对心学的理解。

# 第十讲
# 小农思想与猪八戒形象

《西游记》是一个取经的故事,取经队伍由唐僧、孙悟空、沙和尚、猪八戒和白龙马构成,白龙马出镜率不高,可以略过。在另外四个人中,我们发现唐僧、孙悟空和沙和尚这三个人都能很严格地遵守佛家的清规戒律,在他们身上几乎没有世俗人的欲望,他们不好色、不贪吃、不贪财。唯独猪八戒不同,他和孙悟空、唐僧、沙和尚比起来不像一个出家人,在他身上我们俗人所有的毛病他全有,贪吃、贪睡、贪财、好色、懒惰、自私、工于心计等。那么为什么猪八戒这个人物和那些人物有这么大的差距呢?那几位都是不食人间烟火的超人,他们可以作为某种思想的符号。比如唐僧可以是仁和忍的符号,孙悟空是正义和勇敢的化身,沙和尚是淳朴、老实的符号,猪八戒好像很难说,因为他太像一个"人"了,因而我们很难给这个形象做一个抽象的界定或某种思想观念方面的一个概括。那么,猪八戒这种性格源于哪里呢?任何人物形象的性格都不是凭空从天上掉下来的,作者在塑造这个人物的时候,必然是自觉不自觉地基于某些思想观念。我们发现,猪八戒这个人物形象基于我们中国传统的农业文化,以及在农业文化基础上形成的小农思想,在他的身上更多地体现出一种小农的意识或小农的思想。

## 一、小农和小农思想

什么叫小农?什么是小农思想?按照辞书的解释,小农是指个体农民,对应小农这个词条还有一个小农经济。《现代汉语词典》对小农经济的解释是:"农民的个体经济,以一家一户为生产单位,生产力低,在一般情况下只能进行简单的再生产。"也就是说小农经济指的是一种社会结构、社会状态。由这种经济结构或者说经济方式形成的小农阶层,必然会有这个阶层特定的思想观念,即道德观、价值观、审美观,因此我们就把小农这个阶层所特有的一些思想观念称为小农思想或者小农意识。现代社会中我们经常把小农思想和小农意识当作贬义词来使用,在现代社会发展进步的过程中,我们在逐渐抛弃小农的东西,这是进入现代社会的必然,直到今天在中国社会仍然有很深很浓的小农思想,这是我们实现民族复兴要抛弃的一些落后的东西。但是话又说回来,因为我们中国五千年的文化就是在农业文明这个土壤上形成的,小农的思想、小农的意识完全是落后的么?里面有没有合理的、有价值的成分呢?我们就分析一下,在小农的思想中哪些是真正落后的,哪些是有价值的、进步的。人们在谈论小农、小农意识落后性的时候,经常说到的缺点和不足是落后、保守、自私、自足,以及生产力低、缺乏公德、不懂纪律、缺少进取心和竞争意识等。人类社会要向前发展,尤其是中国这个农业文明的大国,农业文化历史悠久、基础雄厚,必然要抛弃一些落后的小农意识。但是,我们说落后的小农意识,指的是总体上说小农意识与现代思想相比是落后的,但也不是说小农意识全部是落后的。在小农意识中还有我们今天应该吸取的和保留的东西,比如说勤劳、节俭、温和、忍耐、务实、家庭观念强等,这些都是小农阶层中固有的优秀品质,也是小农思想中的优点。下面要讲到的猪八戒,在他身上既有优点又有缺点,因此这个人物在小说中就充满了一种喜剧色彩,他总是滑稽可笑的,这是一个喜剧形象。

## 二、猪八戒的性格特征

猪八戒不是某种抽象意义的符号,我们可从性格特点上概括猪八戒的性格,总体上说,他是一个近乎常人的喜剧人物,就是他同平常人非常接近,和神的距离比较远。下面我们就把猪八戒这些互相矛盾的性格的主要方面总结一下,看看这些优点和缺点是不是和我们前面讲过的小农意识的优缺点有某种对应和相似之处。

**（一）贪小利而不忘大义**

猪八戒性格中第一互相矛盾并值得揭示的特征就是贪小利而不忘大义。为什么说猪八戒贪小利呢？都说猪八戒贪心、贪财、有私心，可是我们发现在小说中猪八戒所贪的都是小利。猪八戒有私房钱，他那个私房钱藏了多少啊？四钱六分，塞在耳朵眼里，就那么一点银子。他不是大贪，如果是大贪的话，他就会想办法，他耳朵足够大，他也有一定的法力、法术。小说中常写到这样的情节，每一次当师徒等人帮助当地人降妖除怪，受助者往往会拿出金银感谢唐僧等人，这个时候唐僧、孙悟空当然都是拒绝的，出家人不要这黄白之物，这些对他们没有用，戒律也要求他们不能贪财。但猪八戒不这么想，他不是站在宗教的角度，也不是站在圣人的角度，他是站在普通人的角度来看待别人的馈赠。首先，这东西是你主动送给我的，不是我索要的，在道德上、在道义上我是没有问题的。第二，俗语云穷家富路，他们这一路去西天十万八千里，路上说不准会遇到什么情况，口袋里有钱心里总是有点底。可是猪八戒每次说这些话的时候，其他人都不屑一顾，人家都不要，猪八戒也没有办法独自享用，因此他说不准是通过什么样的办法（小说里也没写），费了多大的心思才攒下那么一点点银子。遇到有机会捞一点好处的时候，猪八戒从来都是不拒绝的。乌鸡国那一回，真国王被妖怪推到井里淹死了，孙悟空消灭了妖怪，要把这个真国王从井里面捞上来。这种活孙悟空怎么能干呢？孙悟空干的是别人干不了的活，这种脏活、累活、苦活又看不出多大本事的工作，自然让猪八戒去做。可是猪八戒也不愿意干这样的活，但是在什么情况下猪八戒能愿意干呢？告诉他有好处！所以孙悟空没说让猪八戒下去驮国王尸体，而是说井里有宝贝，你下去捞，把这宝贝拿上来二一添作五咱俩分。下去之前猪八戒说我下去捞宝贝是可以的，但是我最讨厌小家子气的人，如果下去之后真得了宝贝我直接就要了，不跟你分了。可是等到猪八戒下去之后发现根本就没有什么宝贝，只是一个国王的尸体，井里的龙王让他驮上去，猪八戒就不高兴了，明明说是宝贝，既然这样的话我驮也可以，你不能白使唤人，给钱。可这个井里的龙王确实没宝贝。猪八戒就是想从龙王那里榨一点可怜的工钱，最后发现确实没有，猪八戒还是把国王的尸体驮了上来，而他一分钱也没得到，所以我们说他是贪小利却不会忘掉大义。在取经的过程中,他们有时候会遇到一些小的便宜,也就是一些吃的穿的。这个时候别人都是判断一下,不能伸手拿过来就往身上穿,取过来就往嘴里放;而猪八戒生怕这个便宜让别人抢了去,他肯定要抢先。小说第五十回写,独角兕大王设了一个局,他在房间里放了几件棉背心,他就等着看谁贪心把这棉背心穿上,实际上那是他的绳索,一下子就能把对方捆住。而猪八戒就是专门钻这个圈套的,天气寒冷,猪八戒一看这有棉背心,拿起来就要往身上穿。唐僧就说出家人怎么那么"爱小",这是别人的东西不能穿,"公取窃取皆为盗"。唐僧讲的是唐代的律法规定,公取就是明抢,窃取就是暗偷,都是强盗行为。猪八戒管不了那么多,说:"四顾无人,虽鸡犬亦不知之,但只我们知道,谁人告我?有何证见?就如拾得的一般,那里论甚么公取窃取也!"(第五十回)这话说得就多少有点无赖相了,明明是贪小便宜,还要说得冠冕堂皇,给自己的行为找一个理由。接着,猪八戒又说,如果你要说这样做不好的话,那我先穿上暖和暖和,等到师兄回来了,我们吃完饭了,我再把它脱下去,只是暂时穿一下。他暂时穿上了,结果他就被抓住了。

**(二) 好色而不淫**

猪八戒的好色在小说里面是非常有意思的现象,为什么说是有意思呢?出家人怎么能违反色戒呢?可是猪八戒有他自己的理论,他说和尚是色中恶鬼,对于唐僧、孙悟空、沙和尚等人见美色而毫不动心,他认为你们是虚伪的,只有我老猪是真实的,你们只是嘴上不说而已。猪八戒参加到取经队伍的原因就是所谓的调戏嫦娥,震动了天庭,被其他神仙拿住了,按律是当斩的,太白金星为他求情,于是就被打下凡间。因为错投猪胎,才长成那么丑的样子。这个作风问题的出现和两个因素有关,一方面,毕竟是男女异性,猪八戒见到嫦娥那么漂亮,产生我要"和你困觉"的想法。第二,就是酒喝得有些多,酒后乱性。当然了,我们不能因此就说猪八戒这样做就是对的。古人不会像现代人这样谈恋爱,无法给猪八戒这种行为安上一个现代人的爱情框架,说猪八戒是向嫦娥示爱,在古人那里爱也就是性,追求异性就是调戏。下凡之后的猪八戒仍然不改"老毛病",入赘高老庄。实际上,在入赘高老庄之前猪八戒还结了一次婚,小说里面一笔写过,不大注意的人一般看不到。他在福陵山云栈洞和一个叫卯二姐的妖怪有过短暂的

教学视频

婚史。卯二姐是孤身一人，并且不嫌弃他，所以猪八戒高高兴兴地入赘。他第一次婚姻就是入赘，过了一段时间，卯二姐死了，猪八戒又成了鳏夫。

当猪八戒得知高老庄招入赘的女婿，这是他熟悉的，他已经入赘了一次了，于是他就来高老庄再次应征。这次应征猪八戒成功了，他为什么能成功呢？高老庄招女婿是招优秀的农民，而猪八戒有力气，并且他还有一件高效率的农具耙子，所以猪八戒能入赘成功。当然他不是带着他那副尊容，不是以大耳朵、猪嘴巴的形象示人，而是变成了一个魁梧的大汉，虽然有些黑丑，也还过得去。猪八戒自己说过："粗柳簸箕细柳斗，世上谁见男儿丑"。（第五十四回）入赘高老庄之后，猪八戒在老高家干了很多活，小说里面写他对着高翠兰讲过这样一番话，当然那是孙悟空变的了，他说："我得到了你家，虽是吃了些茶饭，却也不曾白吃你的，我也曾替你家扫地通沟，搬砖运瓦，筑土打墙，耕田耙地，种麦插秧，创家立业"。（第十八回）这是一个多么勤劳的好丈夫！猪八戒在这里是想和高翠兰做长久夫妻一直这样过下去。但是他毕竟是以变化了以后的形象和妻子相处的，可能保持变化的状态让猪八戒很难受，所以他的真实相貌偶尔就会露出来，露出来当然高翠兰就害怕了。猪八戒没办法，既然你们全家人都怕我，只好腾云驾雾地离开了。可是离家一段时间他又想自己的妻子，还经常回来，他一回来就成了高老庄的噩梦。等到孙悟空把他收了之后，猪八戒是万分不舍，他临行之前认真地交代他的岳父，说你要好好待我的浑家，你们在这好好等我，万一哪一天我们路上遇到点什么事，取经没有办法进行下去了，我还回来，咱还继续过日子，他是要给自己留一条退路。

在取经路上每次遇到女性的时候（这里说的不是美女，就是女性），猪八戒都会表现出特有的热情，只要是女性他就失去了理智，总会非常热情，哪怕是妖怪。三打白骨精的时候，白骨精明明是妖怪，猪八戒看不出来，自然高兴地先迎上去。孙悟空说这是妖怪，并且拿棒子把第一个变化的女孩打跑了。猪八戒这个时候实际上应该知道这是妖怪，因为孙悟空有什么本事他自然清楚，可是心里面还是不甘。四圣试禅心一回，黎山老母、南海菩萨、普贤、文殊四位菩萨想要试一试这师徒几人禅心是否稳固，拿什么来试啊？拿美女最合适了，这一回猪八戒出了个大丑：

## 第十讲 小农思想与猪八戒形象

正走处,不觉天晚。三藏道:"徒弟,如今天色又晚,却往那里安歇?"行者道:"师父说话差了,出家人餐风宿水、卧月眠霜,随处是家,又问那里安歇,何也?"猪八戒道:"哥呵,你只知道你走路轻省,那里管别人累坠?自过了流沙河,这一向爬山过岭,身挑着重担,老大难挨也。须是寻个人家,一则化些茶饭,二则养养精神,才是个道理。"行者道:"呆子,你这般言语,似有报怨之心。还相在高老庄,倚懒不求福的自在,恐不能也,既是秉正沙门,须是要吃辛受苦,才做得徒弟哩。"八戒道:"哥哥,你看这担行李多重?"行者道:"兄弟,自从有了你与沙僧,我又不曾挑着,那知多重?"八戒道:"哥啊,你看看数儿么:四片黄藤篾,长短八条绳。又要防阴雨,毡包三四层。匾担还愁滑,两头钉上钉。铜镶铁打九环杖,篾丝藤缠大斗篷。似这般许多行李,难为老猪一个逐日家担着走,偏你跟师父做徒弟,拿我做长工。"行者笑道:"呆子,你和谁说哩?"八戒道:"哥哥,与你说哩。"行者道:"错和我说了。老孙只管师父好歹,你与沙僧,专管行李马匹。但若怠慢了些儿,孤拐上先是一顿粗棍。"八戒道:"哥啊,不要说打,打就是以力欺人。我晓得你的尊性高傲,你是定不肯挑,但师父骑的马,那般高大肥盛,只驮着老和尚一个,教他带几件儿,也是弟兄之情。"行者道:"你说他是马哩!他不是凡马,本是西海龙王敖闰之子,唤名龙马三太子。只因纵火烧了殿上明珠,被他父亲告了忤逆,身犯天条,多亏观音菩萨救了他的性命,他在那鹰愁陡涧,久候师父,又幸得菩萨亲临,却将他退鳞去角,摘了项下珠,才变做这匹马,愿驮师父往西天拜佛。这个都是各人的功果,你莫攀他。"那沙僧闻言道:"哥哥,真个是龙么?"行者道:"是龙。"八戒道:"哥啊,我闻得古人云,龙能喷云暖雾,播土扬沙,有巴山捎岭的手段,有翻江搅海的神通。怎么他今日这等慢慢而走?"行者道:"你要他快走,我教他快走个儿你看。"好大圣,把金箍棒揝一揝,万道彩云生。那马看见拿棒,恐怕打来,慌得四只蹄疾如飞电,飕的跑将去了,那师父手软采不住,尽他劣性,奔上山崖,才大达赸步走。师父喘息始定,抬头远见一簇松阴,内有几间房舍,着实轩昂,但见:

门垂翠柏,宅近青山。几株松冉冉,数茎竹班班。篱边野菊凝霜艳,桥畔幽兰映水丹。粉墙泥壁,砖砌围圈。高堂多壮丽,大厦甚清安。牛羊不见无鸡犬,想是秋收农事闲。

那师父正按辔徐观,又见悟空兄弟方到。悟净道:"师父不曾跌下马来么?"长老骂道:"悟空这泼猴,他把马儿惊了,早是我还骑得住哩。"行者陪笑道:"师父莫骂我,都是猪八戒说马行迟,故此着他快些。"那呆子因赶马,走急了些儿,喘气嘘嘘,口里唧唧哝哝的闹道:"罢了,罢了,见自肚别腰松,担子沉重挑不上来,又弄我奔奔波波的赶马。"长老道:"徒弟啊,你且看那壁厢有一座庄院,我们却好借宿去也。"行者闻言,急抬头举目而看,果见那半空中庆云笼罩、瑞霭遮盈,情知定是佛仙点化,他却不敢泄漏天机,只道:"好,好,好!我们借宿去来。"长老连忙下马,见一座门楼,乃是垂莲象鼻、画栋雕梁。沙僧歇了担子,八戒牵了马匹道:"这个人家是过当的富实之家。"行者就要进去,三藏道:"不可,你我出家人,各自避些嫌疑,切莫擅入。且自等他有人出来,以礼求宿,方可。"八戒拴了马,斜倚墙根之下,三藏走在石鼓上,行者、沙僧坐在台基边。久无人出,行者性急,跳起身入门里看处,原来有向南的三间大厅,帘栊高控,屏门上挂一轴寿山福海的横披画,两边金漆柱上贴着一幅大红纸的春联,上写着:丝飘弱柳平桥晚,雪点香梅小院春。正中间,设一张退光黑漆的香几,几上放一个古铜兽炉。上有六张交椅,两山头挂着四季吊屏。

行者正然偷看处,忽听得后门内有脚步之声,走出一个半老不老的妇人来,娇声问道:"是甚么人,擅入我寡妇之门?"慌得个大圣喏喏连声道:"小僧是东土大唐来的,奉旨向西方拜佛求经。一行四众,路过宝方,天色已晚,特奔老菩萨檀府,告借一宵。"那妇人笑语相迎道:"长老,那三位在那里?请来。"行者高声叫道:"师父,请进来耶。"三藏才与八戒、沙僧牵马挑担而入。只见那妇人出厅迎接,八戒饧眼偷看,你道他怎生打扮:

穿一件织金官绿纻丝袄,上罩着浅红比甲;系一条结彩鹅黄锦绣裙,下映着高底花鞋。时样鬏髻皂纱漫,相衬着二色盘龙发;宫样牙梳朱翠幌,斜簪着两股紫金钗。云鬟半苍飞凤翅,耳环双坠宝珠排。脂粉不施犹自美,风流还似少年才。

那妇人见了他三众,更加欣喜,以礼邀入厅房,一一相见礼毕,请各叙坐看茶。那屏风后,忽有一个丫髻垂丝的女童,托着黄金盘、白玉盏,香茶喷暖气、异果散幽香,那人绰彩袖春笋纤长,擎玉盏传茶上奉,对他们一一拜了。茶毕,又分付办斋,三藏启手道:"老菩萨,高姓?贵地是甚地名?"妇人道:"此间乃西牛贺洲之地。小妇人娘家姓贾,夫家姓莫。幼年不幸,公姑早亡,与丈夫守承祖业,有家资万贯、良田千顷,夫妻们命里无子,止生了三个女孩儿;前年大不幸,又丧了丈夫,小妇居孀今岁服满。空遗下田产家业,再无个眷族亲人,只是我娘女们承领,欲嫁他人,又难舍家业。适承长老下降,想是师徒四众,小妇娘女四人,意欲坐山招夫,四位恰好,不知尊意肯否如何。"三藏闻言,推聋妆哑,瞑目宁心,寂然不答。那妇人道:"舍下有水田三百余顷,旱田三百余顷,山场果木三百余顷;黄水牛有一千余只,况骡马成群,猪羊无数;东南西北,庄堡草场,共有六七十处;家下有八九年用不着的米谷,十来年穿不着的绫罗;一生有使不着的金银,胜强似那锦帐藏春,说甚么金钗两行。你师徒们若肯回心转意,招赘在寒家,自自在在,享用荣华,却不强如往西劳碌?"那三藏也只是如痴如蠢,默默无言。那妇人道:"我是丁亥年三月初三日酉时生,故夫比我年大三岁,我今年四十五岁。大女儿名真真,今年二十岁;次女名爱爱,今年十八岁;三小女名怜怜,今年十六岁,俱不曾许配人家。虽是小妇人丑陋,却幸小女俱有几分颜色,女工针指,无所不会。因是先夫无子,即把他们当儿子看养,小时也曾教他读些儒书,也都晓得些吟诗作对,虽然居住山庄,也不是那十分粗俗之类,料想也陪得过列位长老。若肯放开怀抱,长发留头,与舍下做个家长,穿绫着锦胜强如那瓦钵缁衣,芒鞋云笠。"三藏坐在上面,好便似雷惊的孩子、雨淋的虾蟆,只是呆呆挣挣翻白眼儿打仰。那八戒闻得这般富贵、这般美色,他却心痒难挠,坐在那椅子上,一似针戳屁股,左扭右扭的忍耐不住,走上前,扯了师父一把道:"师父,这娘子告诵你话,你怎么佯佯不睬?好道也做个理会是。"那师父猛抬头咄的一声,喝退了八戒道:"你这个业畜!我们是个出家人,岂以富贵动心,美色留意,成得个甚么道理。"那妇人笑道:"可怜,可怜!出家人有何好处?"三

藏道:"女菩萨,你在家人,却有何好处?"那妇人道:"长老请坐,等我把在家人好处说与你听。怎见得?有诗为证,诗曰:

　　　　春裁方胜着新罗,夏换轻纱赏绿荷。
　　　　秋有新蒭香糯酒,冬来暖阁醉颜酡。
　　　　四时受用般般有,八节珍羞件件多。
　　　　衬锦铺绫花烛夜,强如行脚礼弥陀。"

三藏道:"女菩萨,你在家人享荣华、受富贵,有可穿,有可吃,儿女团圆,果然是好。但不知我出家的人,也有一段好处。怎见得?有诗为证,诗曰:

　　　　出家立志本非常,推倒从前恩爱堂。
　　　　外物不生闲口舌,身中自有好阴阳。
　　　　功完行满朝金阙,见性明心返故乡。
　　　　胜似在家贪血食,老来坠落臭皮囊。"

那妇人闻言大怒道:"这泼和尚无礼,我若不看你东土远来,就该叱出。我倒是个真心实意,要把家缘招赘汝等,你倒反将言语伤我。你就是受了戒,发了愿,永不还俗,好道你手下人,我家也招得一个。你怎么这般执法?"三藏见他发怒,只得者者谦谦叫道:"悟空,你在这里罢。"行者道:"我从小儿不晓得干那般事,教八戒在这里罢。"八戒道:"哥啊,不要栽人么,大家从常计较。"三藏道:"你两个不肯,便教悟净在这里罢。"沙僧道:"你看师父说的话。弟子蒙菩萨劝化,受了戒行,等候师父,自蒙师父收了我,又承教诲,跟着师父还不上两月,更不曾进得半分功果,怎敢图此富贵。宁死也要往西天去,决不干此欺心之事。"那妇人见他们推辞不肯,急抽身转进屏风,扑的把腰门关上。师徒们撇在外面,茶饭全无,再没人出。八戒心中焦燥,埋怨唐僧道:"师父忒不会干事,把话通说杀了。你好道还活着些脚儿,只含糊答应,哄他些斋饭吃了,今晚落得一宵快活,明日肯与不肯,在乎你我了。似这般关门不出,我们这清灰冷灶,一夜怎过。"悟净道:"二哥,你在他家做个女婿罢。"八戒道:"兄弟,不要栽人。从常计较。"行者道:"计较甚的?你要肯,便就教师父与那妇人做个亲家,你就做个倒踏门的女婿。他家这等有财有宝,一定倒陪妆奁,整治个会亲的筵席,我们也落些受用,你在此间还俗,却不是两全其美?"八戒道:"话便也是这等说,却只是我脱俗又还俗,停妻再娶妻了。"沙僧道:"二哥原来是有嫂子的?"行者道:"你还不知他哩,他本是乌斯藏高老儿庄高太公的女婿。因被老孙降了,他也曾受菩萨戒行,没及奈何,被我捉他来做个和尚,所以弃了前妻,投师父往西拜佛。他想是离别的久了,又想起那个勾当,却才听见这个勾当,断然又有此心。呆子,你与这家子做了女婿罢,只是多拜老孙几拜,我不检举你就罢了。"那呆子道:"胡说,胡说!大家都有此心,独拿老猪出丑。常言道:和尚是色中饿鬼。那个不要如此?都这们扭扭捏捏的拿班儿,把好事都弄得裂了。致如今茶水不得见面,灯火也无人管,虽熬了这一夜,但那匹马明日又要驮人,又要走路,再若饿上这一夜,只好剥皮罢了。你们坐着,等老猪去放放马来。"那呆子虎急急的,解了缰绳,拉出马去。行者道:"沙僧,你且陪师父坐这里,等老孙跟他去,看他往那里放马。"三藏道:"悟空,你看便去看他,但只不可只管嘲他了。"行者道:"我晓得。"这大圣走出厅房,摇身一变,变作个红蜻蜓儿,飞出前门,赶上八戒。

那呆子拉着马,有草处且不教吃草,嗒嗒嗤嗤的赶着马,转到后门首去。只见那妇人,带了三个女子,在后门外闲站立着看菊花儿耍子。他娘女们看见八戒来时,三个女儿闪将进去。那妇人伫立门首道:"小长老那里去?"这呆子丢了缰绳,上前唱个喏,道声:"娘!我来放马的。"那妇人道:"你师父忒弄精细,在我家招了女婿,却不强似做挂搭僧,往西跑路?"八戒笑道:"他们是奉了唐王的旨意,不敢有违君命,不肯干这件事。刚才都在前厅上栽我,我又有些奈上祝下的,只恐娘嫌我嘴长耳大。"那妇人道:"我也不嫌,只是家下无个家长,招一个倒也罢了,但恐小女儿有些儿嫌丑。"八戒道:"娘,你上覆令爱,不要这等拣汉。想我那唐僧人才虽俊,其实不中用,我丑自丑,有几句口号儿。"妇人道:"你怎的说么?"八戒道:"我虽然人物丑,勤紧有些功。

若言千顷地，不用使牛耕。只消一顿钯，布种及时生。没雨能求雨，无风会唤风。房舍若嫌矮，起上二三层。地下不扫扫一扫，阴沟不通通一通。家长里短诸般事，踢天弄井我皆能。"

那妇人道："既然干得家事，你再去与你师父商量商量看，不尴尬，便招你罢。"八戒道："不用商量。他又不是我的生身父母，干与不干，都在于我。"妇人道："也罢，也罢，等我与小女说。"看他闪进去，扑的掩上后门。八戒也不放马，将马拉向前来。怎知孙大圣已一一尽知，他转翅飞来，现了本相，先见唐僧道："师父，悟能牵马来了。"长老道："马若不牵，恐怕撒欢走了。"行者笑将起来，把那妇人与八戒说的勾当，从头说了一遍，三藏也似信不信的。

少时间，见呆子拉将马来拴下，长老道："你马放了？"八戒道："无甚好草，没处放马。"行者道："没处放马，可有处牵马么？"呆子闻得此言，情知走了消息，也就垂头扭颈，努嘴皱眉，半晌不言。又听得呀的一声，腰门开了，有两对红灯、一副提壶，香云霭霭、环珮叮叮，那妇人带着三个女儿，走将出来，叫真真、爱爱、怜怜，拜见那取经的人物。那女子排立厅中，朝上礼拜，果然也生得标致，但见他：

一个个蛾眉横翠，粉面生春。妖娆倾国色，窈窕动人心。花钿显现多娇态，绣带飘摇迥绝尘。半含笑处樱桃绽，缓步行时兰麝喷。满头珠翠，颤巍巍无数宝钗簪；遍体幽香，娇滴滴有花金缕细。说甚么楚娃美貌，西子娇容。真个是九天仙女从天降，月里嫦娥出广寒。

那三藏合掌低头，孙大圣佯佯不睬，这沙僧转背回身。你看那猪八戒，眼不转睛，淫心紊乱，色胆纵横，扭捏出悄语，低声道："有劳仙子下降。娘，请姐姐们去耶。"那三个女子转入屏风，将一对纱灯留下。妇人道："四位长老，可肯留心，着那个配我小女么？"悟净道："我们已商议了，着那个姓猪的招赘门下。"八戒道："兄弟，不要栽我，还从众计较。"行者道："还计较甚么？你已是在后门首说合的停停当当，娘都叫了，又有甚么计较？师父做个男亲家，这婆儿做个女亲家，等老孙做个保亲，沙僧做个媒人，也不必看通书，今朝是个天恩上吉日,你来拜了师父,进去做了女婿罢。"八戒道:"弄不成,弄不成!那里好干这个勾当。"行者道:"呆子,不要者嚣,你那口里'娘'也不知叫了多少,又是甚么弄不成?快快的应成,带携我们吃些喜酒,也是好处。"他一只手揪着八戒,一只手扯住妇人道:"亲家母,带你女婿进去。"那呆子脚儿趄趄的要往那里走,那妇人即唤童子:"展抹桌椅,铺排晚斋,管待三位亲家,我领姑夫房里去也。"一壁厢又分付庖丁排筵设宴,明晨会亲,那几个童子,又领命讫。他三众吃了斋,急急铺铺,都在客座里安歇不题。

却说那八戒跟着丈母,行入里面,一层层也不知多少房舍,磕磕撞撞,尽都是门槛绊脚。呆子道:"娘,慢些儿走,我这里边路生,你带我带儿。"那妇人道:"这都是仓房、库房、碾房各房,还不曾到那厨房边哩。"八戒道:"好大人家!"磕磕撞撞,转湾抹角,又走了半会,才是内堂房屋。那妇人道:"女婿,你师兄说今朝是天恩上吉日,就教你招进来了。却只是仓卒间,不曾请得个阴阳,拜堂撒帐,你可朝上拜八拜儿罢。"八戒道:"娘,娘说得是,你请上坐,等我也拜几拜,就当拜堂,就当谢亲,两当一儿,却不省事?"他丈母笑道:"也罢,也罢,果然是个省事干家的女婿。我坐着,你拜么。"咦!满堂中银烛辉煌,这呆子朝上礼拜,拜毕道:"娘,你把那个姐姐配我哩?"他丈母道:"正是这些儿疑难:我要把大女儿配你,恐二女怪;要把二女配你,恐三女怪;欲将三女配你,又恐大女怪;所以终疑未定。"八戒道:"娘,既怕相争,都与我罢,省得闹闹吵吵,乱了家法。"他丈母道:"岂有此理!你一人就占我三个女儿不成!"八戒道:"你看娘说的话。那个没有三宫六院?就再多几个,你女婿也笑纳了。我幼年间,也曾学得个熬战之法,管情一个个伏侍得他欢喜。"那妇人道:"不好,不好!我这里有一方手帕,你顶在头上,遮了脸撞个天婚,教我女儿从你跟前走过,你伸开手扯倒那个,就把那个配了你罢。"呆子依言,接了手帕,顶在头上。有诗为证,诗曰:

    痴愚不识本原由,色剑伤身暗自休。
    从来信有周公礼,今日新郎顶盖头。

那呆子顶裹停当，道："娘，请姐姐们出来么。"他丈母叫："真真、爱爱、怜怜，都来撞天婚，配与你女婿。"只听得环珮响亮，兰麝馨香，似有仙子来往。那呆子真个伸手去捞人。两边乱扑，左也撞不着，右也撞不着，来来往往，不知有多少女子行动，只是莫想捞着一个。东扑抱着柱科，西扑摸着板壁，两头跑晕了，立站不稳，只是打跌；前来蹭着门扇，后去汤着砖墙，磕磕撞撞，跌得嘴肿头青，坐在地下，喘气嘘嘘的道："娘阿，你女儿这等乖滑得紧，捞不着一个，奈何，奈何！"那妇人与他揭了盖头道："女婿，不是我女儿乖滑，他们大家谦让，不肯招你。"八戒道："娘阿，既是他们不肯招我阿，你招了我罢。"那妇人道："好女婿呀！这等没大没小的，连丈母也都要了。我这三个女儿心性最巧，他一人结了一个珍珠嵌锦汗衫儿，你若穿得那个的，就教那个招你罢。"八戒道："好，好，好！把三件儿都拿来我穿了看。若都穿得，就教都招了罢。"那妇人转进房里，止取出一件来，递与八戒。那呆子脱下青锦布直裰，理过衫儿，就穿在身上，还未曾系上带子，扑的一蹐，跌倒在地，原来是几条绳紧绷绷住。那呆子疼痛难禁，这些人早已不见了。（第二十三回）

这几位菩萨的手段着实厉害，因为正触到人的欲望，家资万贯、良田千顷，什么都不缺，就缺男人，而唐僧师徒是什么都没有只有男人，简直是绝配。如果说女儿国只有唐僧有机会，或者说只是对唐僧的考验的话，这一次考验的就是猪八戒了。

我们现在可以回头整理一下猪八戒好色而不淫的特点。猪八戒的好色，有一个特点就是他不挑不拣，而且每一次都是很认真地想和对方结为夫妇，想过二亩地一头牛及老婆孩子热炕头那样的日子。当然他也不在乎老婆多，孩子、老婆、房子、田产、牛马都是多多益善，没有多的时候少也可以，总比没有强，就是容易自足，有贪心但也容易自足。那三个女孩都抓不住的时候他居然跟对方母亲说，不行你招赘了我也可以。但是猪八戒从来都不至淫乱，至少在小说中写的这几次都不至淫乱，他和卯二姐是夫妻，和高翠兰也是夫妻。四圣试禅心时猪八戒说，如果我在这要是入赘了的话，这就算停妻再娶吧，因为家里还有一个高翠兰。还有一次就是猪八戒在盘丝洞除妖那一回，七个女蜘蛛精在濯垢泉中洗澡，之前孙悟空本来是去打妖怪的,结果他发现这七个女妖精在洗澡,他不好意思,怕坏了老孙的名头。但是这猴子是很淘气的,他就把人家的衣服给拿走,让她们上不了岸。孙悟空回来之后,大家问他妖怪呢?孙悟空说妖怪洗澡呢,猪八戒一听不高兴了,你怎么不打呀!孙悟空说我怎么能干这事,这传出去我老孙的名声可怎么办。猪八戒有他非常正当的理由,他说:"宁少路边钱,莫少路边拳。"就是路边有钱你可以拾金不昧或者是不捡,可是路边有坏人在做坏事你要拔刀相助。猪八戒就批评了孙悟空这种只顾面子而忘记了人间正义的行为,然后自己就扛着耙子气宇轩昂地去打妖怪了。他到了濯垢泉前面一看,果然是七个女人在洗澡,还上不得岸,在他眼里这个时候水中的应该是女人而不是妖怪。猪八戒肯定觉得这样白白地打死有点可惜,于是他就先变了一个鲇鱼精也一头冲到水里,在里面好好地游了一番。占了便宜之后他上了岸穿上衣服,然后不管什么美女不美女了,小说里面写:"呆子一味粗夯,显手段,那有怜香惜玉之心,举着耙,不分好歹,赶上前乱筑。"(第七十二回)猪八戒知道这七个美女都是妖怪,他占了一点小便宜,但还是把她们当作妖怪去打的,他没有像四圣试禅心那一回那样,想着干脆我都收了吧,他还是能分得清哪个可以做妻子,哪个是妖怪必须消灭掉。因此我们说猪八戒虽好色,但是不至淫乱,也不至坏了大义。

盘丝洞七情迷本　濯垢泉八戒忘形

### (三) 狡黠而不奸诈

在猪八戒身上确实有着所谓小私有者的刁滑,心计很多,受了委屈一定要报复,所以他总是在耍心眼使小聪明,可是又不是有大智慧,更不至奸诈。因此,他往往成为孙悟空的笑柄,在和孙悟空斗智的过程中,猪八戒总是斗不过孙悟空,可是他又不甘心。三打白骨精的时候，猪八戒知不知道那是真妖怪？他应该知道，可是他为什么还挑唆唐僧念紧箍咒呢？他是利用这个机会报私仇，因为前面孙悟空总是捉弄他，他在和孙悟空争斗的过程中，无论是打嘴仗还是其他方面的竞争，他总是落于下风的。这一次孙悟空把那个女孩先打死了，本来就让猪八戒很不高兴。孙悟空跟唐僧说这个女孩是妖怪，唐僧已经信了三分，如果这个时候，猪八戒、沙和尚再劝说一番，就不会有后面的事了。可是猪八戒却几次三番在唐僧面前挑唆，他说你看那女孩拿的米饭现在变成蛆了，拿的炒面筋现在是癞蛤蟆满地乱跳，这都是那猴子搞的鬼，他那本事你又不是不知道，他想让它变什么就变什么。因为你要念咒他害怕了，所以他故意使法术欺骗你，这么一说唐僧相信猪八戒了，所以唐僧就开始念紧箍咒。第二次白骨精又变成了八十岁的老太太，孙悟空说她是妖怪，说她八十岁了，女儿二十岁，她怎么能六十岁生女儿？你们怎么不信我信她呢？猪八戒不管，又在唐僧面前挑唆，几次之后唐僧就把孙悟空赶走了。没有了孙悟空这支队伍就危险了，没走多久，他们就被黄袍怪捉住了，猪八戒一个人逃了出来。这个时候的猪八戒才知道自己前面耍小聪明是搬起石头砸自己的脚，他还得自己跑到花果山低声下气地去求孙悟空，要把他再请回来救师父。而孙悟空是有傲气的，他在花果山也把猪八戒好好地捉弄了一番，又报了前面的仇。从这件事能看出猪八戒狡黠却也不至奸诈，如果他是一个奸诈的人，明知孙悟空有那么大的本事，这个时候他不应该和孙悟空作对，他应该调动起孙悟空为我所用。因为孙悟空也有缺点，孙悟空自负，而且愿意听好话，听不得激将法，猪八戒完全可以利用这样的机会让孙悟空为其服务。但猪八戒不是那样奸诈的人，所以他还要和孙悟空作对，可是作对的结果是自己吃亏。四圣试禅心那回也是那样，他假装放马，他认为别人看不出他的心思，所以他根本不是奸诈，只是耍小聪明。

### （四）愈懒又能干

猪八戒的懒也是很出名的，为什么会懒呢？猪行动迟缓，在人的眼中就是懒惰的。在小说里面写了很多猪八戒的懒事，尤其是他贪睡，巡山的时候他找个草丛先睡了，睡醒了回去怎么交代呢？编瞎话吧，师父要问我这山叫什么名？石头山。什么洞？石头洞。在猪八戒那里编出来的谎言也是那么简单、普通的，他不是大奸,他编瞎话都是能让人一眼识破的。可是猪八戒又非常能干,小说里面写过两次猪八戒下大力气不畏辛苦的事。一次是过荆棘岭,八百里荆棘岭,全是各种各样的荆棘缠绕在一起,没有路,猪八戒摇身一变变成了一个长二十余丈的巨人,他手里的钉耙也变成了三十余丈长,他就把荆棘一耙子一耙子地搂开,整整干了一天没停手,唐僧让猪八戒休息一夜,说先睡一夜明天再继续,猪八戒是这样回答的:"师父莫住,趁此天色晴明,我等有兴,连夜搂开路走他娘!"(第六十四回)还有一次就是过稀柿衕,整个山谷都是柿子树,柿子熟了落在地上,满山谷就是柿子腐烂之后形成的稀泥,像一个大胡同,里面都是柿子泥、柿子酱,臭气熏天。这个时候就又看猪八戒的本事了。他变成一头大猪,也不怕脏不怕累,用他的嘴巴把它拱开了。我们发现猪八戒的懒惰和他的勤劳能够和谐地集中。什么时候懒惰呢?他认为这个活可做可不做,比如巡山,他觉得有这个时间还不如睡一觉。如果这活不做不行,比如荆棘岭、稀柿衕过不去了,而这个时候又能显出猪八戒的本事来,只要用力气就可以了,不需要智慧、勇敢,又没有危险,所以猪八戒就变得特别勤劳。

**(五)贪生怕死却也勇敢**

猪八戒怕死,遇到危险的时候,他首先想到的是逃跑,这种反应也是一个人正常的反应,我们都有一个本能,遇到危险的时候本能地要闪开。在狮驼山,孙悟空喊他一起去打妖怪,他说:"哥哥没眼色!我又粗夯,无甚本事,走路扛风,跟你何益?"(第七十五回)他和沙和尚一起打黄袍怪的时候,他一看打不过了,就跟沙和尚说:你上前先和他斗着,我去上厕所,然后他就躲在草丛里面,留着一只耳朵在外面听风。如果沙和尚占上风,恐怕他会赶出来帮上几耙,如果沙和尚不行了,他肯定先跑。

有的时候猪八戒又十分勇敢,在什么时候猪八戒又变得非常勇敢?在狮驼山,猪八戒、沙和尚、唐僧和假孙悟空被妖怪放到笼屉上准备蒸了,猪八戒皮厚被放在最下一层,唐僧皮薄被放在最上面。唐僧在笼屉里面哭,伤心西天去不成了,临死前感情很复杂。猪八戒就劝师父,说师父你先莫哭,你看是出气蒸还是闷气蒸。唐僧不懂就问他什么叫出气蒸,什么叫闷气蒸,猪八戒说盖着盖的叫闷气蒸,开着盖的叫出气蒸。闷气蒸蒸得快,出气蒸蒸得慢。唐僧说盖子不曾盖,猪八戒说那好了别哭了，一时半会蒸不死。孙悟空在笼屉外面保护着他们呢，孙悟空非常淘气，听猪八戒这样说就把那盖子拿起来盖上。唐僧一看盖子盖上了，说徒弟不好了盖子盖上了。猪八戒说那完了，闷气蒸一会儿就死了。可是这个时候猪八戒觉得怎么不那么热了，他就对着外面烧火的小妖喊：你看你们烧火的这几个兄弟怎么舍不得柴火啊？刚才还有些热气，俺老猪有风湿病，你那个蒸汽一上来，我感觉很舒服，怎么这回冷气反而上来了，多添些柴禾就舍不得了。实际上是孙悟空请的北海龙王在保护着他们。死到临头时候的猪八戒没像唐僧那样害怕、伤心地哭泣，他此时却视死如归，在临死的时候还能开玩笑。我们发现，猪八戒在遇到危险的时候第一反应就是害怕躲避，怕死；可是如果必死无疑的时候，我们发现猪八戒就变得大义凛然了。

通过以上的分析我们可以总结如下：猪八戒首先不是神，他是一个"人"，他有人的欲望，有人的缺点也有人的优点，是封建时代最普通的人。而封建时代最普通的人来自哪个群体？农民！因此我们说猪八戒身上体现出来的特征是一种小农思想。

 **思考题**

1. 猪八戒身上有哪些特点体现的是小农思想？
2. 如何理解小农思想？

# 第十一讲
# 禅宗与贾宝玉形象[①]

## 一、禅宗及禅宗的主要思想

　　禅宗是中国佛教特有的一个流派,有人说禅宗思想是中国士人文化最具代表特征的一种思想。我们先看一下禅宗的起源。禅宗也叫禅,是从梵文音译过来的,英文在译禅的时候把它翻译成了沉思和冥想。按照传统的说法,禅宗是由达摩传入中国的,达摩就是中国禅宗的第一代祖师,第二代祖师是慧可,然后是僧璨、道信,到弘忍是第五代。五世祖弘忍有两个学生,其中神秀所传的称为北派禅宗,而慧能所传的就是南派禅宗,后来南派禅宗占了上风,今天流传的禅宗属于南派禅宗。关于禅宗有一个很著名的故事,弘忍的徒弟神秀说过一个偈子:"身如菩提树,心如明镜台。时时勤拂拭,莫使染尘埃。"据说神秀在说这偈语的时候,慧能正在厨房里忙着呢,他听了之后就回了这样四句:"菩提本非树,明镜亦非台。本来无一物,何处染尘埃?"于是五祖就将衣钵传给了慧能。不管这样的故事真实与否,但是在中国,禅宗确实是结合了中国固有的思想而形成的,是适合士大夫阶层的一种宗教形式。为什么这么说呢?因为禅宗的特点和佛教的其他流派有很大的不同。按照传下来的说法,释迦牟尼所传的佛法有两种,一种是我们今天能够用文字表达的佛教教义,另外一种是教外别传,不立文字,所谓

---

[①] 本书所引《红楼梦》原文非特别说明均出自中国艺术研究院红楼梦研究所校注的《红楼梦》,人民文学出版社1982年版,本书只标明回次。

以心传心。以心传心怎么传呢？这就带有一些神秘的色彩了，所以禅宗的特点就是以心传心、不立文字、直指人心、见性成佛。

禅宗的主要思想表现在三个方面：一个方面是见性成佛。见性成佛的意思是，当人认识到自己真实的本心的时候就成佛了，因为性即佛，佛即性，人皆有佛性，不需外求，人的自心就是佛，因此它强调人人皆可以成佛。这和后来进步的思想家们在某些思想观念上就容易形成契合，因为人人皆有佛性，人人皆可以成佛，就带有某种平等的观念。第二种思想叫不修之修。禅宗不追求刻意的修行，不需要渐修的功夫，人只要顺其自然，以平常心做平常事就能够达到修行的目的。如果人有意去修行，那样反而是成不得佛的，因为他是有为而修，所以禅宗讲无为而修，不修之修。第三个特点就是顿悟。它和见性成佛、不修之修都是有内在联系的，既然不需要刻意的修行，那修行只是为成佛作前期的准备，都是一种积累工作。在某种机缘之下，人前面的积累一下子就形成质变，人就实现悟了。禅宗强调悟是顿悟，一下子就认识到自己的本心，从此岸跳到彼岸，就成佛了，所谓顿悟成佛。

## 二、贾宝玉形象与禅宗

《红楼梦》中的主人公贾宝玉是文学史上空前绝后式的人物，他身上有很多与众不同的特点，这个人物形象是文学史上的一个新人，在贾宝玉之前没有类似的人物，他身上的特点很多，包容的思想含量也很丰富，这里只以禅宗为参照，看它和贾宝玉是怎样的一种关系。

### （一）贾宝玉的解脱

解脱是禅宗成佛的一个方法，叫自我解脱，即靠人自身的觉悟实现解脱而成佛。《坛经》中说一切众生皆有佛性，这是

贾宝玉

自身解脱成佛的一个理论基础,正因为一切众生皆有佛性,所以人要靠自我去解脱。小说第二十五回写贾宝玉和王熙凤都被马道婆施了法术,又被自己的玉救醒就是一例。《红楼梦》中的赵姨娘最痛恨两个人,一个是王熙凤,一个是贾宝玉。王熙凤不用说,她是家里的大管家,而且王熙凤还看不起赵姨娘,所以赵姨娘想在王熙凤这儿讨一些便宜是不可能的。而赵姨娘生的贾环,同样是贾府的主子,可是他的地位和身份,包括人们对待贾宝玉和贾环的态度不啻天壤,所以她更恨贾宝玉。如果贾宝玉死了,那她的贾环自然而然就成了贾家的继承人了。因此赵姨娘就雇用马道婆暗中施法术,贾宝玉和王熙凤都病得奄奄一息。正在这个时候来了一僧一道,就是癞头僧人和跛足道人,他们声称给贾宝玉治病,他们的治病之法是什么?就是把贾宝玉佩带的通灵宝玉拿出来,就用这块玉。这僧和道强调这个玉本身就有这样的本事,说通灵宝玉被声色货利所迷,换个角度理解是它自己沉迷于声色货利,它的本性被掩盖住了,如果唤醒这块玉,它的本性能够发挥出来,认识到自己的本性,自然就能除了邪祟了。于是僧和道就拿着这块美玉,对着它说了一番话:"可羡你当时的那段好处:天不拘兮地不羁,心头无喜又无悲;却因锻炼通灵后,便向人间觅是非。可叹你今日这番经历:粉渍脂痕污宝光,绮栊昼夜困鸳鸯。沉酣一梦终须醒,冤孽偿清好散场!"(第二十五回)唤醒了通灵宝玉之后,把它挂在了房间的上面,这僧和道说:什么都不要做,就这么静静地等,三十三天之后自然就好了。这一次唤醒通灵宝玉,实际上就象征着宝玉被世俗束缚的心被一僧一道把尘土擦去了,它被点亮了,这是自我解脱的一种象征的手法。

第二个例子就是所谓悬崖撒手。《红楼梦》抄本系统中有一个很重要的版本叫庚辰本,是 1760 年写定的本子,现存 78 回。这个版本中脂砚斋在第二十一回有一条批语,说贾宝玉后来"悬崖撒手""弃而为僧"。①悬崖撒手这个词或是这种说法来源于哪里呢?它来源于宋代释道原的《景德传灯录》。《景德传灯录》是宋真宗景德年间僧人释道原编纂,又经过当时著名的文臣杨亿修订的一部禅宗法师语录集,相当于一部中国禅宗思想史。这本书记载苏州永光院真禅师说过这

---

① 转引自朱一玄:《红楼梦资料汇编》,南开大学出版社 2001 年第 2 版,第 342—343 页。

样一句话:"直须悬崖撒手,自肯承当。"意思就是到了紧要关头放下一切,也叫悬崖勒马。同一书中,记载江州卢山永安净悟禅师与弟子的对话:"僧问:'如何是出家底事?'师曰:'万丈悬崖撒手去。'"①这个净悟禅师说得就更加明白了,出家就好像是从万丈悬崖一跃而下,舍弃一切。这是一个比喻,禅宗语录类著作中这样的比喻很多,禅宗讲究以心传心,不立文字,禅师讲佛理往往用间接的方式表达,比喻是经常用到的手法。贾宝玉到最后悬崖撒手,弃而为僧,这是脂砚斋在评语中写到的,可是因为八十回以后的情节我们看不到,我们今天看到的是高鹗补续的后四十回,他虽然也安排宝玉出家了,但是之前还让贾宝玉中了举人然后再出家,不仅不符合曹雪芹原意,逻辑上也不通。按照脂砚斋的说法,最后贾宝玉是放开了一切,放下了一切,实现了精神上的自我解脱。

　　小说里面除了写贾宝玉的解脱之外还写了两个人的解脱,一个是甄士隐,另一个是柳湘莲,我们可以把这两个人的解脱看作贾宝玉解脱的一个参照。作者写甄士隐和柳湘莲就是在为后面写贾宝玉作伏笔,甄士隐和柳湘莲都是靠自我的解脱,他们不是通过某种方式,比如修炼、出家,而是在某种机缘下一下子就放开两手,把世俗的一切全部抛开。所以贾宝玉最后也会和他们一样,也是悬崖撒手,弃而为僧,这是自我的解脱。

### (二) 贾宝玉的顿悟

教学视频

　　贾宝玉出家也是一种顿悟,虽然我们看不到原作或作者原意,但是他肯定不是通过有意的修行而出家,他是靠禅宗的顿悟。在小说前八十回的情节中,贾宝玉什么时候像那些世俗的、虔诚的佛教徒那样吃斋、念佛、烧香?他从来没有。而小说在写贾宝玉出家之前写到的甄士隐出家和柳湘莲出家,都是贾宝玉的引子。他们两个人是怎么出家的?也都是顿悟。甄士隐在出家之前没有一丝一毫向佛的意愿,当他经历了人生大的波澜,他的女儿丢了,自己贫病交攻。在这样的情况下他遇到了跛足道人,跛足道人在他面前唱了一首《好了歌》:"世人都晓神仙好,惟有功名忘不了!古今将相在何方?荒冢一堆草没了。世人都晓神仙好,只有金银忘不了!终朝只恨聚无多,及到多时眼闭了。世人都晓神仙好,只

---

① [宋]释道原:《景德传灯录》第二十卷,《四部丛刊三编》,上海商务印书馆1936年版。

有娇妻忘不了!君生日日说恩情,君死又随人去了。世人都晓神仙好,只有儿孙忘不了!痴心父母古来多,孝顺儿孙谁见了?"(第一回)这是在说人追求的无论是功名、金银、美妻,还是儿孙,最后全都是空的,"好"便是"了","了"便是"好"。甄士隐听了跛足道人的《好了歌》就说:我听你唱了半天也没听清什么,只听什么好啊、了啊。跛足道人说:如果你真能听到"好""了"两个字那就对了,要知道"好"便是"了","了"便是"好"。甄士隐一下子就顿悟了,从那个跛足道人身上取过褡裢扔在自己肩上,说了声走吧,放开了一切。柳湘莲也是如此,在出家之前,他正在自己爱的漩涡中打转。先是因为尤三姐对他的爱慕,他感到一个女子能够这样钟情于我,如果我拒绝对方那太不义了,所以他在没有见到尤三姐的时候就答应了。他把自己家里面的一雌一雄两把宝剑中雄的留给自己,雌的送给了尤三姐做定情之物。可是当他后来听说尤三姐原来是贾珍的亲戚,他就要退婚,柳湘莲和贾宝玉说过这样一句话:"你们东府里除了那两个石头狮子干净,只怕连猫儿狗儿都不干净。"(第六十六回)他认为在东府里的女人不可能是干净的,所以他悔婚了,尤三姐就把那宝剑拿出来当着柳湘莲的面自杀了。尤三姐自杀之后,柳湘莲极为后悔,他没想到这个女子如此刚烈、坚贞,如果知道她是这样性格的人,他决不会退婚的。柳湘莲后悔之后被跛足道人点化,于是他就把宝剑拔出来将万根烦恼丝一斩而尽,随着道人飘然而去。之前他是在自己的爱情漩涡中不能自拔,可是一旦顿悟他就能放开一切。

贾宝玉最后肯定也是顿悟的,因为在小说中讲的顿悟和禅宗讲的顿悟还不尽相同,《红楼梦》中的顿悟必然要经历一番剧烈的生命起伏,方能领会人生真义,也就是小说中贾雨村在姑苏城郊外看到的一副对联所写:"身后有余忘缩手,眼前无路想回头。"贾雨村看到这副对联之后心里想,这个对联还有点意思,显然写这对联的人是跌过大筋斗的,就是他在人生中有过一些大的波折,他才能悟到这一个层次。我们据此来看,甄士隐、柳湘莲哪个不是在人生中跌过大跟斗的?正是因为他们在人生中跌了大跟斗,所以才能在某种机缘之下一下子顿悟,小说强调的是这样一种顿悟。而贾宝玉达到顿悟,那可是跌过更大的跟斗的。在前八十回贾宝玉就跌了很多跟斗了:秦可卿之死、二尤之死、好友秦钟之死、柳湘莲出家、迎春出嫁、晴雯之死、司琪之死、金钏投井。一次一次大的变故,哪一次不给贾宝玉造成心灵上巨大的痛苦和震颤!八十回以后,按照小说第五回作者给我们的提示,还有脂砚斋的一些评语,我们可知八十回以后宝玉跌得跟斗更大:祖母之死、迎春之死、元春之死、探春远嫁、凤姐之死、自家被抄。最重要的是林黛玉死了,而他又不得不和薛宝钗成亲,按第五回所写:"空对着,山中高士晶莹雪;终不忘,世外仙姝寂寞林。"就是和薛宝钗成亲之后,他没有办法让自己作为一个合格的丈夫和薛宝钗生活下去,因为他的心里还一直想着林黛玉,贾宝玉是在经历这么多人间的痛苦之后,才顿悟的,贾宝玉的顿悟比柳湘莲、甄士隐应该更彻底。

### (三) 庄禅结合的人生境界

什么叫庄禅结合?就是贾宝玉在人生追求上、精神境界上是将《庄子》和禅宗结合在一起。小说第二十二回,薛宝钗过生日,贾母亲自出钱给她操办,请了戏班演戏。有一个11岁的小旦演员长得像林黛玉,王熙凤眼尖先看出来了,就让大家猜这个孩子长得像谁。薛宝钗早看出来了,笑了笑没说,贾宝玉也看出来了,也没说。只有史湘云心直口快,看出来后马上就说:"倒象林妹妹的模样儿。"贾宝玉听史湘云说出来,就给她使眼色,意思是别说。其他人听了史湘云的话,细看看,还真像,就都笑了。结果,史湘云因为贾宝玉给她使眼色,跟他生气了;林黛玉也因为贾宝玉给史湘云使眼色生他的气了,两个人都不理贾宝玉。贾宝玉本意是不想二人闹误会,为她们好,想从中调和,劝这个、哄那个,结果她们都生了他的气。贾宝玉也觉得心里委屈,他本来是为了大家好,结果她们还都怨他。贾宝玉想起读《南华经》时读到的一段话"巧者劳而智者忧",于是他就悟了,他从《庄子》里悟出来的却是禅意。贾宝玉提起笔来写下了偈语:"你证我证,心证意证。是无有证,斯可云证。无可云证,是立足境。"写完了之后自己觉得还余意未竟,还有想表达的没表达完,于是又填了一支散曲《寄生草》:"无我原非你,从他不解伊。肆行无碍凭来去。茫茫着甚悲愁喜,纷纷说甚亲疏密。从前碌碌却因何,到如今回头试想真无趣!"写完了偈语、填完了《寄生草》之后觉得可以放下了,把笔扔下睡去了。《南华经》就是《庄子》,小说中所引原文是:"巧者劳而知者忧,无能者无所求,饱食而遨游,泛若不系之舟。"①那么他的偈语以及《寄生草》所表达的意思就是来自《庄子》的《齐物论》:"非彼无我,非我无所取。"唐代成玄英有《庄子疏》,在此解释:"若非自然,谁能生我?若无有我,谁能禀自然乎?"②《庄子》里面所说的彼指的是道,也就是成玄英说的自然,没有道就没有我,没有我就没有什么东西能体现这个道,人和道之间是一种相互依存的关系。那么贾宝玉的偈语和散曲到底是什么意思呢?"此偈用意双关,既是谈禅,也是说情。就后一义说,其大意是:彼此都想从对方得到感情的印证而频添烦恼;看来只有到了灭绝情意,无须再验证之时,才是真正的立足之境。"③《寄生草》中的第一句"无我原非你"也是对庄子"非彼无我,非我无所取"的具体理解,意思是:没有我就没有你(他者),我的存在才证明你的存在。第二句的意思是即使他人不理解你也无所谓,随便吧。第二句跟第一句是什么关系呢?因为我想为自己证明、为自己解脱,所以才对他人——林黛玉、史湘云等——有要求,既然如此,只要我自己想开了、解脱了,我也就不要求对方的理解了。因为贾宝玉的一番苦心,史湘云、林黛玉都不理解,所以他从这件事上读懂了庄子的思想。

林黛玉

小说中这一段描写非常精彩,可以参看:

> 至二十一日,就贾母内院中搭了家常小巧戏台,定了一班新出小戏,昆

---

① 王先谦集解、沈啸寰点校:《庄子集解》卷8《列御寇第三十二》,中华书局1987年版,第279页。
② 王先谦集解、沈啸寰点校:《庄子集解》卷1《齐物论第二》,中华书局1987年版,第11页。
③ 曹雪芹、高鹗:《红楼梦》,人民文学出版社1982年版,第307页,页下注。

弋两腔皆有。就在贾母上房摆了几席家宴酒席,并无一个外客,只有薛姨妈、史湘云、宝钗是客,余者皆是自己人。这日早起,宝玉因不见林黛玉,便到他房中来寻,只见林黛玉歪在炕上。宝玉笑道:"起来吃饭去,就开戏了。你爱看那一出?我好点。"林黛玉冷笑道:"你既这样说,你就特叫一班戏来,拣我爱的唱给我看。这会子犯不上跐着人借光儿问我。"宝玉笑道:"这有什么难的。明儿就这样行,也叫他们借咱们的光儿。"一面说,一面拉起他来,携手出去吃了饭。

点戏时,贾母一定先叫宝钗点。宝钗推让一遍,无法,只得点了一折《西游记》。贾母自是欢喜,然后便命凤姐点。凤姐亦知贾母喜热闹,更喜谑笑科诨,便点了一出《刘二当衣》。贾母果真更又喜欢,然后便命黛玉点。黛玉因让薛姨妈王夫人等。贾母道:"今日原是我特带着你们取笑,咱们只管咱们的,别理他们。我巴巴的唱戏摆酒,为他们不成?他们在这里白听白吃,已经便宜了,还让他们点呢!"说着,大家都笑了。黛玉方点了一出。然后宝玉、史湘云、迎、探、惜、李纨等俱各点了,按出扮演。

至上酒席时,贾母又命宝钗点。宝钗点了一出《鲁智深醉闹五台山》。宝玉道:"只好点这些戏。"宝钗道:"你白听了这几年的戏,那里知道这出戏的好处,排场又好,词藻更妙。"宝玉道:"我从来怕这些热闹戏。"宝钗笑道:"要说这一出热闹,你还算不知戏呢。你过来,我告诉你,这一出戏热闹不热闹。——是一套北《点绛唇》,铿锵顿挫,韵律不用说是好的了,只那词藻中有一支《寄生草》,填的极妙,你何曾知道。"宝玉见说的这般好,便凑近来央告:"好姐姐,念与我听听。"宝钗便念道:

漫揾英雄泪,相离处士家。谢慈悲剃度在莲台下。没缘法转眼分离乍。赤条条来去无牵挂。那里讨烟蓑雨笠卷单行?一任俺芒鞋破钵随缘化!

宝玉听了,喜的拍膝画圈,称赏不已,又赞宝钗无书不知。林黛玉道:"安静看戏罢,还没唱《山门》,你倒《妆疯》了。"说的湘云也笑了。于是大家看戏。

至晚散时，贾母深爱那作小旦的与一个作小丑的，因命人带进来，细看时益发可怜见。因问年纪，那小旦才十一岁，小丑才九岁，大家叹息一回。贾母令人另拿些肉果与他两个，又另外赏钱两串。凤姐笑道："这个孩子扮上活像一个人，你们再看不出来。"宝钗心里也知道，便只一笑不肯说。宝玉也猜着了，亦不敢说。史湘云接着笑道："倒像林妹妹的模样儿。"宝玉听了，忙把湘云瞅了一眼，使个眼色。众人却都听了这话，留神细看，都笑起来了，说果然不错。一时散了。

晚间，湘云更衣时，便命翠缕把衣包打开收拾，都包了起来。翠缕道："忙什么，等去的日子再包不迟。"湘云道："明儿一早就走。在这里作什么？——看人家的鼻子眼睛，什么意思！"宝玉听了这话，忙赶近前拉他说道："好妹妹，你错怪了我。林妹妹是个多心的人。别人分明知道，不肯说出来，也皆因怕他恼。谁知你不防头就说了出来，他岂不恼你。我是怕你得罪了他，所以才使眼色。你这会子恼我，不但辜负了我，而且反倒委曲了我。若是别人，那怕他得罪了十个人，与我何干呢。"湘云摔手道："你那花言巧语别哄我。我也原不如你林妹妹，别人说他，拿他取笑都使得，只我说了就有不是。我原不配说他。他是小姐主子，我是奴才丫头，得罪了他，使不得！"宝玉急的说道："我倒是为你，反为出不是来了。我要有外心，立刻就化成灰，叫万人践踏！"湘云道："大正月里，少信嘴胡说。这些没要紧的恶誓、散话、歪话，说给那些小性儿、行动爱恼的人、会辖治你的人听去！别叫我啐你。"说着，一径至贾母里间屋里，忿忿的躺着去了。

宝玉没趣，只得又来寻黛玉。刚到门槛前，黛玉便推出来，将门关上。宝玉又不解其意，在窗外只是吞声叫"好妹妹"。黛玉总不理他。宝玉闷闷的垂头自审。袭人早知端的，当此时断不能劝。那宝玉只是呆呆的站在那里。黛玉只当他回房去了，便起来开门，只见宝玉还站在那里。黛玉反不好意思，不好再关，只得抽身上床躺着。宝玉随进来问道："凡事都有个原故，说出来，人也不委曲。好好的就恼了，终是什么原故起的？"林黛玉冷笑道："问的我倒好，我也不知为什么原故。我原是给你们取笑的，——拿我比戏子取笑。"宝玉道："我并没有比你，我并没笑，为什么恼我呢？"黛玉道："你还要比？你还要笑？你不比不笑，比人家比了笑了的还利害呢！"宝玉听说，无可分辩，不则一声。

黛玉又道："这一节还恕得。再者，你为什么又和云儿使眼色？这安的是什么心？莫不是他和我顽，他就自轻自贱了？他原是公侯的小姐，我原是贫民的丫头，他和我顽，设若我回了口，岂不他自惹人轻贱呢。是这主意不是？这却也是你的好心，只是那一个偏又不领你这好情，一般也恼了。你又拿我作情，倒说我小性儿，行动肯恼。你又怕他得罪了我，我恼他。我恼他，与你何干？他得罪了我，又与你何干？"

宝玉见说，方才与湘云私谈，他也听见了。细想自己原为他二人，怕生隙恼，方在中间调和，不想并未调和成功，反已落了两处的贬谤。正合着前日所看《南华经》上，有"巧者劳而智者忧，无能者无所求，饱食而遨游，泛若不系之舟"；又曰"山木自寇，源泉自盗"等语。因此越想越无趣。再细想来，目下不过这两个人，尚未应酬妥协，将来犹欲为何？想到其间，也无庸分辩回答，自己转身回房来。林黛玉见他去了，便知他回思无趣，赌气去了，一言也不曾发，不禁自己越发添了气，便说道："这一去，一辈子也别来，也别说话。"

宝玉不理，回房躺在床上，只是瞪瞪的。袭人深知原委，不敢就说，只得以他事来解释，因说道："今儿看了戏，又勾出几天戏来。宝姑娘一定要还席的。"宝玉冷笑道："他还不还，管谁什么相干。"袭人见这话不是往日的口吻，因又笑道："这是怎么说？好好的大正月里，娘儿们姊妹们都喜喜欢欢的，你又怎么这个形景了？"宝玉冷笑道："他们娘儿们姊妹们欢喜不欢喜，也与我无干。"袭人笑道："他们既随和，你也随和，岂不大家彼此有趣。"宝玉道："什么是'大家彼此'！他们有'大家彼此'，我是'赤条条来去无牵挂'。"谈及此句，不觉泪下。袭人见此光景，不肯再说。宝玉细想这句意味，不禁大哭起来，翻身起来至案，遂提笔立占一偈云：

你证我证，心证意证。
是无有证，斯可云证。
无可云证，是立足境。

写毕,自虽解悟,又恐人看此不解,因此亦填一支《寄生草》,也写在偈后。自己又念一遍,自觉无挂碍,中心自得,便上床睡了。

谁想黛玉见宝玉此番果断而去,故以寻袭人为由,来视动静。袭人笑回:"已经睡了。"黛玉听说,便要回去。袭人笑道:"姑娘请站住,有一个字帖儿,瞧瞧是什么话。"说着,便将方才那曲子与偈语悄悄拿来,递与黛玉看。黛玉看了,知是宝玉一时感忿而作,不觉可笑可叹,便向袭人道:"作的是顽意儿,无甚关系。"说毕,便携了回房去,与湘云同看。次日又与宝钗看。宝钗看其词曰:

无我原非你,从他不解伊。肆行无碍凭来去。茫茫着甚悲愁喜,纷纷说甚亲疏密。从前碌碌却因何,到如今回头试想真无趣!

看毕,又看那偈语,又笑道:"这个人悟了。都是我的不是,都是我昨儿一支曲子惹出来的。这些道书禅机最能移性。明儿认真说起这些疯话来,存了这个意思,都是从我这一支曲子上来,我成了个罪魁了。"说着,便撕了个粉碎,递与丫头们说:"快烧了罢。"黛玉笑道:"不该撕,等我问他。你们跟我来,包管叫他收了这个痴心邪话。"

三人果然都往宝玉屋里来。一进来,黛玉便笑道:"宝玉,我问你:至贵者是'宝',至坚者是'玉'。尔有何贵?尔有何坚?"宝玉竟不能答。三人拍手笑道:"这样钝愚,还参禅呢。"黛玉又道:"你那偈末云,'无可云证,是立足境',固然好了,只是据我看,还未尽善。我再续两句在后。"因念云:"无立足境,是方干净。"宝钗道:"实在这方悟彻。当日南宗六祖惠能,初寻师至韶州,闻五祖弘忍在黄梅,他便充役火头僧。五祖欲求法嗣,令徒弟诸僧各出一偈。上座神秀说道:'身是菩提树,心如明镜台,时时勤拂拭,莫使有尘埃。'彼时惠能在厨房碓米,听了这偈,说道:'美则美矣,了则未了。'因自念一偈曰:'菩提本非树,明镜亦非台,本来无一物,何处染尘埃?'五祖便将衣钵传他。今儿这偈语,亦同此意了。只是方才这句机锋,尚未完全了结,这便丢开手不成?"黛玉笑道:"彼时不能答,就算输了,这会子答上了也不为出奇。只是以后再不许谈禅了。连我们两个所知所能的,你还不知不能呢,还去参禅呢。"宝玉自己以为觉悟,不想忽被黛玉一问,便不能答;宝钗又比出"语录"来,此皆素不见他们能者。自己想了一想:"原来他们比我的知觉在先,尚未解悟,我如今何必自寻苦恼。"想毕,便笑道:"谁又参禅,不过一时顽话罢了。"说着,四人仍复如旧。(第二十二回)

这一段故事,林黛玉和史湘云虽然都生贾宝玉的气了,但毕竟有些孩子气,小女孩要面子,加之林黛玉多少有点吃醋,但过去也就罢了。唯独贾宝玉不同,他把这件事上升到了哲学的高度去思考,只不过这个时候的贾宝玉还没"翻过筋斗"(贾雨村语,意思是经历过大的波折),所谓参禅也只是停留在理论上,他更喜欢眼前的生活。所以,当林黛玉、史湘云和薛宝钗一起来问他所谓参禅的事时,他一看当事人都和好了,我还参什么禅啊!

贾宝玉有一个外号叫"富贵闲人"。"富贵闲人"中这个"闲"是什么意思?在世俗人眼里会认为他不干正经事,你这样的男子应该每天去上学读书,好好学做八股文,然后通过科举考试博取功名,继承祖业、光宗耀祖,也就是走仕途经济的道路。可是贾宝玉不这样,他讨厌读"后人杜撰"的书,更讨厌作八股文,他憎恶所谓的仕途经济,他说那些钻营仕途的人是禄蠹国贼,所以在别人眼里他不干正经事。可是在作者眼里,贾宝玉的"闲"可不是这个样子。在作者看来,这个"闲"是不刻意追求什么,也就是说他能够实现自身的清静,内无一物,外无所求,就是内心是清静的、无为的,所以对外在的世界也就没有更多的要求、更多的欲望和追求,因此他才显得闲。贾宝玉不想做国家的武将,也不想做国家的文臣,因此就不读应试书,也不学八股文。他对外无所求,因此他才显得"闲"。而闲下来的贾宝玉就可以和那些女孩们做一些有趣的事,在贾宝玉看来这些趣事才真正有意义。史湘云、薛宝钗、探春等人有的时候会说:你整天跟我们女孩混在一起有什么出息,你也要出去和那些男人们讲一讲仕途经济之道。听到这话的时候,贾宝玉就不给他们好脸色,这是因为贾宝玉有他独立的人生境界、人生追求,和那些男人们不一样,所以他才会显得"闲"。

## 三、禅宗对贾宝玉性格的影响

### （一）顺化自然与否定传统观念

贾宝玉性格中有一种顺化自然与否定传统的特征，从他的价值观和交友方面都能看出来。贾宝玉对经国济世那一套理论不屑一顾，也不愿意同只讲仕途经济的那些人来往。他的好友柳湘莲是一个行踪飘忽不定且带有某种侠客风范的人物；琪官蒋玉菡是一个演员，在今天当属明星，在当时是戏子，是被人瞧不起的底层人物；秦可卿的弟弟秦钟（鲸卿）又出身寒门，与贾宝玉的家境身份相差悬殊。他的好友都是贾宝玉按照自己的想法、自己的性格选择的，我谈得来的、我喜欢的，我才能和他交往，我不喜欢的，我就不和他来往。贾宝玉有一种观念，那些文死谏、武死战的所谓忠臣是最让人瞧不起的禄蠹国贼。一般人不理解，说那忠臣义士怎么到你那里就变成了禄蠹国贼了呢？因为在贾宝玉看来你要做皇帝的忠臣，所以你才用你的死来证明，这是有为的，有功利的目的，不是自然而然的生命存在状态。什么是无为的呢？就像贾宝玉这种状态，不为世俗的价值观左右，适意而为，也就是顺其自然。贾宝玉的生死观也反映出他顺化自然的人生态度，这与传统儒家"舍生取义""轻于鸿毛、重于泰山"等观念完全不同。用贾宝玉自己的话说就是："那些个须眉浊物，只知道文死谏，武死战，这二死是大丈夫死名死节。竟何如不死的好！"（第三十六回）接下来贾宝玉又说："比如我此时若果有造化，该死于此时的，趁你们在，我就死了，再能够你们哭我的眼泪流成大河，把我的尸首漂起来，送到鸦雀不到幽僻之处，随风化了，自此再不要托生为人，就是我死的得时了。"这是贾宝玉对袭人讲的话，他对生死的见解是：该死的时候就死，顺其自然，人就可以抛开一切死掉，而什么时候最好呢？就是你们都在的时候，然后再让你们哭我的眼泪流成河，把我的尸体漂到没有人烟的地方，让我彻底地从俗世中摆脱掉，什么都没有，一切都变成空的。贾宝玉对生死也是这样看，要顺其自然。

### （二）人性复归与个性自由

禅宗关于佛性的观念往往和明清以来进步的思想家能够达成一致，禅宗认为人皆有佛性,每个人都能够一下子认识到自己的内心,顿悟成佛,这一观念与个性解放的思想有相通之处。癞头和尚对通灵宝玉念诵的"天不拘兮地不羁"那一番话,就是说:你原来没到人间的时候,你是多么自由,天地都管不到你,那个时候的人才是真正的人,你是按照人的本性来生活的。贾宝玉追求的正是这样的一种自由和个性,他追求那种没有阻碍、没有束缚的生活。第五回贾宝玉神游太虚幻境,他刚来到太虚幻境,一看太虚幻境朱栏白石、绿树清溪,真是人迹希逢,飞尘不到。贾宝玉就说:"这个去处有趣,我就在这里过一生,纵然失了家也愿意,强如天天被父母师傅打呢。"(第五回)虽然这个时候的贾宝玉年纪有点小,他说的话里面还带着一丝的孩子气,但是我们还是能够感受到他对自由的渴望。

第十五回秦可卿发丧的时候,因为路途遥远,贾宝玉和王熙凤他们来到了一个村庄暂时休息。炕上有一架纺车,贾宝玉没见过感到稀奇,就摇着玩。这时候跑来一个姑娘,说:你闪开,你哪会弄这个。然后她就给贾宝玉做示范,把那纺车摇得飞转。贾宝玉就对这个小女孩产生了很大的兴趣,到后来临走的时候,他就在人群里找,一下子找到那个女孩了,那个女孩怀里面抱着她的弟弟在那里和别人说笑,贾宝玉一步三回头恋恋不舍。他为什么对这个女孩子恋恋不舍呢?就是因为他在这个女孩身上看到了那种没有礼教束缚的自由天性的表达,这个女孩子想要在贾宝玉面前表现自己会纺线,有这样的一个本事,她就不会顾忌其他,没有贾府小姐们那种虚伪的礼节,她很自然地上来操作表演,贾宝玉喜欢的就是这样按人的本性来生活、来说话、来做事的人。

第七十九回贾宝玉生病在怡红院里面养着,贾母命令百日之内不许出院门,其他人都不许打搅。贾宝玉既然不能出门,又忍不了这种拘束,就在家里"和那些丫鬟们无所不至,恣意耍笑作戏"。小说里面写贾宝玉这百日内,只不曾拆毁了怡红院,天天和那些丫头们在一起疯玩,无法无天,凡世上所无之事都玩耍出来,彻底地把自己本性释放出来了。贾宝玉还对柳湘莲表达过自己对柳湘莲的羡慕之情,说:我不像你,你看你多自由,想去哪儿就去哪儿,我只恨我天天圈在家里,一点做不得主,行动就有人知道,不是这个拦就是那个劝,能说不能行。他最痛苦的就是自己只能想只能说却做不得主,而他恰恰又想追求这种自由。另外,自由和平等是不可分割的,有了自由的观念才会有平等的思想,自己追求自由,同时尊重他人的自由,这样就能以平等之心来对待他人。在贾宝玉那里很多礼法规范都被打破了,因为他不想用那些外在的束缚来约束自己,当然也不想约束别人。所以丫头们嘴里面也是"宝玉、宝玉"地叫着,连那些小厮们在他高兴的时候,也可以一个抱腰,一个拽胳膊,把他身上所带之物尽行捋去。他也无所谓,拿去就拿去吧。当然了,只有林黛玉给他的那个香袋,他放在了衣服的最里面。

### (三)"唯专己见"与无视权威

贾宝玉的性格中还有一个特点就是"唯专己见"。"唯专己见"源自五代时延寿编辑的《宗镜录》,《宗镜录》中的这句话是批评当时的禅师只看重自己的观点,只按自己的想法来,而不学习前代佛教先师们的观点和思想,延寿是批评"唯专己见"的。可是贾宝玉恰恰就"唯专己见",并且他对那些所谓的权威不屑一顾。他第一次见林黛玉的时候,说要给林黛玉起一字叫"颦",然后探春就问他,这个字有典故吗?贾宝玉说出了一个书名《古今人物通考》,探春怀疑是他杜撰出来的,贾宝玉说:"除《四书》外,杜撰的太多,偏只我是杜撰不成?"(第三回)在贾宝玉看来,除了孔孟原著那些经典之外,尤其是朱熹后面的那些书、那些注释都是杜撰,他对宋代的理学家们是蔑视的,他是以"杜撰古人"来看待他们的,所以他说那些人看不懂圣人之书,不解圣人之书,胡乱地去解圣人之书。而大家知道朱熹对"四书五经"的注释,那可是明清两代科举考试唯一的答案。所以贾宝玉的这些观点显然是非常不合时宜的。还有贾宝玉初次出场的时候,小说作者曾经以两首《西江月》来批评他,一般我们认为是明贬而实褒的。"行为偏僻性乖张,那管世人诽谤",说我不在意世上人怎样说我的坏话,也就是走自己的路让别人说去吧。说说可以,真正能做到的能有几人?也就是说"唯专己见"者能有几人,因为人要顾及家庭、未来生长的环境等。贾宝玉不顾及这些,所以小说里面写贾宝玉每一次讲话都是他胸中欲说的话。虽然他很害怕他的父亲,可是在他父亲面前往往也会放肆、造次,大观园试才题对时,贾宝玉每说出一个典故,每给一处景物起了一个名字或者写了对联、赋了诗,贾政都要骂他、批评他,可是下一次让他写,他还是按照自己的想法去写,而不会去迎合他的父亲,这是贾宝玉身上非常可贵的一种精神。

禅宗是中国士大夫从外来的文化中汲取养分而形成的一个哲学体系,《红楼梦》中的进步思想和禅宗有相通之处,贾宝玉这个形象以及他的性格特征都受了禅宗的影响。但是,贾宝玉不等于禅宗,《红楼梦》也不是为了宣传禅宗的思想而写作的,曹雪芹是按照自己对禅宗的体悟,是按照自己的想法去塑造贾宝玉这个形象的,所以贾宝玉就是贾宝玉,禅宗还是禅宗。

 思考题

1. 贾宝玉形象与禅宗有怎样的联系?
2. 谈谈你对禅宗的理解。

# 第十二讲
# 《红楼梦》中的满族文化

《红楼梦》是满汉文化融合的一部现实主义文学巨著。《红楼梦》的作者曹雪芹是满族人,而他所描写的小说中的贾府又是以他自己的家为主要素材的;所以,在小说中必然要写到满族的文化。当然,到了曹雪芹的时代,满族文化受汉族文化的影响,也出现了很明显的满汉文化融合的现象,同时曹雪芹本人在小说中又不是有意地要借此传承满族文化,因此小说中体现出来的是满汉文化的融合。

## 一、作者的满族文化背景

《红楼梦》中都写到了哪些满族的文化呢?在解决这个问题之前,我们首先要了解一下作者的满族文化背景。大家都知道曹雪芹是满族人,而实际上曹雪芹的祖先是汉族人,大约是在明末的时候加入了满族,这种情况在当时称为汉军。原来是汉族,加入满族八旗之后称为汉军,他家还是使用曹这个汉姓。另外他们加入满族之后的身份是包衣,也就是奴隶的意思,因为当时满族是实行奴隶制的,人主要分成两类,一类是主子,另一类就是奴隶,曹家是正白旗的包衣。据发现的资料,曹雪芹的父辈、祖辈,还有曾祖辈三代都做内务府的差,这个差主要就是江宁织造,当然他的祖父曹寅除此之外还做过两淮的盐政,也做过苏州的织造。织造看起来是属于内务府的一个小官,实际上权力很大,这个权力大在哪里？主要是他和皇室的关系非常密切，而曹雪芹的祖父曹寅和康熙皇帝关系极为密切，曹寅的母亲是康熙的奶妈，他本人是康熙的伴读，再大一些又当康熙的侍卫，然后才到江宁担任织造。他一方面负责采买置办皇室所用的和织物有关的东西，另一方面还负责暗中探访、侦查江南官吏的情况，所以曹寅在当时势力很大，《全唐诗》就是他主持刊刻的。曹寅去世之后，他的儿辈继续做织造，到雍正五年的时候，曹家被抄了，曹氏家族就败落了。所以小说中所写的贾家，很多素材都是以曹家为背景的。

## 二、《红楼梦》中的满族民俗

《红楼梦》中都写了哪些满族民俗呢？我们归一下类，从民俗的角度主要包括这样几个方面：第一个是满语的词汇，第二个是满族的礼俗，第三是满族的服饰，第四是满族的祭祀。

### （一）满语的词汇

大家可能会说，小说里面都是用汉字汉语写成的，哪里有满语的词汇呢？我们举几个例子，小说里面有几个词恐怕大家在汉语中就很难找到。比如"劳什子"是什么？贾宝玉第一次见林黛玉的时候问妹妹可有玉，林黛玉说没有，想来那不是一般人能有的东西。贾宝玉听后就生气了，把他身上带的那块玉扯下来摔在地上，说我也不要这什么"劳什子"了，单单我有，别人都没有，现在来了一个天仙似的妹妹，她也没有，为什么我要有呢？还有一次，梨香院里面有一个叫龄官的小演员和贾蔷谈恋爱，贾蔷为了讨龄官的喜欢，就买了一个小鸟装在笼子里。这个小鸟有个特殊的能力，笼子里面搭了一个小小的戏台，这鸟可以叼着这个旗子在戏台上舞蹈。龄官看到这个之后，不仅没高兴，反而生气了。说我被你们家弄来，关在像笼子一样的院子里面不得自由，学这个劳什子，现在你给我买个雀，也让它做这个劳什子。劳什子不是汉语词汇，而是满语词汇，它的原意是说痴话、说傻话、说颠话、说骗人的话、说唬人的话等，是个动词，到了《红楼梦》里，这个词就变成了一个名词，并且引申成不好的东西，是一个贬义词，对那些被贬低价值的东西都可以叫它们劳什子。

再说一个词,叫"一抿子"。在第五十五回,王熙凤和平儿谈论家里的花销,王熙凤说环哥娶亲有限,花上三千两银子,不拘那里省一抿子也就够了。因为贾环是庶出,另外他不是长子,所以他结婚的时候,开销无需要太大,不拘在什么地方随便省下一点点、省下一些就可以了。我们根据上下文能理解一抿子是一点儿、一些的意思。一抿子也是满语,在满语中是油的意思,就是我们吃的食用油。满语中有一种说法,就是大钱都花了,还差这么一点点油么?由这个意思再引申到小说里的意思。由此我们看出《红楼梦》中汉语词汇融合进来一些满语词汇,并且对原来的词义也有一些引申。

还有一个词叫"烧包袱"。小说第五十八回,梨香院唱戏的小演员之一叫藕官,在大观园里烧纸钱,被贾宝玉撞见了。跟随贾宝玉的仆人都呵斥她,说你怎么在这里烧纸呢?贾宝玉为了不让藕官受委屈,就说我看清了,她烧的不是纸钱,是林姑娘写完了不要的那些字纸,让她在这烧。他就把这事搪塞过去了。事后贾宝玉就问藕官:你是给谁烧的呀?是不是给你的父母啊?以后不要在这烧了,你要给谁烧就告诉我,我让仆人打了包袱写上名姓到外面去烧。就是做一个纸的口袋,把冥币纸钱装在口袋里面,你想把它送给谁就写上谁的名姓、籍贯。这个风俗也是满族的风俗,包袱的本意是家里的坟,并不是我们今天汉语中的包袱的意思。因为满族人原来在关外的时候逐水草而居,要给自己家的祖先送纸钱,又不可能亲自到家坟上去,那就用这样"邮寄"的方式,所谓烧包袱实际上就是上坟的意思,这一习俗在今天的东北仍然延续着,只不过不叫烧包袱了。

还有一个词叫"排插"。在小说的第六十四回,贾琏趁贾珍没在家的时候去宁府看尤二姐,因为他看上了尤二姐。小说写贾琏到了房间里面,尤二姐让他坐,贾琏便靠东边排插坐下。这句话如果不作解释恐怕我们很难理解什么叫靠东边排插坐下,就是东边有一个排插,排插就是一面墙,是可以活动的墙。满族人基本的居住格局是:正房三间,中间开门,从中间门进来,中间的房间一般做厨房,西屋是长者住的房子,在西屋和正屋之间的这面墙是可以活动的,叫排插墙。如果在西屋举行一些重要的活动,比如祭祀或者家宴,这个房间就小了,那么就把中间这个可以活动的排插墙卸下来,这样房间就大了。

还有一个词叫"散诞"。散诞就是散心、游玩的意思。这个词在两个地方出现过,一个是在小说的第八十回,迎春嫁给了孙绍祖,她的丈夫对她非常不好,迎春的奶娘回来之后就讲了这件事情,说什么时候把姑娘接回来在家里散诞两日,就是回到家里散散心。还有一处也是在这一回,贾宝玉和贾母等人去天齐庙烧香,吃过饭之后那些老仆人和李贵围着贾宝玉到处散诞,顽耍了一回。散诞也是满语,是游玩的意思,不是汉语。

### (二)满族的礼俗

现在流行的清宫戏比较多,大体上反映出满族人是怎样行礼的。首先是见面礼,满族人请安,男人和女人是不一样的,男人的请安礼是打千。打千这个动作是这样的:左腿向前,右腿在后,右腿弯曲,右手下垂,身体前倾呈半跪的姿势。如果礼要隆重一些,右膝就跪下,跪得越深就越尊重越隆重,在做这个姿势的时候还要同时说请某某安。那么女人请安的礼和我们在一些清宫戏里看到的礼还不尽相同,女子请安是双手合在一起,左手在下,右手在上,然后放在左膝盖上,身体下蹲,因为要想把手放在膝盖上不蹲也够不到,嘴里面也要说着请某某安。除了见面问安的礼之外,满族还有一些特殊的礼仪,比如说抱腰接面,它主要用在平辈人身上,见面的时候抱腰,然后脸贴着脸。因为入关以后满族接受了汉族文化,我们汉族文化对肌肤接触比较排斥,在公共的场合或者是非特别亲近的人中,都是不碰对方的身体的,而满族的抱腰和接面都是碰身体的,所以到了《红楼梦》里面,我们只能看到抱腰,接面就看不到了。小说第八回里面写过抱腰礼,贾宝玉在路上遇到了清客相公詹光、单聘仁两个人,他们一见了贾宝玉便都笑着赶上来,一个抱住腰,一个携着手。这是我们说的礼俗中的见面礼。

礼俗中的第二种是称谓。我们发现小说中有一种特别有意思的称谓,比如说贾宝玉,别人尊称他为宝二爷,贾琏被称为琏二爷,贾珍被称为珍大爷,因为他是老大。可是他们是不是那些人的爷爷呢?不是,在汉语中,"爷"是一个辈分的称谓,可是到了《红楼梦》里,它是对男性的一个尊称。爷这个词在今天北京方言中仍然保留着。奶奶这个词也是,奶奶在小说中可不都是祖母的意思。王熙凤叫琏二奶奶,李纨叫大奶奶,可是比王熙凤辈分大的,像王夫人是王熙凤的姑妈也是她的婶婆婆,不叫她祖奶奶、太奶奶,而叫夫人、太太,辈分大的不叫奶奶,辈分小的反而叫奶奶,所以在小说里面,奶奶是一种称谓不是辈分,这也是满族的礼俗。

　　满族礼俗的第三个特点是女性的地位比较高。小说里面贾母的地位最高，不仅仅因为她的辈分最高，也因为她是女性，所有人都尊称贾母为老祖宗，她的孙子这样叫她，孙女这样叫她，儿媳妇也这样叫她，连她的儿子也这样叫她。还有王熙凤的地位也很高，整个贾府内务的大大小小事情，包括财政大权都在她一人掌握之下，她的丈夫贾琏想要花钱、想要安排人都得求她，她的地位是非常高的。宁府秦可卿葬礼，贾珍自己忙不过来，贾家那么多男人他不找，他找王熙凤，不仅仅因为王熙凤有才华能管理好，还因为人们也尊敬她。除此之外，小说中其他的女孩地位高不高？也是非常高的。在贾府吃饭的时候，那些未出阁的孙女们都陪着贾母一起吃，可是王熙凤和李纨就只能在旁边站着伺候，端茶递水，等到人家都吃完了，她俩才能收拾收拾到一边去吃。作者把林黛玉初进贾府的第一顿饭写得很详细：

　　　　王夫人遂携黛玉穿过一个东西穿堂，便是贾母的后院了。于是，进入后房门，已有多人在此伺候，见王夫人来了，方安设桌椅。贾珠之妻李氏捧饭，熙凤安箸，王夫人进羹。贾母正面榻上独坐，两边四张空椅，熙凤忙拉黛玉在左边第一张椅上坐了，黛玉十分推让。贾母笑道："你舅母你嫂子们不在这里吃饭。你是客，原应如此坐的。"黛玉方告了座，坐了。贾母命王夫人坐了。迎春姊妹三个告了座方上来。迎春便坐右手第一，探春左第二，惜春右第二。旁边丫鬟执着拂尘、漱盂、巾帕。李、凤二人立于案旁布让。（第三回）

　　这顿饭就是典型的满族礼节。王夫人即使有了两个儿媳妇了，但因贾母尚在，她也要来伺候。同时，也因为有了儿媳，她也是长辈了，所以，只是礼节性地给贾母进羹，真正伺候的工作由两个儿媳妇来做。从长幼的角度看，李纨和王熙凤都是迎春、探春、惜春和黛玉的嫂子，是同辈中的长者，但是她们得伺候小姑子。这也是满族女性地位高这一风俗的表现之一，就是未出阁的女孩地位要高于同辈的嫂子。清代徐珂在《清稗类钞·风俗类》"旗俗重小姑"条里面有过明确的记载："旗俗，家庭之间，礼节最繁重，而未字之小姑，其尊亚于姑，宴居会食，翁姑上坐，小姑侧坐,媳妇则侍立于旁,进盘匜、奉巾栉惟谨,如仆媪焉。"① 它讲的就是这种风俗,公公婆婆上座,小姑子坐在旁边,而家里的儿媳妇在旁边站着,往上送盘子递碗,拿着毛巾,等等,特别小心谨慎,就像家里的仆人一样。

### （三）满族的服饰

教学视频

小说里面写的服饰是哪个朝代的呢?清朝?明朝?好像都是,又都不是。作者在小说里面很明白地说本小说无朝代年纪可考,作者有意把朝代隐去,把和现实能够直接挂上钩的这些迹象尽量地抹掉,不让你看出是哪个朝代的。这样做对小说作者本人是一种保护,对小说的流传也有一定的好处。还有就是作者可以放开手脚,充分地调动自己的才华去想象、构思。不至于被朝代束缚住自己的手脚。所以小说里面写的服饰,我们说不清是哪朝的,它既有汉族传统的服饰,也有满族的服饰。举几个例子,比如说辫子。除贾宝玉外小说没有写过其他男人的辫子,要写的话,那一下子就看出这就是清朝。只有写贾宝玉时写到了男人的辫子,就是在林黛玉初进贾府的第三回。贾宝玉从外面回来,从林黛玉的眼睛看贾宝玉的打扮:"头上周围一转的短发,都结成小辫,红丝结束,共攒至顶中胎发,总编一根大辫,黑亮如漆,从顶至梢,一串四颗大珠,用金八宝坠角。"这种描述就是非常清晰地告诉我们贾宝玉的身后是拖着一条乌黑油亮的大辫子,可是小说为了掩盖这一切,又让贾宝玉头上多了一个紫金冠,你想那个紫金冠怎么戴在了这样一个头上呢?戴不上去的,如果你要是按照它的描写去打扮贾宝玉的话,没有办法,所以我们在电视剧里面看到的贾宝玉就没有了辫子。辫子上缀上四颗珠子,这也是满族贵族男子常用的装饰,下面还有一个金八宝坠角,这个坠角就是在辫梢上装的一个玉、金等这样的装饰,因为它比较沉,这样走起路来辫子就不会乱摆一气。

再例如箭袖。箭袖是满族男子服饰的一种特殊的样式和称谓,它和满族人的生活习俗有关。满族人要拉弓射箭,所以他们衣服的袖口是窄的,并且在袖口那里做成一个像马蹄的形状,因此也叫马蹄袖,不像汉族男子的宽袍大袖。满族男子在行礼之前要先把马蹄袖整理一下,然后打千请安,起身以后再把它整理

---

① 徐珂:《清稗类钞》,中华书局 2010 年版,第 2212 页。

好。这是男子的服饰。女子服饰也能看出一些满族的风俗,比如窄褃袄。褃是哪里?腋下这个地方叫褃,窄褃就是这个地方特别瘦,这样就能把女子的体型显示出来了。在电视剧里面不是很容易表现这种窄褃,所以我们看不出来。小说第三回,王熙凤来见林黛玉,林黛玉眼中看到王熙凤身上穿的就是这样一件衣服,缕金百蝶穿花大红洋缎窄褃袄。另外第四十九回,史湘云也穿着一个窄褃袄,叫靠色三镶领袖秋香色盘金五色绣龙窄褃小袖掩衿银鼠短袄。

### (四) 满族的祭祀

满族人最看重祭祀的礼节,而最隆重的是两个祭礼:一个是祭星,一个是祭祖。祭星是满族萨满教重要的神事活动之一,我们汉族的普通老百姓不祭星,而满族普通人家却祭星。小说里面写过一次,在第三十六回,贾宝玉挨打以后,贾母怕贾政有什么事再来找贾宝玉,就吩咐仆人说:"以后倘有会人待客诸样的事,你老爷要叫宝玉,你不用上来传话,就回他说我说了:一则打重了,得着实将养几个月才走得;二则他的星宿不利,祭了星不见外人。"说贾宝玉祭了星不见外人是什么意思?就是在满族的祭祀活动中,祭星和祭星之后的一段时间是要避开人的,这个叫躲星。那么要躲多长时间呢?具体情况要由萨满来决定。关于祭祖,小说里面写过一次最为隆重的祭祖活动,就在第五十三回,除夕日宁荣两府在祠堂里祭祖。小说里面写的这个祭祖活动有两个方面的特点能够看出是满族特有的,一是祭祖之前先祭供奉的神主。就是家里面供奉一个神,这个神不是祖先,因为满族是多神信仰的,在满族的民族文化和神话传说中,很多事物都有神性,每个家族供奉的神主也不完全一样。在今天东北的农村,有些人家还供奉类似神主的东西,俗称保家仙。贾家祭祀的神主是哪一位神,作者没写,因为这一次祭祀活动是从薛宝琴这个角度来写的。薛宝琴第一次参加这样的活动,通过薛宝琴的眼睛来观察,小说里面是这么写的:贾家的祠堂在宁府的西边另一个院子,五间正殿,里边香烛辉煌,锦幛绣幕,虽列着神主,却看不真切。虽列着神主,薛宝琴却看不真切,也就是说作者不告诉读者他家供奉的是哪一位神主。在满族神话传说中,他们的祖先一位是长白山神叫撮哈占爷,很多人把它供为自己家里的神主。另外还有一位祖先神,叫佛赫妈妈,佛赫妈妈是长白山的柳枝变化的,所以满族崇拜柳。20世纪80年代的东北,在农村还有一种习俗,孩子如果经常生病,就让他找一棵柳树,认这个柳树为妈妈,给这个柳树系上红布,上上供,跪下磕头,这样孩子就好养了。供奉祖先像也是满族祭祖的一个特点。小说里面写祭祀完神主之后,众人退出,然后围着贾母在正堂上,"影前锦幔高挂,彩屏张护,香烛辉煌。上面正居中悬着宁荣二祖遗像,皆是披蟒腰玉;两边还有几轴列祖遗影"。

已到了腊月二十九日了,各色齐备,两府中都换了门神,联对,挂牌,新油了桃符,焕然一新。宁国府从大门、仪门、大厅、暖阁、内厅、内三门、内仪门并内塞门,直到正堂,一路正门大开,两边阶下一色朱红大高烛,点的两条金龙一般。

次日,由贾母有诰封者,皆按品级着朝服,先坐八人大轿,带领着众人进宫朝贺,行礼领宴毕回来,便到宁国府暖阁下轿。诸子弟有未随入朝者,皆在宁府门前排班伺候,然后引入宗祠。

且说宝琴是初次,一面细细留神打谅这宗祠,原来宁府西边另一个院子,黑油栅栏内五间大门,上悬一块匾,写着是"贾氏宗祠"四个字,旁书"衍圣公孔继宗书"。两旁有一副长联,写道是:

肝脑涂地,兆姓赖保育之恩;
功名贯天,百代仰蒸尝之盛。

亦衍圣公所书。进入院中,白石甬路,两边皆是苍松翠柏。月台上设着青绿古铜鼎彝等器。抱厦前上面悬一九龙金匾,写道是:"星辉辅弼"。乃先皇御笔。两边一副对联,写道是:

勋业有光昭日月,功名无间及儿孙。

亦是御笔。五间正殿前悬一闹龙填青匾,写道是:"慎终追远"。旁边一副对联,写道是:

> 已后儿孙承福德,至今黎庶念荣宁。

俱是御笔。里边香烛辉煌,锦幛绣幕,虽列着神主,却看不真切。只见贾府人分昭穆排班立定:贾敬主祭,贾赦陪祭,贾珍献爵,贾琏贾琮献帛,宝玉捧香,贾菖贾菱展拜毯,守焚池。青衣乐奏,三献爵,拜兴毕,焚帛奠酒,礼毕,乐止,退出。

众人围随着贾母至正堂上,影前锦幔高挂,彩屏张护,香烛辉煌。上面正居中悬着宁荣二祖遗像,皆是披蟒腰玉;两边还有几轴列祖遗影。贾荇贾芷等从内仪门挨次列站,直到正堂廊下。槛外方是贾敬贾赦,槛内是各女眷。众家人小厮皆在仪门之外。

每一道菜至,传至仪门,贾荇贾芷等便接了,按次传至阶上贾敬手中。贾蓉系长房长孙,独他随女眷在槛内。每贾敬捧菜至,传于贾蓉,贾蓉便传于他妻子,又传于凤姐尤氏诸人,直传至供桌前,方传于王夫人。王夫人传于贾母,贾母方捧放在桌上。邢夫人在供桌之西,东向立,同贾母供放。直至将菜饭汤点酒茶传完,贾蓉方退出下阶,归入贾芹阶位之首。

凡从文旁之名者,贾敬为首;下则从玉者,贾珍为首;再下从草头者,贾蓉为首;左昭右穆,男东女西。俟贾母拈香下拜,众人方一齐跪下,将五间大厅,三间抱厦,内外廊檐,阶上阶下两丹墀内,花团锦簇,塞的无一隙空地。鸦雀无闻,只听铿锵叮当,金铃玉佩微微摇曳之声,并起跪靴履飒沓之响。一时礼毕,贾敬贾赦等便忙退出,至荣府专候与贾母行礼。

尤氏上房早已袭地铺满红毡,当地放着像鼻三足鳅沿鎏金珐琅大火盆,正面炕上铺新猩红毡,设着大红彩绣云龙捧寿的靠背引枕,外另有黑狐皮的袱子搭在上面,大白狐皮坐褥,请贾母上去坐了。两边又铺皮褥,让贾母一辈的两三个妯娌坐了。这边横头排插之后小炕上,也铺了皮褥,让邢夫人等坐了。地下两面相对十二张雕漆椅上,都是一色灰鼠椅搭小褥,每一张椅下一个大铜脚炉,让宝琴等姊妹坐了。尤氏用茶盘亲捧茶与贾母,蓉妻捧与众老祖母,然后尤氏又捧与邢夫人等,蓉妻又捧与众姊妹。凤姐李纨等只在地下伺候。茶毕,邢夫人等便先起身来侍贾母。贾母吃茶,与老妯娌闲话了两三句,便命看轿。

凤姐儿忙上去搀起来。尤氏笑回说:"已经预备下老太太的晚饭。每年都不肯赏些体面用过晚饭过去,果然我们就不及凤丫头不成?"凤姐儿搀着贾母笑道:"老祖宗快走,咱们家去吃饭,别理他。"贾母笑道:"你这里供着祖宗,忙的什么似的,那里搁得住我闹。况且每年我不吃,你们也要送去的。不如还送了去,我吃不了留着明儿再吃,岂不多吃些。"说的众人都笑了。又吩咐他:"好生派妥当人夜里看香火,不是大意得的。"尤氏答应了。一面走出来至暖阁前上了轿。尤氏等闪过屏风,小厮们才领轿夫,请了轿出大门。尤氏亦随邢夫人等同至荣府。

这里轿出大门,这一条街上,东一边合面设列着宁国府的仪仗执事乐器,西一边合面设列着荣国府的仪仗执事乐器,来往行人皆屏退不从此过。一时来至荣府,也是大门正厅直开到底。如今便不在暖阁下轿了,过了大厅,便转弯向西,至贾母这边正厅上下轿。

众人围随同至贾母正室之中,亦是锦裀绣屏,焕然一新。当地火盆内焚着松柏香,百合草。贾母归了坐,老嬷嬷来回:"老太太们来行礼。"贾母忙又起身要迎,只见两三个老妯娌已进来了。大家挽手,笑了一回,让了一回。吃茶去后,贾母只送至内仪门便回来,归正坐。

贾敬贾赦等领诸子弟进来。贾母笑道:"一年价难为你们,不行礼罢。"一面说着,一面男一起,女一起,一起一起俱行过了礼。左右两旁设下交椅,然后又按长幼挨次归坐受礼。两府男妇小厮丫鬟亦按差役上中下行礼毕,散押岁钱、荷包、金银锞,摆上合欢宴来。男东女西归坐,献屠苏酒,合欢汤、吉祥果、如意糕毕,贾母起身进内间更衣,众人方各散出。

那晚各处佛堂灶王前焚香上供,王夫人正房院内设着天地纸马香供,大观园正门上也挑着大明角灯,两溜高照,各处皆有路灯。上下人等,皆打扮的花团锦簇,一夜人声嘈杂,语笑喧阗,爆竹起火,络绎不绝。

至次日五鼓,贾母等又按品大妆,摆全副执事进宫朝贺,兼祝元春千秋。领宴回来,又至宁府祭过列祖,方回来受礼毕,便换衣歇息。所有贺节来的亲友一概不会,只和薛姨妈李婶二人说话取便,或者同宝玉、宝琴、钗、玉等姊妹赶围棋抹牌作戏。王夫人与凤姐是天天忙着请人吃年酒,那边厅上院内皆是戏酒,亲友络绎不绝,一连忙了七八日才完了。早又元宵将近,宁荣二府皆张灯结彩。十一日是贾赦请贾母等,次日贾珍又请,贾母皆去随便领了半日。王夫人和凤姐儿连日被人请去吃年酒,不能胜记。(第五十三回)

## 三、《红楼梦》与萨满文化

满族文化中非常重要的一个内容就是萨满。萨满是北方民族流行的原始宗教,曾经翻译为珊蛮、沙曼、萨玛等。而萨满的神就是萨满的巫师,联系人神之间的神职人员也叫萨满,所以萨满既是宗教的名称也是巫师的名称。萨满联系人神基本的方式就是跳神,萨满在跳神的时候,他身上要穿着专门的神衣,并且有专门的器具,比如神鼓,神衣上还有镜子、腰铃等。另外,他跳神时所使用的音乐,就是所唱的神曲,也是专门的、固定的。原来的满族人无论大事小情都要请萨满来跳神,这是他们日常生活的一部分。所以萨满对满族文化来说是非常非常重要的内容,可以说萨满影响了满族人生活的各个方面。在小说中我们也能看到萨满文化的痕迹,只不过这些痕迹不是非常的明显。

首先我们看通灵宝玉和萨满的石崇拜。小说中的通灵宝玉是哪儿来的?是女娲娘娘补天的时候剩下了一块,在汉族文化中,我们可以叫它是无材补天,曹雪芹说无材可去补苍天。准确地说,它是因为命运不济而被弃置一边的石头,是女娲娘娘炼石用以补天剩下来的石头。通灵玉也有满族文化的因素。在满族文化中有一个神话传说叫《托阿恩都里》,这个神话传说中火神叫托阿,他从天上盗来了火种,装在一个葫芦里。他为了能把火种带到人间就凿开一个石头,把葫芦藏到石头里面带到了人间。因此在满族中有石崇拜,很多族姓还把石头作为自己家里的神进行供奉,而这个石头就有特殊的功效。在萨满的文化里面石头是有灵性的,它是可以除邪的。那么我们看通灵宝玉是不是也有这样的功效呢?通灵宝玉背面写的是:一除邪祟,二疗冤疾,三知祸福。所以在汉族的文化中,它是一块弃置的石头,是无用的,因为命运不济,而在满族的文化中它却是一块灵石。

其次我们看一下"女儿是水做的"与水崇拜。在满族的神话里面,他们的祖先有一位女神阿布卡赫赫,她就是在水泡中诞生的,她的身体又诞生出来两位女神,一个叫卧勒多赫赫,另外一个叫巴那姆赫赫。她们都是从水泡中诞生出来的,因此满族人特别崇拜水,同时也崇拜女性,女性的地位高。所以在小说里面,贾宝玉说:女儿是水做的骨肉,男人是泥做的骨肉。我见了女儿便觉清爽,见了男子便觉浊臭逼人。这除了作者思想进步,对传统男尊女卑观念持否定态度之外,还有满族文化的影响。

第三就是神游太虚幻境与三魂说。在满族的萨满文化中,人的灵魂有三个,一是生魂,二是游魂,三是转生魂。生魂是主魂,它自始至终伴随着人的生命。游魂也叫浮魂,它可以在人睡眠的时候离开人的身体到很多远的地方和其他的灵魂进行交流,在人醒来的时候它又回来了。转生魂能让人转生,它有超级的力量。在小说里面写过一次,就是贾宝玉神游太虚幻境,警幻仙子领他来到一个地方,冲着房间里的那些妹妹们喊,说你们快出来迎接贵客,这些仙女出来一看是一个须眉浊物,就埋怨警幻,说你不是说今天的贵客是绛珠妹子的生魂前来游玩吗?大家注意,这里面写的是绛珠妹子的生魂而不是说灵魂,它用的就是满族的三魂说中的生魂。那么贾宝玉神游之后又回来了,所以这就是贾宝玉的游魂,在梦境中脱离了他的肉体,然后还能够回来。

另外风月宝鉴和萨满的铜镜也有一定的关联。在萨满的身上挂有铜镜,有的时候还不止悬挂一面,前面挂一个大一点的日镜,后面挂一个小一点的是月镜,有的时候肩膀上也挂,左肩象征着日,右肩象征着月。萨满的铜镜的功能是非常强大的,能够驱邪除鬼,还能招魂。在小说中,贾瑞对王熙凤打起了歪心思,被王熙凤看穿,她狠狠地捉弄了贾瑞两番。

警幻仙子

贾瑞连冻带饿,加上祖父的大板子,罚跪背书,又有贾蓉、贾蔷借机敲诈他50两银子,而相思病又没减去一分,几下里夹攻,病倒了。

  那贾瑞此时要命心甚切,无药不吃,只是白花钱,不见效。忽然这日有个跛足道人来化斋,口称专治冤业之症。贾瑞偏生在内就听见了,直着声叫喊说:"快请进那位菩萨来救我!"一面叫,一面在枕上叩首。众人只得带了那道士进来。贾瑞一把拉住,连叫"菩萨救我!"那道士叹道:"你这病非药可医。我有个宝贝与你,你天天看时,此命可保矣。"说毕,从褡裢中取出一面镜子来——两面皆可照人,镜把上面錾着"风月宝鉴"四字——递与贾瑞道:"这物出自太虚幻境空灵殿上,警幻仙子所制,专治邪思妄动之症,有济世保生之功。所以带他到世上,单与那些聪明杰俊,风雅王孙等看照。千万不可照正面,只照他的背面,要紧,要紧!三日后吾来收取,管叫你好了。"说毕,佯常而去,众人苦留不住。

  贾瑞收了镜子,想道:"这道士倒有意思,我何不照一照试试。"想毕,拿起"风月鉴"来,向反面一照,只见一个骷髅立在里面,唬得贾瑞连忙掩了,骂:"道士混账,如何吓我!——我倒再照正面是什么。"想着,又将正面一照,只见凤姐站在里面招手叫他。贾瑞心中一喜,荡悠悠的觉得进了镜子,与凤姐云雨一番,凤姐仍送他出来。到了床上,嗳哟了一声,一睁眼,镜子从手里掉过来,仍是反面立着一个骷髅。贾瑞自觉汗津津的,底下已遗了一滩精。心中到底不足,又翻过正面来,只见凤姐还招手叫他,他又进去。如此三四次。到了这次,刚要出镜子来,只见两个人走来,拿铁锁把他套住,拉了就走。贾瑞叫道:"让我拿了镜子再走。"——只说了这句,就再不能说话了。

  旁边服侍贾瑞的众人,只见他先还拿着镜子照,落下来,仍睁开眼拾在手内,末后镜子落下来便不动了。众人上来看看,已没了气。身子底下冰凉渍湿一大滩精,这才忙着穿衣抬床。代儒夫妇哭得死去活来,大骂道士,"是何妖镜!若不早毁此物,遗害于世不小。"遂命架火来烧,只听镜内哭道:"谁叫你们瞧正面了!你们自己以假为真,何苦来烧我?"正哭着,只见那跛足道人从外面跑来,喊道:"谁毁'风月鉴',吾来救也!"说着,直入中堂,抢入手

内,飘然去了。(第十二回)

小说里面的风月宝鉴虽然主要是借佛教思想,表达的是与小说悲剧主旨相一致的思想,所谓真者实际是假的,王熙凤本质上就是骷髅,这才是美女的真,这是佛教的色空观。而贾瑞就是一个"皮肤滥淫之蠢物",根本悟不出其中的奥妙,他没有甄士隐、柳湘莲和贾宝玉那样的才智、慧根。所以,本来可以救命的风月宝鉴也救不了他。

在小说中出现了那么多满族的习俗,萨满文化和《红楼梦》又有这么密切的关联,那么作者是不是有意借《红楼梦》来传承或者是宣扬满族的文化呢?恐怕不能这样理解。因为今天有些人过度地解读《红楼梦》,甚至过度解读《红楼梦》中的某些文化因素,包括满族文化的因素。在满族的神话、习俗和萨满文化中找到一些符号,和小说中所描写的事物、行为、思想、观念等进行对应,然后过度解读。我们觉得这样做有些过分,比如有人认为警幻仙姑就是萨满,秦可卿也是萨满,因为在萨满中有很多女萨满,这样解读虽有一定的道理,但是至少我们找不到直接的证据。所以,对此我们应该有这样一种共识或理解,就是作者在处理满族文化的时候,他没有原汁原味保留满族的风俗,也没有皈依萨满的精神信仰,小说中的思想和文化包含着满汉两个方面,因此他绝非有意传播某一个方面的文化,因为只有这样做,作者才能够把这个作品写成一部伟大的现实主义著作,它符合文学创作的一般的原理,就是虚构,并不拘泥于真实。《红楼梦》这部巨著既体现了满汉的融合,同时还给我们一个重大的启示,就是中华民族的文化是多元的,中华民族自古以来就是多民族融合的大家庭,《红楼梦》证明了中华文化是多元的,而《红楼梦》本身又传承了这个多元的文化。

 **思考题**

1. 《红楼梦》中有哪些满族文化的因素?
2. 谈谈你对中华民族文化多元性特点的理解?

# 第十三讲
# 家国同构与《红楼梦》中的贾府

《红楼梦》非常详细地描写了贾家的日常生活，也描写了他们的经济生活，还有贾府的礼节、制度，以及贾家的价值观、道德观，涉及的内容非常广泛。我们发现一个现象，就是小说描写的贾府和整个封建国家的组织形式，包括精神层面的追求都非常接近，这种现象就叫"家国同构"。家国同构既是一种社会现象、文化现象，也是一种观念，这种观念在汉代的时候就已经形成了。从词汇的角度看，国家是一个复合词，也就是国的意思，但国叫国家，这就说国和家有着内在的一致性。比如我们把一个国家的开创者叫国父，把地方官叫父母官，把一个国家的长辈、长者、尊者和家庭中的长辈、长者、尊者等同起来，表明我们在国和家的问题上有着一致的思维方式。思维方式的一致使得国和家的组织结构、道德体系、价值体系、治理方式等，都有着一致性，我们把这种现象叫作家国同构。家国同构是以农业经济和宗法制为基础的，它以血缘为纽带，并且权力可以代代相传。我们熟悉的所谓嫡长子制度，在家里面是这样，在国家也是这样。国家的政权传给嫡系的长子，而一个家庭的权力也传给嫡系长子。《红楼梦》里面贾家的族长是宁府的贾珍，虽说荣府势力比宁府大，没办法，因为宁府是长房。在我们今天东北的农村还有这样的习俗，就是家里面祖先像，包括家谱，要放在长房那里，由长房这一支一代一代地往下传。

既然我们说家国同构是小说中贾府的一大特点，那么我们就看一看贾府哪些方面体现了家国同构。

贾府

## 一、家长制

  家长，顾名思义，就是家里面的长者，往往年龄最长者也就是最大的家长。家长是家里的"皇帝"，如同皇帝是国家的家长一般，这是家国同构最核心的一环。同时，家长制又和男权制相结合，家里的家长往往是男性，也就是一个家庭里的父亲（也许他有孙辈），这一点也和国家类似，帝王几乎都是男性。中国历史上真正的女皇就武则天一位，其他都是有实权但没有名分。
  贾府中的家长制是很严酷的，严酷到什么程度？先以荣国府为例。在荣国府中，最受人尊敬的是贾母，因为她年岁最大、辈分最高，但是最有权威的是贾政，贾政才是荣府的真正主宰者，贾母和贾政类似朝廷中的皇太后和皇帝。子女对贾政都是一个字——"怕"，贾宝玉见了贾政就像老鼠见了猫，而贾环呢？更怕。金钏投井那一次，贾环跟着几个丫鬟一边叫着有人跳井了，一边疯跑，贾政一声吼，贾环就吓得骨软筋酥，路都走不得。贾宝玉在他父亲那里被拘束得站也不是坐也不是，说话还要万分地小心，一离开他父亲身边就像脱缰的野马。王熙凤等人经常奚落贾宝玉，说你看看你现在又不像个样子，真该让你到老爷那边去。为什么贾宝玉和贾环对贾政那么怕？我们的文化和习俗赋予了父亲至高无上的权威，没有子女敢于触动他的尊严和权威。贾宝玉在小说中得到了特别的宠爱，所有人都把他当宝，不仅仅因为他长得可爱漂亮，又衔着一块玉生下来，更重要的是他是贾家的继承人,也就是未来的家长。他的哥哥贾珠去世了,他自然顺位,所有人都看到了这一点。

家长的权威和权力有多大?从贾宝玉挨打这段情节就能够看出来,家长对子女有生杀予夺的大权。

> 原来宝玉会过雨村回来听见了,便知金钏儿含羞赌气自尽,心中早又五内摧伤,进来被王夫人数落教训,也无可回说。见宝钗进来,方得便出来,茫然不知何往,背着手,低头一面感叹,一面慢慢的走着,信步来至厅上。刚转过屏门,不想对面来了一人正往里走,可巧儿撞了个满怀。只听那人喝一声"站住!"宝玉唬了一跳,抬头一看,不是别人,却是他父亲,不觉的倒抽了一口气,只得垂手一旁站了。贾政道:"好端端的,你垂头丧气嗐些什么?方才雨村来了要见你,叫你那半天你才出来;既出来了,全无一点慷慨挥洒谈吐,仍是葳葳蕤蕤。我看你脸上一团思欲愁闷气色,这会子又咳声叹气。你那些还不足,还不自在?无故这样,却是为何?"宝玉素日虽然口角伶俐,只是此时一心总为金钏儿感伤,恨不得此时也身亡命殒,跟了金钏儿去。如今见了他父亲说这些话,究竟不曾听见,只是怔呵呵的站着。
>
> 贾政见他惶悚,应对不似往日,原本无气的,这一来倒生了三分气。方欲说话,忽有回事人来回:"忠顺亲王府里有人来,要见老爷。"贾政听了,心下疑惑,暗暗思忖道:"素日并不与忠顺府来往,为什么今日打发人来?"一面想,一面令"快请",急走出来看时,却是忠顺府长史官,忙接进厅上坐了献茶。未及叙谈,那长史官先就说道:"下官此来,并非擅造潭府,皆因奉王命而来,有一件事相求。看王爷面上,敢烦老大人作主,不但王爷知情,且连下官辈亦感谢不尽。"贾政听了这话,抓不住头脑,忙赔笑起身问道:"大人既奉王命而来,不知有何见谕,望大人宣明,学生好遵谕承办。"那长史官冷笑道:"也不必承办,只用大人一句话就完了。我们府里有一个做小旦的琪官,一向好好在府里,如今竟三五日不见回去。各处去找,又摸不着他的道路,因此各处访察。这一城内,十停人倒有八停人都说,他近日和衔玉的那位令郎相与甚厚。下官辈听了,尊府不比别家,可以擅入索取,因此启明王爷。王

爷亦云：'若是别的戏子呢，一百个也罢了；只是这琪官随机应答，谨慎老诚，甚合我老人家的心，竟断断少不得此人。'故此求老大人转谕令郎，请将琪官放回，一则可慰王爷谆谆奉恳，二则下官辈也可免操劳求觅之苦。"说毕，忙打一躬。

贾政听了这话，又惊又气，即命唤宝玉来。宝玉也不知是何原故，忙赶来时，贾政便问："该死的奴才！你在家不读书也罢了，怎么又做出这些无法无天的事来！那琪官现是忠顺王爷驾前承奉的人，你是何等草芥，无故引逗他出来，如今祸及于我。"宝玉听了唬了一跳，忙回道："实在不知此事。究竟连'琪官'两个字不知为何物，岂更又加'引逗'二字！"说着，便哭了。贾政未及开言，只见那长史官冷笑道："公子也不必掩饰。或隐藏在家，或知其下落，早说了出来，我们也少受些辛苦，岂不念公子之德？"宝玉连说不知，"恐是讹传，也未见得。"那长史官冷笑道："现有据证，何必还赖？必定当着老大人说了出来，公子岂不吃亏？既云不知此人，那红汗巾子怎么到了公子腰里？"宝玉听了这话，不觉轰去魂魄，目瞪口呆，心下自思："这话他如何得知！他既连这样机密事都知道了，大约别的瞒他不过，不如打发他去了，免得再说出别的事来。"因说道："大人既知他的底细，如何连他置买房舍这样大事倒不晓得了？听得说他如今在东郊离城二十里有个什么紫檀堡，他在那里置了几亩田地几间房舍。想是在那里，也未可知。"那长史官听了，笑道："这样说，一定是在那里。我且去找一回，若有了便罢，若没有，还要来请教。"说着，便忙忙的走了。

贾政此时气的目瞪口呆，一面送那长史官，一面回头命宝玉"不许动！回来有话问你！"一直送那官员去了。才回身，忽见贾环带着几个小厮一阵乱跑。贾政喝令小厮"快打，快打！"贾环见了他父亲，唬得骨软筋酥，忙低头站住。贾政便问："你跑什么？带着你的那些人都不管你，不知往那里逛去，由你野马一般！"喝令叫跟上学的人来。贾环见他父亲盛怒，便乘机说道："方才原不曾跑。只因从那井边一过，那井里淹死了一个丫头，我看见人头这样大，身子这样粗，泡的实在可怕，所以才赶着跑了过来。"贾政听了惊疑，问道："好端端的，谁去跳井？我家从无这样事情。自祖宗以来，皆是宽柔以待下人。——大约我近年于家务疏懒,自然执事人操克夺之权,致使生出这暴殄轻生的祸患。若外人知道,祖宗颜面何在!"喝令快叫贾琏、赖大、兴儿来。小厮们答应了一声,方欲叫去,贾环忙上前拉住贾政的袍襟,贴膝跪下道:"父亲不用生气。此事除太太房里的人,别人一点也不知道。我听见我母亲说……"说到这里,便回头四顾一看。贾政知意,将眼一看众小厮,小厮们明白,都往两边后面退去。贾环便悄悄说道:"我母亲告诉我说,宝玉哥哥前日在太太屋里,拉着太太的丫头金钏儿强奸不遂,打了一顿。那金钏儿便赌气投井死了。"话未说完,把个贾政气得面如金纸,大喝"快拿宝玉来!"一面说,一面便往里边书房里去,喝令"今日再有人劝我,我把这冠带家私一应交与他与宝玉过去!我免不得做个罪人,把这几根烦恼鬓毛剃去,寻个干净去处自了,也免得上辱先人下生逆子之罪。"众门客仆从见贾政这个情景,便知又是为宝玉了,一个个都是咬指咬舌,连忙退出。那贾政喘吁吁的直挺挺坐在椅子上,满面泪痕,一叠声"拿宝玉!拿大棍!拿索子捆上!把各门都关上!有人传信往里头去,立刻打死!"众小厮们只得齐声答应,有几个来找宝玉。

那宝玉听见贾政吩咐他"不许动",早知多凶少吉,那里承望贾环又添了许多的话。正在厅上干转,怎得个人来往里头去捎信,偏生没个人,连焙茗也不知在那里。正盼望时,只见一个老姆姆出来。宝玉如得了珍宝,便赶上来拉他,说道:"快进去告诉:老爷要打我呢!快去,快去!要紧,要紧!"宝玉一则急了,说话不明白;二则老婆子偏生又聋,竟不曾听见是什么话,把"要紧"二字只听作"跳井"二字,便笑道:"跳井让他跳去,二爷怕什么?"宝玉见是个聋子,便着急道:"你出去叫我的小厮来罢。"那婆子道:"有什么不了的事?老早的完了。太太又赏了衣服,又赏了银子,怎么不了事的!"

宝玉急得跺脚,正没抓寻处,只见贾政的小厮走来,逼着他出去了。贾政一见,眼都红紫了,也不暇问他在外流荡优伶,表赠私物,在家荒疏学业,淫辱母婢等语,只喝令"堵起嘴来,着实打死!"小厮们不敢违拗,只得将宝玉按在凳上,举起大板打了十来下。贾政犹嫌打轻了,一脚踢开掌板的,自己夺过来,咬着牙狠命盖了三四十下。众门客见打的不祥了,忙上前夺劝。贾政哪里肯听,说道:"你们问问他干的勾当可饶不可饶!素日皆是你们这些人把他酿坏了,到这步田地还来解劝。明日酿到他弑君杀父,你们才不劝不成!"

众人听这话不好听,知道气急了,忙又退出,只得觅人进去给信。王夫人不敢先回贾母,只得忙穿衣出来,也不顾有人没人,忙忙赶往书房中来,慌得众门客小厮等避之不及。王夫人一进房来,贾政更如火上浇油一般,那板子越发下去的又狠又快。按宝玉的两个小厮忙松了手走开,宝玉早已动弹不得了。贾政还欲打时,早被王夫人抱住板子。贾政道:"罢了!罢了!今日必定要气死我才罢!"王夫人哭道:"宝玉虽然该打,老爷也要自重。况且炎天暑日的,老太太身上也不大好。打死宝玉事小,倘或老太太一时不自在了,岂不事大!"贾政冷笑道:"倒休提这话。我养了这不肖的孽障,已不孝;教训他一番,又有众人护持;不如趁今日一发勒死了,以绝将来之患!"说着,便要绳索来勒死。王夫人连忙抱住,哭道:"老爷虽然应当管教儿子,也要看夫妻分上。我如今已将五十岁的人,只有这个孽障,必定苦苦的以他为法,我也不敢深劝。今日越发要他死,岂不是有意绝我。既要勒死他,快拿绳子来先勒死我,再勒死他。我们娘儿们不敢含怨,到底在阴司里得个依靠。"说毕,爬在宝玉身上大哭起来。贾政听了此话,不觉长叹一声,向椅上坐了,泪如雨下。(第三十三回)

再看宁府,贾珍是宁国府的家长,还兼着贾氏家族的族长。按理宁国府的家长是贾珍的父亲贾敬,但是这个贾敬早就不顾家里的事,他信奉道教炼丹术,在城外玄真观里炼丹,在第六十三回吃丹药中毒死了。贾珍的人品极差,但在家里说一不二,简直就是封建时代荒淫、残暴、擅权的皇帝的翻版。他仗着家长的权势,霸占儿媳秦可卿,玩弄妻妹尤二姐、尤三姐,简直禽兽不如。上梁不正下梁歪,儿子贾蓉跟他父亲一个德性,父子二人跟尤氏姐妹都不干净,小说中直接就说父子二人"聚麀"。"聚麀"一词来自《礼记》,《礼记·曲礼》中有一句话,"夫惟禽兽无礼,故父子聚麀。"麀就是母鹿,《礼记》的意思是说禽兽没有伦理、不懂礼法,才会父亲、儿子跟同一只母鹿交配;人是有礼教规范的,所以不能做出乱伦的事来。贾珍父子共同占有尤二姐、尤三姐,这种事在两府内外流传,贾琏都听说了。就是这样的一个贾珍,耍起家长的威风来也是不得了的。第二十九回,贾母带领荣国府的太太、小姐、丫鬟、仆妇等到清虚观打太平醮,就是请道士做祈求平安的法事,贾珍、贾蓉等跟随护送,前前后后张罗。贾蓉嫌热,到钟楼里乘凉,贾珍生气了,小说中是这样写的:

> 贾珍道:"你瞧瞧他,我这里还没敢说热,他倒乘凉去了!"喝命家人啐他。那小厮们都知道贾珍素日的性子,违拗不得,有个小厮便上来向贾蓉脸上啐了一口。贾珍又道:"问着他!"那小厮便问贾蓉道:"爷还不怕热,哥儿怎么先乘凉去了?"贾蓉垂着手,一声不敢说。(第二十九回)

贾蓉心里怎么想暂且不论,对他这样的父亲肯定没什么尊敬,但是怕贾珍也是真的。这就是家长制。

## 二、贾府的治理

从贾府理家的制度、手段、方式等方面,我们也能看到与封建国家的管理方式是非常相似的。

### (一) 仁治之家

先说贾家的仁治。贾府是以仁治家的,这个仁体现在三个方面:一是家长对子女的仁,二是主子对奴仆的仁,三是整个贾府对贾府之外的其他人的仁。

1. 家长对子女的仁

小说里面贾家的家长总的来说对子女都是慈爱有加的,贾政威严是一方面,但是他对他的孩子还是很宠爱的,贾宝玉干了那么多令贾政生气的事,贾政也只打过他一次,而且他在语言上总是训斥贾宝玉,在行为上还是放纵贾宝玉的。其他的那些家长对贾宝玉,还有迎春、探春、惜春,包括薛宝钗、林黛玉这些姐妹们都是特别宠爱的。贾母就把这些孙子辈都放在她身边一起带着,别人带着她不放心。而且惜春并不是荣府的而是宁府的,和贾母关系相对比较远,她也把惜春放在自己身边。探春是庶出，贾母也一样把她放在自己身边，没有区别对待她们。

2. 主子对奴仆的仁

贾家对奴才的宽厚仁慈是出了名的，这是贾家的家风。金钏投井的时候，贾政听说了大吃一惊，他说好端端的谁去跳井，我家从无这样事情，自祖宗以来，皆是宽柔以待下人。而王夫人听说金钏投井了更是伤心，一个劲地说这是我的罪过，因为之前她打了金钏一巴掌，小说也这样交代过，说王夫人是个宽仁慈厚的人，从来不曾打过丫头们一下。这一次是因为王夫人太生气了，试想如果那些丫头们都像金钏这样和贾宝玉说话，什么你的就是你的，无论怎么着也是你的，然后贾宝玉还说我随便，贾环和彩云怎么样我才不管呢，我只守着你一个。这是两个孩子学着成人的语气在这里开玩笑，但是王夫人是不会这样认为的，她没有我们现代父母的那种教育理念，她自然认为是奴才在挑唆主子，贾宝玉学坏都是被这些人给带坏的，她就骂了金钏，打了金钏，要把金钏赶出去，致使金钏羞愧跳井了。王夫人对这件事非常后悔，实际上如果站在王夫人的角度，那一巴掌打得应该说不算什么，在封建时代主子打奴才一巴掌算什么？王夫人甚至可以认为跳井活该，因为她是主子，可是王夫人没有那样，她真的非常伤心，并且赏给了金钏母亲四十两银子，比奴才正常的死亡要给的赏钱多很多（四十两银子在当时是很多的，同一时期的另一部著作《儒林外史》里面写过一个教书人一年的工资才五十两银子）。另外又赏赐了金钏母亲很多的金银首饰，还要专门给金钏做衣服，再要请僧道念经给她超度。实际上王夫人没有必要这样做，这就说明贾府的仁治已经成了他们日常生活中的一个习惯。小说中还写到很多类似的情节，比如贾宝玉对他的丫鬟小厮从来都没有主子的架子，以至于怡红院管理"松弛"。只有一次贾宝玉踢了袭人一脚，那是因为太气愤了，自己在外面淋得像落汤鸡，里面关着门，那些丫头在疯玩，说什么都不给他开门，所以他气坏了，门一开他没管是谁一脚踢过去了，踢过去之后一看是袭人，赶紧去扶她，说对不起我不知道是你。袭人还说踢得对，你这一脚拿我做法子杀鸡给猴看，大家就都老实了，要不然太不像话了，不拿你这个主子当主子。

3. 贾府对外人的仁

小说中的贾府是一个怜贫惜老、广做善事的人家。像刘姥姥和贾家实际上是八竿子打不着的一个亲戚,但是她来了两次,贾家每次都让她满载而归,并且非常尊重这个老人。

**(二) 礼治之家**

贾府不仅是这样的一个仁治之家,同时贾府又是一个礼治之家。一味的仁是不可以的,只有仁而没有礼是不行的,仁与礼必须兼而有之,相辅相成。礼是中国传统文化最有代表性的特点,礼包括各种制度以及礼仪规范,还有道德体系。在贾府,礼治主要是以等级制、妻妾制、奴婢制这些制度还有各种规范构成的。

教学视频

1. 等级制

贾府的等级我们可以概括成四大类:男女等级、长幼等级、主仆等级、嫡庶等级。男女等级我们不用说,封建时代就是男权社会,所以在贾府中男主子,尤其像贾宝玉这样的特别受宠,女性自然要弱化一个等级。长幼之间的等级也是非常森严的,无论男女都要遵循长幼这个等级,所以,贾宝玉即便是男人,对长于他的女性也要非常的尊敬,包括他的姐姐、嫂子,甚至年长的仆人。还有就是主仆等级,这个不需要细说。嫡庶当然也有等级,在贾府人们故意认为它不存在,不管你是庶出还是嫡生的,都是一样的主子,实际上还是不一样的。人们对贾宝玉和贾环的态度差距有多大? 实际上贾府上下还是很看重嫡庶的。

2. 妻妾制

贾府的妻妾制是正妻一个,正妻之外都属于妾。妾中分很多等级,第一个等级的妾叫二房,她的地位仅次于正妻,尤二姐就是贾琏的二房。二房下面就是姨娘,小说里面写了好几个姨娘,有名有姓的,写得最多的就是赵姨娘,还有周姨娘,探春、贾环都是赵姨娘所生。比姨娘再低级的,也就是最低级的妾就是通房丫头。就是原来是丫鬟,给她升一格变成妾。平儿就是贾琏的通房丫头,实际上袭人也是贾宝玉的通房丫头,只不过他们没有行礼,没有举行婚礼,但是王夫人早就说下话,说以后袭人和别的丫鬟不一样,她的月例银子也比别人多。所以大家都心照不宣,知道早晚她是贾宝玉的通房丫头。林黛玉也跟袭人开玩笑叫她嫂子,袭人就说,林姑娘你怎么也跟我开这样的玩笑啊? 林黛玉喜欢贾宝玉,怎么她也叫袭人嫂子呢? 她不吃醋吗? 她不吃醋,她不会吃通房丫头的醋,她只吃可能成为贾宝玉正妻的人的醋,因为正妻只有一个。

3. 奴婢制

贾府的奴婢制也是非常严格的,男奴女奴还不一样。男性奴仆的地位高的有总管,低一些的有小厮。赖升、单大良、吴新登这些都属大总管一类,就是总管中管事比较多的,地位比较高的,还有一些像李贵这样的男仆,年纪稍大一点叫管事的,年轻的小男仆叫小厮,是贴身的,他只负责男主子的日常生活。女仆中最尊贵的是乳母,就是主子的奶妈,她的地位最高。接下来是一些年长的有身份的女性仆人,叫嬷嬷,然后地位再低一些的叫媳妇,就是家中男仆的妻子。地位再低一些的叫婆子、老婆子,她们年纪比较大,是干粗活的,近不得主子身边。地位比较高的女仆还有一类,即身份很特殊的丫鬟。这些丫鬟是主子身边最亲近的人,负责主子的日常起居,与主子关系最亲近。比如贾母身边的鸳鸯,贾宝玉身边的袭人,这是丫鬟中地位最高的。其次就是也在主子身边伺候,但和最亲密的那些丫鬟还差一点的,像贾宝玉身边的麝月、晴雯,这些叫大丫鬟、大丫头。然后再低一点的就是一些小丫头,丫鬟等级是非常森严的。而这些丫鬟的母亲,如果她的女儿身份地位比较高,她就显得很荣耀,她的地位和身份在贾家也能提一下。奴婢制虽然很严格,但是贾府是一个仁治之家,它的礼节不仅仅体现在主子对奴才的绝对统治上,也体现在少主子对有尊严的、辈分高的、对贾府功劳大的奴才的尊敬,就是年轻的主子对有身份的奴才也要非常尊敬。例如贾琏的乳母叫赵嬷嬷,她听说要盖大观园了,就到贾琏那里找王熙凤,想给他的两个儿子找点事干。王熙凤说这还不是我们自己家的事么,别人的事情我都帮了那么多,这两个奶哥哥的事情当然要好好帮了。可见乳母的地位特别高,王熙凤跟赵嬷嬷说话的时候,一口一个你儿子,她指的是贾琏,并且请赵嬷嬷和他们一桌吃饭,赵嬷嬷是不敢的,因为她毕竟是奴才。所以小说里面处理就非常巧妙,让赵嬷嬷不坐在炕上和贾琏、王熙凤一起吃,却搬着一个小凳子坐在炕沿旁,她既不和主子平起平坐,还能和他们一桌吃饭。再如贾宝玉的乳母李嬷嬷,到贾宝玉房里比到自己家里还硬气,她看到什么好拿起来就吃,看到哪个丫头不顺眼就骂就打,贾宝玉只能干生气、干跺脚,一句话也不敢说,因为他必须尊重他的乳母。对贾家有功有恩的仆人就更不得了了,比如焦大,焦大骂得再难听,他们也没办法,既不敢把他赶出去,也不能打骂。

4. 日常生活中的规矩礼数

日常生活中贾府的规矩礼数也很多,这也是礼治的一部分。举一个小例子。第五十八回写贾宝玉喝汤,汤比较热,袭人拿起汤碗来吹。这个时候芳官刚到贾宝玉房里来不久,袭人就要调教她一下,说你也别笨手笨脚在那干看着,以后这活都得你们干,你看着我怎么吹。然后就教给她,要轻轻地吹,小心不要把唾沫吹到汤碗里。然后就把汤碗交给芳官让她来吹,这芳官还没等吹呢,芳官的干娘就跑过来,说她不成的,我来吹吧,她就要把汤碗接过来。晴雯一看生气了,就训斥芳官的干娘,说你从哪跑来的?谁让你上来的?快出去,就把她给赶了出去。晴雯接下来就骂那些在门口的小丫头,说你们怎么看的门,怎么让她跑进来了?那些小丫头说我们劝了可是她不听,然后大家就开始奚落这个老太太。那些小丫头们说,我们能到的地方有一半你都到不了,何况那里面是我们都到不了的地方,你还敢直接就跑进去?芳官的干娘脸臊得通红,她不知道里面的规矩。可见贾家的规矩定得是多么的细致,同样是贾家的仆人,她没有到过里面,里面的规矩她都不知道。

## 三、贾府的经济

我们概括地讲贾府的经济状况是:地租收益、奢靡浪费、坐吃山空、江河日下。这一点也和封建社会末期的整体经济情况是一样的,中国封建社会因为商品经济发展得比较缓慢,一直靠着农业经济,而封建贵族阶层普遍都是奢靡浪费的,到了晚期情况更严重。靠天吃饭的农业经济增长有限,不劳而获的人口比重越来越大,收支出现严重的不平衡,国也好,家也罢,不亡才怪。贾府的地租收益有多少呢?第五十三回乌进孝给宁府交租子时有一次较详细的交代:

> 贾珍看了,吃过饭,盥漱毕,换了靴帽,命贾蓉捧着银子跟了来,回过贾母王夫人,又至这边回过贾赦邢夫人,方回家去,取出银子,命将口袋向宗祠大炉内焚了。又命贾蓉道:"你去问问你琏二婶子,正月里请吃年酒的日子

拟了没有。若拟定了，叫书房里明白开了单子来，咱们再请时，就不能重犯了。旧年不留心重了几家，不说咱们不留神，倒像两宅商议定了送虚情怕费事一样。"贾蓉忙答应了过去。一时，拿了请人吃年酒的日期单子来了。贾珍看了，命交与赖升去看了，请人别重这上头日子。因在厅上看着小厮们抬围屏，擦抹几案金银供器。只见小厮手里拿着个禀帖并一篇帐目，回说："黑山村的乌庄头来了。"

贾珍道："这个老砍头的今儿才来。"说着，贾蓉接过禀帖和帐目，忙展开捧着，贾珍倒背着两手，向贾蓉手内只看红禀帖上写着："门下庄头乌进孝叩请爷、奶奶万福金安，并公子小姐金安。新春大喜大福，荣贵平安，加官进禄，万事如意。"贾珍笑道："庄家人有些意思。"贾蓉也忙笑说："别看文法，只取个吉利罢了。"一面忙展开单子看时，只见上面写着：

"大鹿三十只，獐子五十只，狍子五十只，暹猪二十个，汤猪二十个，龙猪二十个，野猪二十个，家腊猪二十个，野羊二十个，青羊二十个，家汤羊二十个，家风羊二十个，鲟鳇鱼二个，各色杂鱼二百斤，活鸡、鸭、鹅各二百只，风鸡、鸭、鹅二百只，野鸡、兔子各二百对，熊掌二十对，鹿筋二十斤，海参五十斤，鹿舌五十条，牛舌五十条，蛏干二十斤，榛、松、桃、杏穰各二口袋，大对虾五十对，干虾二百斤，银霜炭上等选用一千斤、中等二千斤，柴炭三万斤，御田胭脂米二石，碧糯五十斛，白糯五十斛，粉粳五十斛，杂色粱谷各五十斛，下用常米一千石，各色干菜一车，外卖粱谷、牲口各项之银共折银二千五百两。外门下孝敬哥儿姐儿顽意：活鹿两对，活白兔四对，黑兔四对，活锦鸡两对，西洋鸭两对。"

贾珍看完，便命带进他来。一时，只见乌进孝进来，只在院内磕头请安。贾珍命人拉他起来，笑说："你还硬朗。"乌进孝笑回："托爷的福，还能走得动。"贾珍道："你儿子也大了，该叫他走走也罢了。"乌进孝笑道："不瞒爷说，小的们走惯了，不来也闷的慌。他们可不是都愿意来见见天子脚下世面？他们到底年轻，怕路上有闪失，再过几年就可放心了。"

贾珍道："你走了几日？"乌进孝道："回爷的话，今年雪大，外头都是四五尺深的雪，前日忽然一暖一化，路上竟难走的很，耽搁了几日。虽走了一个月零两日,因日子有限了,怕爷心焦,可不赶着来了。"贾珍道:"我说呢,怎么今儿才来。我才看那单子上,今年你这老货又来打擂台来了。"乌进孝忙进前了两步,回道:"回爷说,今年年成实在不好。从三月下雨起,接接连连直到八月,竟没有一连晴过五日。九月里一场碗大的雹子,方近一千三百里地,连人带房并牲口粮食,打伤了上千上万的,所以才这样。小的并不敢说谎。"贾珍皱眉道:"我算定了你至少也有五千两银子来,这够作什么的!如今你们一共只剩了八九个庄子,今年倒有两处报了旱涝,你们又打擂台,真真是又教别过年了。"

乌进孝道:"爷的这地方还算好呢!我兄弟离我那里只一百多里,谁知竟大差了。他现管着那府里八处庄地,比爷这边多着几倍,今年也只这些东西,不过多二三千两银子,也是有饥荒打呢。"贾珍道:"正是呢,我这边都可,已没有什么外项大事,不过是一年的费用。我受用些,就费些;我受些委屈就省些。再者年例送人请人,我把脸皮厚些,可省些也就完了。比不得那府里,这几年添了许多花钱的事,一定不可免是要花的,却又不添些银子产业。这一二年倒赔了许多,不和你们要,找谁去!"乌进孝笑道:"那府里如今虽添了事,有去有来,娘娘和万岁爷岂不赏的!"贾珍听了,笑向贾蓉等道:"你们听,他这话可笑不可笑?"贾蓉等忙笑道:"你们山坳海沿子上的人,哪里知道这道理。娘娘难道把皇上的库给了我们不成!他心里纵有这心,他也不能作主。岂有不赏之理,按时到节不过是些彩缎古董顽意儿。纵赏银子,不过一百两金子,才值了一千两银子,够一年的什么?这二年那一年不多赔出几千银子来!头一年省亲连盖花园子,你算算那一注共花了多少,就知道了。再两年再一回省亲,只怕就精穷了。"贾珍笑道:"所以他们庄家老实人,外明不知里暗的事。黄柏木作磐槌子,——外头体面里头苦。"贾蓉又笑向贾珍道:"果真那府里穷了。前儿我听见凤姑娘和鸳鸯悄悄商议,要偷出老太太的东西去当银子呢。"贾珍笑道:"那又是你凤姑娘的鬼,那里就穷到如此。他必定是见去路太多了,实在赔的狠了,不知又要省那一项的钱,先设此法使人知道,说穷到如此了。我心里却有一个算盘,还不至如此田地。"说着,命人带了乌进孝出去,好生待他,不在话下。(第五十三回)

乌进孝是宁国府的庄头,负责管理宁府的土地。年底他来交租子,他交给贾珍的这一份详细的清单中,其余不说,光猪就有五种,每一种猪二十头,银子是两千五百两。贾珍看了这个单子之后,说我以为银子最少也有五千两,你就弄来这么一点东西,我今年这年怎么过啊?我这一共就剩这么几个庄子,七八个庄子倒有两处庄子报了旱涝,他们上交的租子就很少了,甚至可能都不交租,你这儿可以交一点,还交得这么少。乌进孝就说您这儿还好呢,我弟弟管着那府里,就是荣府的八个庄子,比您这儿多了好几倍,也就是这些东西,只是银子多那么两三千两。贾珍就感慨,说我这还好,我这事少,我们节省一下就过去了,那府里面事情多,以后日子怎么办呢?

按我们理解,100头猪都是一个小型养猪场的规模了,还不算其他的东西,谁家能吃得了?仅银子就2500两,按当时的购买力折算成米价,再跟今天的米价比对,大致算来,在康熙至乾隆间1两银子约合今天人民币450元,2500两就是1 125 000元。一百多万人民币,贾珍居然还说不够过年!可见地租收入即使再多,也不够奢侈浪费的。

冷子兴演说荣国府的时候,他说如今贾府生齿日繁,事务日盛。就是人口越来越多,事情也越来越多。而主仆上下安富尊荣者尽多,运筹谋划者无一。就是说大家都在享受,都在花费,没有人想着赚钱的方法,日用排场费用又不能将就省俭。所以冷子兴就说:如今外面的架子虽未甚倒,内囊却也尽上来了。那么贾家奢靡到什么程度?元妃省亲的时候,她进了大观园一看之后马上说了这样一句话:以后不可太奢,此皆过分之极。贾府盖大观园就是为了迎接元妃省亲的,花的钱有多少,小说作者没有详细地统计,但是里面讲了一件事,就是采办戏子,要买十二个戏子,还包括一个教习,另外还得有行头、乐器,这些东西要三万两银子。还有各色帘栊帐幕、纱灯等这些东西,预备下多少钱呢?两万两。就这么两件事就需要五万两银子,何况盖那么大一个园子,就真的像小说中讲的花钱像淌海水一样,奢靡太过。入不敷出就不可避免。有一次王熙凤说老太太过生日,夫人发愁了很长一段时间,不知道怎么给老太太办这个生日,因为没有钱。王熙凤想了个办法,说后楼上有一些没有用的铜锡大家伙,平时不用,也就是做一些礼器来用,把它们当了换了一点银子,才把老太太的礼搪塞了过去。贾府后来经济状况确实是江河日下,当然,贾府的矛盾也是使贾府江河日下的一个很重要的因素。

## 四、贾府的政治斗争

有人的地方就有政治,尤其是贾府这么多人,上下、男女、主仆、嫡庶这些人之间为了名利权势你争我夺,有的时候就是你死我活。探春在抄捡大观园的时候说过这样一段话:"可知这样大族人家,若从外头杀来,一时是杀不死的,这是古人曾说的'百足之虫,死而不僵',必须先从家里自杀自灭起来,才能一败涂地。"(第七十四回)说前天你们还讨论江南甄家,好好地抄起家来,现在我们这不也抄起来了么。抄捡大观园就是贾府诸多矛盾的一次爆发。贾府的矛盾有很多,比如主子和主子之间的矛盾,贾府中主子和主子之间的矛盾,主要就是贾赦和贾政两家之间的矛盾。由于贾母明显是偏心贾政的,虽然贾琏是贾赦的儿子,可是他却住在贾政这一边,因为贾琏的妻子王熙凤是贾政的妻子王夫人的侄女,所以王熙凤负责管理整个荣府,权力就不在贾赦那一伙人那里而在贾政这里。贾赦和他的夫人邢夫人也总是嫌贾母偏心,这两个人不断地生事。比如贾赦看上贾母身边的丫鬟鸳鸯,就想把鸳鸯娶来做他的姨娘。不是通房丫头而是姨娘,他以为这样鸳鸯就高兴了,就会同意。可是没想到鸳鸯誓死不从,她说:如果老祖宗死了,我宁肯出家,大不了我也就有一死。贾母也不同意,她说鸳鸯是她身边最得力的一个丫鬟,我身边就这么一个好人你也要。而邢夫人也生事,她有一次跟贾琏生生地要二百两银子,贾琏哪有钱呢?恐怕有点钱都让贾琏胡乱花掉了,她自然找王熙凤来要。王熙凤就当着邢夫人派来的仆人的面,让平儿把她的那个金项圈拿去当了,说我们这真的没钱了。实际上王熙凤是有钱的,因为她有体己钱,她背着其他人自己在外面私放高利贷。主子和主子之间有矛盾,主仆之间也有矛盾。主仆之间的矛盾有时候表现得不是那么激烈,但有的时候是有你死我活的矛盾。比如晴雯被逐病死,司琪的自杀,金钏的投井,这都是主仆矛盾。还有奴才和奴才之间的矛盾,小说里面写奴才和奴才之间的矛盾是随时的,时时刻刻的。谁能离主子更近一些,主子对谁说了一句好话,都会引起其他仆人的嫉妒。他们彼此猜疑、互相挤压,这个矛盾特别多,写得也非常细致。另外在贾府,奴才和奴才之间因为身份地位的不同,自然而然地就形成了一些集团,集团与集团之间就有矛盾。比如说仆人中有家生子,就是他家世代都是贾府的奴才,父母是奴才,生下来的儿子、女儿也是人家的奴才,这个家生子往往地位就稍微高一点,因为世代为奴,贾家对这一类仆人十分看重。像赖大自己家里都有一个花园,自己家里也有仆人,他在贾家伺候完主子回到他的家里也有奴才伺候他,这个地位是很高的。家生子之外还有陪房,就是嫁给贾家的那些夫人从自己家里带来的奴才叫陪房,陪房的地位也很高,因为这是人家娘家陪送过来的。这些来自不同方面的奴才之间的矛盾也很深。贾府的这些矛盾争斗最后就造成了贾府内耗严重,没有人想着怎样让这个大家庭更和谐,怎样让这个大家庭能够按照已经规定下来的制度和规范向前发展,而是彼此间为自己的利益争斗,自然就是像探春说的那样,从外头杀来,一时是杀不死的;必须先从家里自杀自灭起来。

## 五、后继无人

贾家的男人没有一个能够继承贾家诗礼之家的传统,把贾家的家风、财产、权力等传承下去。贾府的这些少主子们主要可分为两类:一类就是以贾珍、贾琏、贾蓉等为代表的寄生虫,他们整天就知道奢靡享乐、荒淫无道。贾珍和贾蓉父子二人共同和尤家的二姐和三姐有不正当的关系。而贾琏又把尤二姐给娶了,贾家的这些男主子们一个比一个荒淫无耻。还有的男主子不干正事,像贾敬在城外修道,最后他因为服食自己所烧的丹药"升仙"而去。贾赦虽然继着爵位,可是他每天想的就是个人的享乐。而贾政虽然是一个比较正统的封建时代的士人和家长,但是他对家里的事情几乎是一概不管,完全交给了贾琏、贾珍这样一批人,包括王熙凤。第二类就是像贾宝玉这样的叛逆者,他既不会像贾琏、贾珍那样荒淫无道,也不能继承贾家的家业,他从来不谈仕途经济,也不会管这个家以后是什么样子。有一次人们在一起讨论说以后我们家可怎么办啊,现在每天花的钱这么多而进的钱又少,总有一天会花光的,连林黛玉都说过这样担忧的话。贾宝玉对林黛玉说:那你怕什么,再没有别人花的也有咱俩花的。贾宝玉不在乎钱,这还是次要的,最重要的是贾宝玉背离了封建社会一般士人的人生道路,他的价值观和贾家的价值观是背道而驰的,因此他不可能继承贾家诗礼之家的传统。

贾府无论在制度层面、经济情况、礼仪规范还有人际关系等方面,都和整个封建社会走到末世的时候极其相似。家国同构这种现象让我们通过一个贾府就看到了整个封建社会的情况,因此说贾府的衰败预示着封建社会走向衰落的必然命运。

 **思考题**

1. "家国同构"这种文化特征在小说中是怎样表现出来的?
2. 谈谈"家国同构"对中国文化产生的影响。

# 参考文献

## 作品

[1] 罗贯中.三国演义[M].上海:上海古籍出版社,2000.

[2] 罗贯中.三国演义[M].北京:人民文学出版社,2002.

[3] 罗贯中.三国演义[M].胡同,校.上海:上海辞书出版社,2002.

[4] 罗贯中.毛宗岗批评本三国演义[M].长沙:岳麓书社,2006.

[5] 罗贯中.三国演义[M].春明,校点.2版.上海:上海古籍出版社,2009.

[6] 罗贯中.三国志通俗演义(宣纸影印本)[M].合肥:黄山书社,2012.

[7] 施耐庵.明容与堂刻水浒传(影印本)[M].上海:上海人民出版社,1975.

[8] 施耐庵,罗贯中.水浒传[M].李永祜,校.北京:中华书局,2008.

[9] 施耐庵,罗贯中.水浒传[M].林峻,校点.2版.上海:上海古籍出版社,2009.

[10] 施耐庵.水浒传[M].长沙:岳麓书社,2012.

[11] 施耐庵,罗贯中.容与堂本水浒传[M].上海:上海古籍出版社,1988.

[12] 吴承恩.西游记[M].北京:中华书局,2005.

[13] 吴承恩.李卓吾批评本西游记[M].长沙:岳麓书社,2006.

[14] 吴承恩.西游记[M].上海:上海古籍出版社,2009.

[15] 吴承恩.西游记[M].北京:人民文学出版社,2010.

[16] 曹雪芹,高鹗.红楼梦[M].北京:人民文学出版社,1982.

［17］曹雪芹,高鹗.红楼梦[M].俞平伯,校.启功,注.北京:人民文学出版社,2000.

［18］曹雪芹,高鹗.红楼梦[M].北京:中华书局,2005.

［19］曹雪芹,高鹗.红楼梦[M].2版.上海:上海古籍出版社,2009.

［20］曹雪芹.脂砚斋批评本红楼梦[M].脂砚斋,评.长沙:岳麓书社,2015.

## 研究著作(小说与文化)

［1］陈大康.明代商贾与世风[M].上海:上海文艺出版社,1996.

［2］吴圣昔.明清小说与中国文化[M].南京:南京大学出版社,1991.

［3］王齐洲.四大奇书与中国大众文化[M].武汉:湖北教育出版社,1991.

［4］王平.中国古代小说文化研究[M].济南:山东教育出版社,1996.

［5］曹萌.明代言情小说创作模式研究[M].济南:齐鲁书社,1995.

［6］陈惠琴.传奇的世界——中国古代小说创作模式研究[M].北京:北京师范大学出版社,1999.

［7］苟波.道教与神魔小说[M].成都:巴蜀书社,1999.

［8］孙逊.中国古代小说与宗教[M].上海:复旦大学出版社,2000.

［9］成穷.从《红楼梦》看中国文化[M].昆明:云南人民出版社,2005.

## 研究著作(研究资料)

［1］马蹄疾.水浒资料汇编[M].2版.北京:中华书局,1980.

［2］朱一玄.明清小说资料选编:上、下[M].济南:齐鲁书社,1989.

［3］朱一玄.红楼梦资料汇编[M].2版.天津:南开大学出版社,2001.

［4］朱一玄,刘毓忱.水浒传资料汇编[M].天津:南开大学出版社,2002.

［5］朱一玄,刘毓忱.西游记资料汇编[M].天津:南开大学出版社,2002.

［6］朱一玄,刘毓忱.三国演义资料汇编[M].天津:南开大学出版社,2003.

［7］一粟.红楼梦资料汇编:上、下[M].北京:中华书局,1964.

[8]蔡铁鹰.西游记资料汇编:上、下[M].北京:中华书局,2010.

## 研究著作(专题研究)

[1]《社会科学研究丛刊》编辑部,四川省社会科学院文学研究所.《三国演义》研究集[M].成都:四川省社会科学院出版社,1983.

[2]周兆新.三国演义丛考[M].北京:北京大学出版社,1995.

[3]李福清.三国演义与民间文学传统[M].尹锡康,田大畏,译.上海:上海古籍出版社,1997.

[4]沈伯俊.罗贯中和《三国演义》[M].沈阳:春风文艺出版社,1999.

[5]关四平.三国演义源流研究[M].哈尔滨:黑龙江教育出版社,2001.

[6]沈伯俊.沈伯俊说三国:(图文本)[M].北京:中华书局,2005.

[7]何心.水浒研究[M].上海:上海文艺联合出版社,1954.

[8]湖北省社会科学院文学研究所,湖北省水浒研究会,《水浒争鸣》编委会,等.水浒争鸣:第1—11辑[M].武汉:长江文艺出版社,1982—2009.

[9]欧阳健,萧相恺.水浒新议[M].重庆:重庆出版社,1983.

[10]马蹄疾.水浒书录[M].上海:上海古籍出版社,1986.

[11]王晓家.水浒戏考论[M].济南:济南出版社,1989.

[12]马成生.水浒试笔集[M].北京:团结出版社,1990.

[13]黄俶成.施耐庵与《水浒》[M].上海:上海人民出版社,2000.

[14]侯会.《水浒》源流新证[M].北京:华文出版社,2002.

[15]马幼垣.水浒人物之最[M].北京:生活·读书·新知三联书店,2006.

[16]高日晖,洪雁.水浒传接受史[M].济南:齐鲁书社,2006.

[17]马幼垣.水浒论衡[M].北京:生活·读书·新知三联书店,2007.

[18]马幼垣.水浒二论[M].北京:生活·读书·新知三联书店,2007.

[19]苏兴.吴承恩年谱[M].北京:人民文学出版社,1980.

[20]蔡铁鹰.西游记之谜[M].郑州:中州古籍出版社,1998.

[21]蔡铁鹰.《西游记》成书研究[M].北京:中国文联出版社,2001.

[22] 竺洪波.四百年《西游记》学术史[M].上海:复旦大学出版社,2006.

[23] 蔡铁鹰.《西游记》的诞生[M].北京:中华书局,2007.

[24] 李希凡.红楼梦艺术世界[M].北京:文化艺术出版社,1996.

[25] 白盾.红楼梦研究史论[M].天津:天津人民出版社,1997.

[26] 余英时.红楼梦的两个世界[M].上海:上海社会科学院出版社,2006.

[27] 欧阳健.还原脂砚斋[M].哈尔滨:黑龙江教育出版社,2007.

[28] 周汝昌.红楼梦新证[M].南京:译林出版社,2012.

[29] 蒋和森.红楼梦论稿[M].北京:人民文学出版社,1990.

## 学术论文

[1] 江水.评"怎样阅读'三国演义'"[J].文史哲,1958(11).

[2] 张海珊.用"五四"精神对待曹操和《三国演义》[J].华东师范大学学报,1959(2).

[3] 袁世硕.谈《三国演义》中的关羽[J].文学评论,1965(6).

[4] 李庆西.关于曹操形象的研究方法——兼谈如何看待毛氏修订《三国演义》[J].文学评论,1982(4).

[5] 陈周昌.毛宗岗评改《三国演义》的得失[J].社会科学研究,1982(4).

[6] 叶胥,冒炘.元杂剧中的三国戏与《三国演义》[J].文学遗产,1983(4).

[7] 赵克尧.正统观念与《三国演义》[J].复旦学报:社会科学版,1985(6).

[8] 章培恒.《三国演义辞典》序[J].明清小说研究,1988(2).

[9] 张振钧.论《三国演义》的悲剧特质[J].北京大学学报:哲学社会科学版,1988(5).

[10] 周兆新.论《三国演义》的三种成分[J].北京大学学报:哲学社会科学版,1989(5).

[11] 金城.论《三国演义》的悲剧美[J].明清小说研究,1990(2).

[12] 孟彦.《三国演义》与中国文化学术讨论会概述[J].文学遗产,1991(1).

[13] 邬国平.毛纶为主、毛纶毛宗岗合评《三国演义》[J].复旦学报:社会科学

版,1992(5).

[14] 范道济.谈《三国演义》的天人关系[J].明清小说研究,1993(1).

[15] 陈辽.《三国》小说史要改写——读周兆新主编的《三国演义丛考》[J].北京大学学报:哲学社会科学版,1996(3).

[16] 陈洪,马宇辉.论《三国演义》中诸葛亮范型及其文化意蕴[J].南开学报,1998(2).

[17] 李祖基.论《三国演义》与关帝信仰的形成[J].厦门大学学报:哲学社会科学版,1998(4).

[18] 沈伯俊.面向新世纪的《三国演义》研究[J].社会科学研究,1998(4).

[19] 杨润秋,苗怀明.圣手丹青还是艺术败笔——《三国演义》周瑜形象得失新探[J].明清小说研究,1999(3).

[20] 宋培宪.毛泽东与"为曹操翻案"对四十年前一桩公案的探源[J].文艺理论与批评,1999(6).

[21] 陈中凡.试论水浒传的著者及其创作时代[J].南京大学学报,1955(1).

[22] 刁云展,周来祥.从胡适的"水浒传考证"到何心的"水浒研究"[J].文史哲,1955(9).

[23] 龚兆吉.论金圣叹评《水浒传》的观点[J].北京师范大学学报:社会科学,1963(2).

[24] 黄霖.一种值得注目的《水浒》古本[J].复旦学报:社会科学版,1980(4).

[25] 王利器.《水浒全传》是怎样纂修的?[J].文学评论,1982(3).

[26] 齐裕焜.《水浒传》是如何塑造传奇式英雄的——从武松形象谈起[J].水浒争鸣:第二辑,1983.

[27] 官桂铨.《水浒传》的藜光堂本与刘兴我本及其它[J].文学遗产,1984(2).

[28] 王永健.从明初的"水浒戏"看《水浒传》祖本的成书年代[J].水浒争鸣:第三辑,1984.

[29] 沈天佑.谈《水浒传》在我国小说艺术典型化方面的贡献[J].文学遗产,1985(1).

[30] 张啸虎.水浒英雄与民族性格[J].明清小说研究,1986(2).

[31] 陈文新.小说史上的一处重要分野——追寻《水浒传》与《三国演义》的差异之源[J].水浒争鸣:第五辑,1987.

[32] 侯会.再论吴读本《水浒传》[J].文学遗产,1988(3).

[33] 章培恒.关于《水浒》的郭勋本与袁无涯本[J].复旦学报:社会科学版,1991(3).

[34] 石麟.《水浒传》的英雄主义精神及其内质结构[J].明清小说研究,1993(2).

[35] 宁稼雨.《水浒传》与中国绿林文化——兼谈墨家思想对绿林文化的影响[J].文学遗产,1995(2).

[36] 谭帆.中国古代小说评点的文本价值[J].学术月刊,1996(12).

[37] 竺青,李永祜.《水浒传》祖本及"郭武定本"问题新议[J].文学遗产,1997(5).

[38] 周岭.金圣叹腰斩《水浒传》说质疑[J].文学评论,1998(1).

[39] 邢东田.《水浒传》谶言初探[J].世界宗教研究,1999(3).

[40] 宋浩庆.试谈《水浒传》的主题思想[J].北京社会科学,1999(4).

[41] 冯沅君.批判胡适的西游记考证[J].文史哲,1955(7).

[42] 张默生.西游记研究[J].四川大学学报:社会科学版,1957(1).

[43] 蓼南.国内发现明刊李卓吾评《西游记》[J].文学遗产,1980(2).

[44] 高明阁.《西游记》里的神魔问题[J].文学遗产,1981(2).

[45] 丁黎.从神魔关系论《西游记》的主题思想[J].学术月刊,1982(9).

[46] 章培恒.百回本《西游记》是否吴承恩所作[J].社会科学战线,1983(4).

[47] 李时人.略论吴承恩《西游记》中的唐僧出世故事[J].文学遗产,1983(1).

[48] 吴圣昔.启示深邃 耐于寻味——论《西游记》的哲理性[J].明清小说研究,1985(2).

[49] 姜云.《西游记》:一部以象征主义为主要特色的作品[J].文学遗产,1986(6).

[50] 张锦池.论孙悟空形象的演化与《西游记》的主题[J].学术交流,1987(5).

[51] 陈辽.《西游记》系儒佛道思想互补之作[J].明清小说研究,1988(1).

[52] 吴圣昔.《西游记》陈序称"旧有叙"是指虞序吗?——虞集《西游记序》真伪辨之一[J].南京社会科学,1990(4).

[53] 张锦池.论《西游记》中的观音形象——兼谈作品本旨及其他[J].文学评论,1992(1).

[54] 李金泉.《西游记》唐僧出身故事再探讨[J].明清小说研究,1993(1).

[55] 王平.从二郎神形象略窥《西游记》创作心态[J].求是学刊,1994(4).

[56] 杨义.《西游记》:中国神话文化的大器晚成[J].中国社会科学,1995(1).

[57] 张锦池.论唐僧形象的演化[J].学习与探索,1995(5).

[58] 程毅中,程有庆.《西游记》版本探索[J].文学遗产,1997(3).

[59] 黄霖.关于《西游记》的作者和主要精神[J].复旦学报:社会科学版,1998(2).

[60] 宁稼雨.《西游记》主人公形象的原型精神[J].南开学报,1999(4).

[61] 吴大琨.略论"红楼梦"的时代背景[J].文史哲,1955(1).

[62] 刘世德,邓绍基.评"红楼梦是市民文学"说[J].北京大学学报:人文科学,1957(2).

[63] 杨绛.艺术是克服困难——读《红楼梦》管窥[J].文学评论,1962(6).

[64] 俞平伯.《红楼梦》中关于"十二钗"的描写[J].文学评论,1963(4).

[65] 章培恒.论《红楼梦》的思想内容[J].复旦大学学报:哲学社会科学,1964(1).

[66] 周汝昌.《红楼梦》"全璧"的背后[J].红楼梦学刊,1980(4).

[67] 傅继馥."闺情"题材·社会主题·特殊笔法——《红楼梦》散论[J].文学遗产,1980(1).

[68] 王志良,方延曦.评《红学三十年》[J].文学评论,1981(3).

[69] 袁世硕.论《红楼梦》的现实主义[J].文史哲,1982(1).

[70] 李希凡.林黛玉的诗词与性格——《红楼梦》艺境探微[J].红楼梦学刊,1983(1).

[71] 魏同贤.俞平伯《红楼梦》研究的再评价[J].文学遗产,1986(2).

[72] 刘世德.质变:从"旧红学"到"新红学"[J].文学评论,1986(2).

[73] 李贤平.《红楼梦》成书新说[J].复旦学报:社会科学版,1987(5).

[74] 孟昭连.《红楼梦》的多重叙事成分[J].文学遗产,1988(1).

[75] 胡邦炜.忧患·忏悔·精神的悲剧——从贾宝玉的形象看《红楼梦》与中国传统文化[J].红楼梦学刊,1988(3).

[76] 王向东.高鹗续书考——《红楼梦》后四十回著者重探[J].红楼梦学刊,1989(4).

[77] 陈辽.《红楼梦》:一部特殊的忏悔录[J].明清小说研究,1990(2).

[78] 梅新林."石"、"玉"精神的内在冲突——《红楼梦》悲剧的哲学意蕴[J].学术研究,1992(5).

[79] 王平.《红楼梦》与佛道文化[J].社会科学研究,1995(2).

[80] 严明.《红楼梦》风俗描写的特点[J].红楼梦学刊,1998(4).

## 郑重声明

高等教育出版社依法对本书享有专有出版权。任何未经许可的复制、销售行为均违反《中华人民共和国著作权法》，其行为人将承担相应的民事责任和行政责任；构成犯罪的，将被依法追究刑事责任。为了维护市场秩序，保护读者的合法权益，避免读者误用盗版书造成不良后果，我社将配合行政执法部门和司法机关对违法犯罪的单位和个人进行严厉打击。社会各界人士如发现上述侵权行为，希望及时举报，本社将奖励举报有功人员。

反盗版举报电话　（010）58581999　58582371　58582488
反盗版举报传真　（010）82086060
反盗版举报邮箱　dd@hep.com.cn
通信地址　北京市西城区德外大街4号　高等教育出版社法律事务与版权管理部
邮政编码　100120

**高等教育出版社**

# 教学资源索取单

尊敬的老师：

　　您好！

　　感谢您使用**高日晖、洪雁**编著的《**四大名著与传统文化**》。为便于教学，本书另配有课程相关的教学资源，如贵校已选用了本书，您只要添加服务 **QQ** 号 800078148，或者把下表中的相关信息以电子邮件或邮寄方式发至我社即可免费获得。

**我们的联系方式：**

联系电话：(021)56718921/ 56718739　　电子邮箱：800078148@b.qq.com

大学语文、写作教师 **QQ** 群：279433803　　大学通识论坛 **QQ** 群：278499548

地址：上海市虹口区宝山路 848 号　　邮编：200081

| 姓　　名 | | 性别 | | 出生年月 | | 专　　业 | |
|---|---|---|---|---|---|---|---|
| 学　　校 | | | 学院、系 | | | 教研室 | |
| 学校地址 | | | | | | 邮　　编 | |
| 职　　务 | | | 职　　称 | | | 办公电话 | |
| E-mail | | | | | | 手　　机 | |
| 通信地址 | | | | | | 邮　　编 | |
| 本书使用情况 | 用于_____学时教学，每学年使用_____册。 | | | | | | |

**您对本书有什么意见和建议？**

**您还希望从我社获得哪些服务？**

☐ 教师培训　　　☐ 教学研讨活动

☐ 寄送样书　　　☐ 相关图书出版信息

☐ 其他_____